# 25の短編小説

小説トリッパー編集部 編



朝日文庫

初出「小説トリッパー」二〇二〇年夏季号に掲載
文庫化にあたり、加筆修正しました。

25の短編小説 ● 目次

# 25の短編小説

# Аноун

阿部和重

阿部和重（あべ・かずしげ）
68年生まれ。作家。『ミステリアスセッティング』『ピストルズ』『□』『Deluxe Edition』『オーガ（ニ）ズム』。

Аноун (яп. アンノーン Анно:н, англ. Unown) — покемон, существо из серии игр, манги и аниме «Покемон», принадлежащей компаниям Nintendo и Game Freak. Аноун впервые появился в играх Pokémon Gold и Silver, а затем и в различной рекламной продукции, спин-оффах, анимационной и печатной адаптациях франшизы.

Аноуны — покемоны, представляющие собой тонкие чёрные символы, часто встречающиеся на стенах[1]. Существует 28 форм Аноунов: 26 из них олицетворяют 26 букв английского алфавита, 2 остальных — вопросительный и восклицательный знаки. Аноуны являются главными антагонистами в полнометражном аниме «Покемон: Заклятие Аноунов». Они также появлялись в игре Super Smash Bros. Melee и в манге Pokémon Adventures.

Аноуны в целом были приняты критиками отрицательно. IGN назвал их «возможно, самыми бесполезными покемонами из всех существующих».

Русская Википедия より

ウェブカメラをとおして見えている風景はひどくちらかった室内だ。

そこはリビングルームのように見うけられるがほんとうはそうじゃないのかもしれない。食べかけのパンやケーキが載った皿がいくつもほったらかしにされていて、中身の有無がさだかでない大小さまざまなボトルが何本もあっちこっちに置かれているのでダイニングルームである可能性も捨てきれない。

どちらにしても整然だの整理整頓だのこんまりだのにはほど遠いおそるべきちらかりぶりがそこではつねに保たれている。名の知れぬ数種の虫たちがあちこち這いまわり、まるまるふとったネズミを長毛種《ちょうもうしゅ》のネコが追いかけるひと幕などもときおり映しだされるということは、カメラの死角にあたる床にはパンやケーキ以外の食べかすもちらばっているのかもしれぬから、その部屋が残飯をあさりやすい環境であるのはまちがいなさそうだ。

残飯をあさりやすい環境下でライブ配信やスマホゲームをプレーしながら彼女はしょっちゅう飲み食いしているのでなおのことそこがダイニングルームのごとく思えてくる時間帯が一日のうちに少なくとも二度はある。ライブ配信中にゲームで遊び、飲み食いしながらおしゃべりし、またゲームで遊び、また飲み食い、そんな感じだ。

その間にも虫が這いまわっているばかりかネコやネズミもひた走り、加えて拡張現実にまで視野をひろげればポケモンもときどき室内に出没する。ライブ配信者でありつつポケモントレーナーでもある彼女は現実上の害虫や害獣には目もくれず、拡張現実上のモンスター収集に余念がない。

残飯だらけの環境下、ウェブカメラ前での飲食が常習化していてこんまりにはほど遠いからといって、その家で彼女のみがずぼらに暮らしているわけではない。ウェブカメラ越しに確認できているだけでも六名ほどの親族がともにそこで生活しているようだが、率先して清掃にとりくみ居住環境の整備に力をつくす者はひとりも認められぬからだ。

かようにだらしがないファミリーにおいてママと呼ばれることが多いシングルマザーたる彼女はしょっちゅう配信を切りわすれるずさんな配信者でもある。忘れっぽいせいなのか、それともあけっぴろげにすぎる性格がそうさせているのかにわかには見わけがつかないが、とにかく彼女はめっぽう開放的な配信者ゆえ、ちらかしっぱなしでだらしがないファミリーの生活ぶりを観察できるそのライブ配信は二四時間ぶっとおしでおこなわれることもままある。『エンパイア』を超える長時間の定点撮影によってだらしがないファミリーの室内模様が世界ぜんたいへと常時配信されるため、常連視聴者は自分自身もまただらしがないファミリーの一員にでもなったかのような臨場感をおぼえつつ当の生活ぶりに密着することができる。

が、そうした感覚はあくまでも錯覚にすぎない。当然ながら視聴者はどこまでいっても視聴者でしかないのであってどんなにがんばってもだらしがないファミリーの一員にはなれない。４Ｋだか８Ｋだかのクリアな映像と音響を介して二四時間ぶっとおしで室内模様をひたすら見つめつづけたからといって、その場におまえはいないのだ。その場にいないおまえはだらしがないファミリーの生活ぶりをただかいま見たにすぎず、カメラの向こう側には手も触れられないのであって、視聴行為のみにとどまっているうちは当家の現実に入りこむことは決してできない。視聴を中断してみずからの日常へと舞いもどり、しばらく経ってトイレで用でもたしていればおのずとそう思い知らされるだろう。

視聴者が視聴者からの脱皮をはかり、介入者への変化を遂げられるのは、それにふさわしい動機とスキルの両方をあわせ持っているときに実現するのが一般的だ。なんなら少々の覚悟や思いきりのよさなども必要かもしれない。動機は強ければなんだってよろしいが、頻繁に確認される傾向をおおきくカテゴリー別にわけるとすると攻撃欲と庇護欲のふたつが浮きぼりになる。介入者がつねにかならずどちらかいっぽうのみに該当しているわけでもなく、状況に応じて攻撃派が庇護派に転ずることもあれば同頻度でその逆もありうる。

だらしがないファミリーの一員たるママ配信者には娘がひとりおり、ウェブカメラがしょっちゅうその姿をとらえているから視聴者にとっても彼女はなじみの存在だ。年の頃は一〇歳くらいのやさぐれたキュートな少女だから、しょっちゅう目に入れているうちにだんだんわが子のごとく思えてきて、ほんとうの親子関係にあると錯覚しながら当のひとり娘を見まもりつづける子そだて世代の視聴者も少なくないだろう。想像力ゆたかな子そだて世代の視聴者であれば、手塩にかけてわが子を育《はぐ》む過程を脳裏に思いえがき、その想像上の経験を現実の記憶と思いこみつつ日々のライブ配信に接してさえいるのかもしれない。そんななか、手塩にかけてそだてた一〇歳くらいの娘がしょっちゅう大人の男に殴られる場面を目にするのはつらくかなしいどころの騒ぎではなく、なんともやりきれぬ思いにさせられ胸が張り裂けそうになるにちがいない。

庇護派として介入する動機としてはそれでじゅうぶんとなる。少女を殴る大人の男はどうやらパパではないが、あいにく新しいパパになってしまいそうではあるからとてもじゃないが見ちゃいられない。おなじ町の住人らしく昼夜を問わずしょっちゅうこの家を訪れる大酒飲みのその男が、ライブ配信者たるママとねんごろな間柄であることは一目瞭然だからであり、まともな仕事についているようにも思えぬためだ。あるいはしょせんは定点視点で室内模様を観察しているにすぎない視聴者らの気づかぬうちに、男がとうに同居人となっている可能性も否定はできない。

かくして視聴者は脱皮をはかるが、その介入が成功するか否かは別の話であり、たいていの場合それは失敗に終わる。大人の男が子どもを虐待していると地元警察への通報を試みるも、五回のうち二回は反対に通報者のほうが迷惑行為を疑われる羽目となり、二回は単に無視され、残りの一回は現場へ出むいた警官らがいずれもぼんくらだったらしく、だらしがないファミリーの口車に乗せられて被害は確認できないと結論してしまい捜査にはいたらないのだ。

遠隔環境からの介入を余儀なくされる視聴者ならではの強硬手段に出たケースもある。だらしがないライブ配信者たるママ愛用のパソコンをランサムウェアに感染させてロックアウトを発生させ、娘を殴る男との縁を切るまで乗っとりつづけると脅迫に打って出たのだったが効力はなかった。操作不能はパソコンの故障と見なされ、ずぼらなファミリーならではの対処としてそのまま問題が放置されてしまったのだ。

かくしてライブ配信の中断がつづき、物好きな常連視聴者の不評を買うだけの無意味な事態を生んでしまったためロックアウトはいつしか解除された。にもかかわらず、忘れっぽくてずさんなママは故障と誤解するうちにパソコンじたいを置物としか見ないようになってしまったから、愛機は壊れていないと彼女が認識をあらため配信意欲をとりもどし、ライブ配信を再開させるまでにはさらに五カ月を要することになる。

ライブ配信がなくともすでにマルウェアが仕こまれているので室内模様の定点観察は継続できる状態だったが、あきらめの悪い視聴者は介入に失敗して以降も次なる手だてを講じ、まずは視聴環境の拡張を試みる。その結果、ママのスマートフォンにもマルウェアを感染させるにいたった視聴者はついに移動視点を獲得する。お出かけ中の模様の観察も可能となり、守護天使にでもなったかのような錯覚が芽ばえるも、それは当然ながらうぬぼれ以上のものを意味することはなく、視聴者はやはりただの視聴者にすぎない。

その頃には、『Pokémon GO』に飽きてしまったママに代わって少女がレベル30のポケモントレーナーをひきついでいる。母親とはちがって娘はしょっちゅうモンスターの捕獲やアイテムの入手に出かけてゆくため、視聴者は彼女のゲームプレーに介入できないかともくろみ、善意の第三者をよそおい捕獲協力をはかるもそれもうまくいったためしがない。

エニセイ川ほとりのビーチから数百メートルへだたった先に一軒の古いダーチャがある。そこは地元の人間があまり近よりたがらない危険なエリアらしいのだが、レアポケモンが出没しやすい穴場であり、めったにあらわれぬアンノーンが出現したこともあるという情報の提供を少女が受けたのはその年の春先だ。以来、彼女はたびたび当のダーチャへ出むいていって敷地内に侵入しては番犬に吠えられ、ときどき住人にも怒鳴られて追いはらわれながらもレアポケモンを次々ゲットしママを感心させてゆくことになるのだが、いまだアンノーンの捕獲はかなっていない。

真夏の季節をむかえても依然そのダーチャはだれも寄りつきたがらぬ穴場のままであり、夏休み中の少女も頃あいを見はからって通いつづけている。少女が危険もかえりみず、番犬に吠えられまくって住人に見つかれば怒鳴られるのが確実の当地へ定期的に忍びこんでいるのは、ママをよろこばせて娘は価値ある存在だと認めさせられれば、ねんごろな男による虐待を食いとめられると信ずる一心からだろうか。それじたいはさだかでなく、視聴者どころか私生活をこっそり盗み見ているだけの者にとってはたしかめようもない内幕だが、とにかく彼女はアンノーンを捕獲するべく血まなこになっている。

少女がついにアンノーンの出現に立ちあったのは八月初旬のある日、時刻は午後三時五〇分頃のことだ。もちろん場所は例のダーチャが建つ敷地内であり、善意の第三者をよそおい捕獲協力をはかる視聴者は運よくその機会を見のがさず、スマホカメラを通じて現場の模様を見まもることになる。

他人のプライバシー侵害をこのときほど後悔したことはない。そんな感想を視聴者が抱くにいたったのは、遠隔環境にある者の無力を最大限に味わわされつつ、身の毛もよだつ惨劇が起こる寸前のところまで目にする羽目となったからだ。

当のダーチャの敷地内に足を踏みいれ、ポケモントレーナーになりきる少女の視線は念願のアンノーン捕獲に向けて液晶画面に釘づけとなり、番犬の吠え声も耳に入らぬくらいに集中している。そのせいで、背後に立つ存在の気配に彼女はみじんも気づかなかったようだが、スマホのインカメラはこのとき巨大な羆《ひぐま》の姿をとらえていたのだ。なにが幸いしたのかはかいもく見当もつかないが、羆は少女を襲うことなくすぐに立ちさった。無言でじっとしていたことが奏効したのか、二匹いるらしい番犬が懸命に吠えまくったおかげか、いずれにしても少女が羆にがぶりとやられる場面を見ずに済んだのはよかったと視聴者はほっと胸をなでおろす。が、その直後に聞こえてきた会話により、言いしれぬいらだちを視聴者はおぼえることになる。

「やあ、そこでなにをしてるの？」

「え、ああ、ちょっと待って」

ここで少女は必死の形相《ぎょうそう》でスワイプ操作をおこない、アンノーンの捕獲に挑んでいる。

「あ、しまったしまった、ああそんな――」

「どうしたの？」

「逃げられちゃった」

「なにに？」

「アンノーン」

「アンノーン？」

「そう」

「なにかわからないってこと？」

「そうじゃない、ポケモンだよ」

どこの馬の骨ともわからぬ初対面の男に邪魔されて、少女はアンノーンの捕獲に失敗している。めったにあらわれぬレアキャラにはじめてめぐりあい、とうとう念願成就となるかと思いきや、結局かなわなかったわけだ。

それなのに、少女は大して抗議することもないどころか、どちらかというと仲よさげにその初対面の馬の骨とおしゃべりなどかわし、家までの帰り道をともに歩いてさえいる始末だ。

こちらにさんざん心配をかけておきながら、それはないだろうと画面に向かって悪態をつきそうになるが——おまえは守護天使でも善意の第三者でもありえず、親でもなんでもない単なるプライバシー侵害者にすぎないのだから、あとは黙って回線を切れとおのれをいましめるしかできることは残されていない。

# 新元号二年、四月

磯崎憲一郎

## 磯﨑憲一郎（いそざき・けんいちろう）

65年生まれ。作家。『赤の他人の瓜二つ』『往古来今』『電車道』『鳥獣戯画』『金太郎飴』『日本蒙昧前史』。

カフカは結核に冒され、さほど遠くはない将来にまで迫りつつある最期、自らの死を覚悟していた一九二三年の晩夏、「小さい女」と題された短篇を書いている。小さい女はもともと細身なのに、その上ボディスで胴をきつく締め上げている、ボディスとは、十五世紀のヨーロッパ貴族の女性が着用した胴衣だそうだが、カフカの生きた時代でもそれを身につけている人間が実在した、小さい女はいつも同じ服を着ている、その服は「黄色がかった灰色の、いわば木材のような色の生地」を縫い合わせて作られていて、両胸には「同じ色の総《ふさ》かボタンのような垂れ飾り」が付けられている、当時の人としては珍しく、彼女は帽子を被ることはなかった、外見に気を配るタイプではなかったのかもしれない、「くすんだブロンドの髪は真っ直だが、手入れはだらしがないというのではないとしても、ずいぶんいい加減」だったという。しかし彼女はけっして陰鬱な、厨房の暗がりに置かれた椅子に腰掛けじっと視線を床に落としているような、たまたまその姿を見かけた相手を滅入らせる、あの自己愛に囚われた人々の同類ではなかった、昼夜関係なく、彼女はよく働いた、きびきびと動き回った、彼女が室内を歩いた軌道は鋭角的に折れ曲がっていた、彼女の動作はいつでも予測不能だった、「両手を腰に当てて、上半身を突然、面食うほどすばやく半回転させる」、そのとき彼女の手のひらは、目の前を掠《かす》めて飛び去るツバメの両翼のように、誇らしげに開かれていた、「彼女の手ほど一本一本の指がたがいにはっきりと離れている手はほかに見たことがない」、かといって、我に返って自分の手のひらをまじまじと見つめてみれば、両者の間には何ら構造上の違いなど認められない、同じ位置関係で五本の指が並んでいる、むしろその事実の方に驚きを禁じ得ないのだ。

そんな小さい女から、この物語の語り手は嫌われていた、もちろんはっきりと言葉にしてその旨を伝えられたわけではない、二人とも自立して社会生活を営む大人同士なのだ、しかし彼女は、語り手が生きて日常生活を送っている限り繰り出し続けなければならない文字通りの一挙手一投足、ドアの取っ手の回し方、階段を駆け下りる足音、挨拶するときの目線、欠伸《あくび》、夕食の準備、帽子の被り方、靴紐の結び方、蛇口から出る大量の水、それら全てに対してあからさまな非難の視線を投げかけ、ときには語り手本人に面と向かって清々《すがすが》しいほど率直に、「迷惑を蒙る」とさえいって退《の》けたのだから、彼女の嫌悪は疑いようもなかった、いや、嫌悪などという言葉では足りない、「あきらかにぼくの生活のすべての部分が彼女に瞋恚《しんい》の炎《ほむら》を燃え立たせる」という語り手の表現だってまんざら大袈裟とは思えぬぐらい、彼女は語り手を憎んでいた、敵意は本物だった。どうしてこれほどまでに自分は彼女を怒らせてしまうのか？　過去のどこかの時点で、意図せぬままに自分は過ちを犯した、彼女に対する侮蔑の言葉を吐いていたのではないか？　襞の奥の奥まで分け入るようにして、語り手は自らの記憶を検証してみたが、それらしき原因は見つからなかった、ならばこれはただ単に反《そ》りが合わない、氷炭相容《ひょうたんあいい》れない、視界の片隅に相手の姿が入っただけで無性に腹が立って仕方がないという類の、現実の人間関係の中ではさして珍しくもない事態なのだと割り切ってさえしまえば、それはそれで合点がいくというものだろう。ところが彼女の怒りの理由が判然としないこと以上に、語り手にとってとうてい信じ難かったのは、彼女は思い悩んでいる、耐え難い苦痛に苛《さいな》まれている、その苦痛は全て、語り手というたった一人の人間がこの世に存在し続けているせいなのだという、そちらの事実の方だった、実際問題として小さい女は健康を害し始めていた、繰り返す頭痛で夜も眠れず、今日の朝も目覚めたときには死人のように蒼白い顔をしていた、彼女の魅力であった、あの機敏な動きも失われつつあった、仕事を放棄して日がな一日、ベッドに横たわっていることさえあったのだ。このような場合に凡庸な人間が犯しがちな誤りがある、つまり「彼女がぼくを愛すればこそ苦しんでいるのだ」などという、いかなる人間関係も恋愛の要素さえ持ち込めばもっともらしい深みを帯びると信じ込んでいる、不幸なまでに愚かで怠惰な解釈がそれに当たるわけだが、そんな屈辱だけは徹底して排除せねばならない！　打ち砕かねばならない！　語り手は心に決めていた、たとえ自分が加害者として不当に断罪されるような最悪の事態に陥ったとしても、彼女が胸に抱いているのは愛情ではないことだけは、はっきりと主張しよう、「彼女の心を占めているのは、彼女自身に関することばかり、つまりぼくが彼女にあたえた苦痛に復讐し、将来ぼくが彼女に加えるかもしれない苦痛を芟《さん》除《じょ》することばかりなのだ」

カフカの晩年の伴侶であり、臨終も看取ったドーラ・ディアマントによれば、この「小さい女」という作品は、二人が一九二三年九月の末から住み始めた、ベルリン郊外シュテーグリッツ地区の下宿の、女家主の肖像なのだという。本当にドーラのいう通りだったのか？　違うのか？　今となっては検証する手立てはない、しかしいついかなる時代においても人間は、さしあたって心の内の凹《くぼ》みに目先の瑣《さ》末《まつ》な悩みを嵌め込むことによって、真に深刻な問題に向き合う時期を先延ばしにしながら、逃れながら生きていくものだ、カフカほど与えられた使命に心身を捧げた、生涯に亘って自らを監視し続けた人物はいない、そのカフカといえども凹みに「小さい女」を納め入れずにはいられなかった、だとすれば、新元号となって迎えた最初の春、私たちは凹みに納めるのには格好の悩みを手に入れたということになるのか？　それともこれは、ついにやってきた、本当の終焉なのか？

思い返してみれば、新しい元号はその始まりからして不吉だった、その日の天候は終日快晴が予報されていた、事実、奇妙な紅白の衣装に身を包んだ有識者懇談会のメンバーが、不機嫌そうに押し黙ったまま総理大臣官邸に入っていった朝の九時過ぎ、東京の空は群青色に染まり、雲のかけら一つ見当たらなかった、ところが官房長官が芝居めいた段取りで新元号を発表した途端、ものの五分も経たないうちに、少なくとも世田谷区上空はどす黒い雨雲に覆われてしまった、この天気の急変こそが仕組まれた演出なのではないかと訝《いぶか》りたくもなったが、じっさいそのときには、持ち上げた顎の先、そして額、左の頬の順番で、重い雨粒が見事に命中したのだ。「今の世田谷区長は、政権に批判的だからな……」そんな笑い話を交わしてから、まだ一年しか経っていない、あの日、とつぜんの大雨で膝から下がびしょ濡れになったのと同じ、仙川《せんがわ》沿いの遊歩道を、私は今日も歩いている、透き通った川の水は緩やかに流れて、褐色の大振りな鯉が五、六尾、流れに抗いながら浅瀬を泳いでいる姿が、真上から射し込む昼過ぎの陽光の中にはっきりと浮かび上がる、多摩川を氾濫させた去年十月の台風十九号はこの澄んだ支流をも濁流に変えてしまったが、台風が通過した翌々日には鯉は川に戻っていた、何事もなかったかのように平然と川床の藻を啄《つい》ばんでいた、しかし地域によっては人間の命ですら奪った、岩をも流し去ったあの問答無用の水圧の中を、鯉たちはいったいどこへ避難していたのか？　それとも私は騙されていて、仙川の鯉は死に絶え、上流から流されてきた別の魚に入れ替わっただけなのだろうか？　今の季節、川面には番《つがい》のマガモも泳いでいる、エメラルド色の頭と濃黄《こきき》の嘴《くちばし》を持つ雄にばかり興味を奪われるが、雌にも肩羽の下に一連の美しい青紫色の羽根が隠されている、両手のひらにすっぽりと収まりそうなこの小さな鳥たちは、自らの方向感覚と体力だけを頼りに、もちろん人間の力などいっさい借りずに、ロシア極東部ハバロフスクから東京までの千五百キロの距離を五カ月間かけて飛び渡る、長旅に出ることを恐怖と感じる鳥は存在しない、野生の動物は人間とは異なる時空を生きている、ならば鯉にとっても、台風の濁流など然したる危機ではないのかもしれない。

仙川の右岸に沿って続く遊歩道を、私は毎日歩いている、小田急小田原線橋梁の下を潜《くぐ》って北へ向かうとすぐに、左手には成城学園のキャンパスが見えてくる、数年前、私はこの学校の創始者をモデルにした長篇小説を書いた、以来、卒業生や教員には一人の知人もいない、校内に足を踏み入れたことさえないその私立学校に、まるで自分の母校ででもあるかのような愛着を覚えてきた、成城学園のグラウンドにも、テニスコートにも、今は人の姿はない……いや、現実にはそんなことはなかった、陸上トラックには一人、茶色い髪をポニーテールに結った、紺地のTシャツを着た少女が両目を大きく見開き、首筋から濛々と体温を気化させながら走り続けていた、そっと背後に近づいてきたかと思うと、一瞬フェンス越しに並び、すぐさま抜き去り遠ざかっていく彼女の後ろ姿に、私は憧れた、その性向は思春期の頃から変わらない、一人で行動できる女性にあっさりと敗北し、惹かれてしまうのだ。グラウンドの袖《そで》にどっしりと根を下ろした桜の太い幹は、覆い被さるように斜めに伸びてフェンスを越え、アーチ型に湾曲しながら私の歩く遊歩道をも跨いで、花の散った葉桜の枝先を流れる水面近くまで垂らしている、するとその瞬間、私の視界の片隅に一点、場違いなほど鮮明な、ほとんど人工的なまでに明るい、青色の燐光《りんこう》が飛び込んできた、それはこの場所で初めて見る、カワセミの実物だった……だが、ちょっと待って欲しい、カワセミは夏の鳥ではなかっただろうか？季節が違うのではないか？　とはいえこの期に及んで、現実との整合性になど囚われる理由はない、カワセミの登場は私がこの川沿いの道を、それこそ台風の大雨の日でも、雪が降り積もる日でも、毎日欠かさずに歩いたことに対する法外な褒美のように思われた、カワセミは水面すれすれを一直線に飛んで、堰《せき》から立ち上る銀色の水飛沫の中へと消えていった。

　擦れ違う散歩者は私より年長の老人ばかりで、彼ら彼女らは必ず、一人の例外もなく黒いサングラスとマスクを装着している、マスクを付けていない私は後ろめたさを感じつつ、サングラス越しの視線に射抜かれぬよう、ひたすら早足で歩き続けなければならない。成城学園のキャンパスが途切れると、川沿いには民家が建ち並ぶ、とても豪邸などとは呼べない、慎ましやかな二階建てばかりだ、植え込みではツツジの花が白と朱《しゅ》と赤紫のまだら模様に咲き始めている、洋菓子めいた甘い匂いが漂う、ツツジの隙間からは棘の付いた細い枝が飛び出し、その先端に黄色の小さな花を咲かせているのだが、これは我が家の裏庭にあるのと同じ木香薔薇《もっこうばら》なのだろうか？　見た目はよく似ているが、花弁が小さ過ぎる、別の植物のようにも見える。この辺りでは街路樹としてコブシの木が植えられている、桜に比べるとひょろひょろと頼りない幹の、見ている内に手のひらを押し当てて感触を確かめたくなる滑らかな樹皮の先には、重々しい質感の、木蓮に似た白い花が垂れ下がっている。街路樹の根元には石製か、それとも今の時代はセラミックスなのか、丸い樽型のスツールが置かれている、子供が二人向かい合って、手を合わせているイラストが座面に描かれていて、「せっせっせーの、よいよいよい、おちゃらか、おちゃらか、おちゃらか、ほい、おちゃらか勝ったよ、おちゃらか、ほい」という、じゃんけん遊び歌の『おちゃらか』の歌詞が添えられているのだが、しかしこの『おちゃらか』はもともと、吉原遊郭に遊びにきた旦那衆が余興として、遊女同士を競わせるときに歌わせた歌だったらしい。

鞍橋《くらはし》の袂《たもと》に掛かる信号付きの横断歩道を渡ると、遊歩道は祖師谷《そしがや》公園《こうえん》の中に入る、芝生の斜面の下で待ち受ける、つば広の帽子を被った若い母親に向かって、幼稚園児の息子がこれ以上ないほど真剣な、悲壮な顔付きで、全力で坂を駆け下りてくる、中年の夫婦はリードを限界まで長く伸ばして、ミニチュア・ダックスフントを遊ばせている、公園内では禁止されているバドミントンに興じている父娘もいる。十五年ほど昔ならば私だって二人の娘を連れて、この公園までやってきていたはずだ、すると必ずといってよいほど娘は小学校の友達を見つけ出し、子供同士で遊び始めた、まだ三十代だった私は面倒な責務から解放されたような、一人捨て置かれたような甘美さに浸ることができた。公園内の遊歩道沿いには幹の太さが大人の両腕一抱えもある、鬱蒼と頭上を覆い尽くす桜の木が何本も植えられている、これは明治時代に日本から米国ワシントン市に寄贈された、有名なポトマック川沿いの桜並木から種子を採って、実生《みしょう》から育てた苗木を一九九〇年にこの場所に移植した、いわゆる「里帰りの桜」であるという説明が付されているのだが、自分も並走していたはずの一九九〇年から二〇二〇年までの、あの三十年という時間に、苗木を大木に成長させるに足る実質と重みが伴われていたとは、私にはどうしても信じられない。蛇行する川に寄り添って、遊歩道もS字型に曲がる、歩道の両端はツツジの植え込みで仕切られている、なぜだかここのツツジには花が咲いていない、なだらかに剪定された、ぎっしりと詰まった切れ目のない深緑が続くばかりだ。

そのとき不意を衝いて、まったく唐突に、百頭の馬が疾走する蹄音《つまおと》が押し寄せた、思わず私は両耳を塞いだ、川の対岸の広場では、小学校の高学年か、中にはどう見てもあれは中学生であろう大勢の少年少女たちが、リレー競走か、鬼ごっこでもしているのか、喚声を上げながら駆け回っている、滑り台やジャングルジムといった遊具の上にも男の子たちは群がり、そこから戯《おど》けて飛び降りてみせる者さえいる、本来であればこの時間は教室に閉じ込められて退屈な授業を受けているはずの、ほとんど大人と変わらぬ体重を持つ彼ら彼女らが剝き出しの土の地面を飛び跳ねる足音は、じっさい地鳴りのような轟音だった、私にはそれが恐ろしいものに感じられた。そしてそれ以上に自分が今、現実に目にしている光景が信じ難かったのは、彼ら彼女らが乗ってきた自転車を立て掛けてある、薄い樹脂製のフェンス一枚隔てたすぐ裏側には、二十年前に起きて現在に至るまで未解決の、あの一家惨殺事件の現場となった大きな屋敷の、黒ずんだモルタル壁と板張りされた窓、灰色の三角屋根があからさまに見て取れる、そのあり得ない対比だった。自分たちが生まれる以前に起きた事件だからといって、ここが殺人現場であることを知らないはずはない、昔も今も変わらず、そういう類の情報は逸早く子供から子供へと引き継がれてしまうものだ、ならばなぜあの場所に、あんなに無造作に自転車を停めていられるのか？　あの子たちに畏れの感情はないのか？　そんな私の懸念などお構いなく、ひたすら無邪気に、大声を張り上げて、体力と水分の続く限り若い肉体を動かし続けることこそが死者への一番の供養になると心得ているかのごとく、少年少女は脇目も振らず、狂ったように遊び回っている。「……昼すぎから映画を見にいったり、遠からぬ本門寺の境内へ行ってゴロ・ベースをやったりした。まるで彼らは何年か逆戻りをしたようで、小学生のやる遊戯に夢中になって半日をつぶすのであった。そういう点から見ても、戦争は、動員生活は、彼ら学徒にとって確かに終りのない休暇にも似ていた……」北杜夫『楡家の人びと』の中の、この一節を読んだ中学三年、十四歳だった私は、小説というのは建前ではない、本当のことを書くのだな……自由だな、信頼できるな……そう感じ入ったものだった。

引用元
『決定版カフカ全集1　変身、流刑地にて』
フランツ・カフカ著　マックス・ブロート編集　川村二郎・円子修平訳　新潮社
『楡家の人びと　下巻』
北杜夫著　新潮文庫

# あんなカレーに……

小川哲

## 小川哲（おがわ・さとし）

86年生まれ。作家。『ユートロニカのこちら側』『ゲームの王国』『嘘と正典』。

あるところに、ひとりのインド人がいた。インド人はカレー屋を開いていたが、いつもガラガラで困っていた。どうにかして客を呼びたいと考えたインド人は、今までにない新しいカレーを作ることにした。とはいえ、カレーは人気料理で、すでにさまざまな種類のものが作られていた。思いついた「新しいカレー」のほとんど——水分を飛ばしたカレー、ほうれん草のカレー、ヨーグルトのカレーなど——は、すでに誰かが作っているものだったし、そうでないもの——うんこ味のカレー、コーヒーカレー、カレージュースなど——は単に不味くて誰も作っていないだけだった。

悩んだ挙句、インド人は新しいスパイスを探す旅に出ることにした。ある地域のベンガルトラが好み、巣に蓄えているという伝説のスパイスだ。インド人は旅の途中で何度も命を落としかけ、伝説のスパイスを諦めかけるが、「新しいカレー」への強い思いで山奥へと進んでいく。そして、ベンガルトラの巣からついに伝説のスパイスを見つける。

命からがら店まで戻ってきたインド人は、伝説のスパイスを調合して「新しいカレー」を作る。

一口食べた瞬間、インド人は言葉を失ってしまう。美味しくなかったのだ。そしてインド人はこうつぶやく。

「あんなカレーに……（命をかけるなんて）な」

最後まで頭の中で再生して、僕は「違う」と思った。今の話ならば、インド人の最後のつぶやきは「あんなカレー」ではなく、「こんなカレー」だ。「あんな」である以上、カレーはインド人の手元にあってはならない。

しばらく考えてから、僕は今の話に次の修正を加える。

インド人の店の隣には、商売敵のネパール人がいる。ネパール人は、インド人が伝説のスパイスを探す旅に出たことを知ってほくそ笑む。実は、ネパール人もかつて同じことを考え、伝説のスパイスを手に入れたことがあったのだった。ネパール人は伝説のスパイスを用いたカレーが美味しくないことを知っている。無意味な旅に出たインド人に対して、ネパール人はこうつぶやく。

「あんなカレーに……（命をかけるなんてバカだ）な」

いやダメだ、と僕は考え直す。この場合、「あんなカレー」ではなく、「あんなスパイス」だろう。ネパール人が知っているのはスパイスのことだけで、スパイスを手に入れたインド人がどんなカレーを作るのかまではわからないはずだ。

いっそのこと、ベンガルトラが巣に蓄えているのが「伝説のスパイス」ではなく、「伝説のカレー」だということにするべきだろうか。その場合、トラがカレーを作っていることになるので、作品のジャンルはファンタジーやおとぎ話に変わってしまうだろう。

そこまで考えたあたりで、僕は眠ってしまう。

僕の父は読書家で、大量の本を持っていた。あまりにも多すぎて、自分の部屋に入りきらない本を、僕や妹の部屋に置いていた。そのせいで僕の部屋にはいくつもの父の本棚があって、そこにはドストエフスキーだの、ヘミングウェイだの、志賀直哉だの、安部公房だの、子どもの僕には馴染みのない作家の本が並んでいた。僕はそれらの本を小さいころから読みこなしていた――というわけではなかった。それらの本は、ただ単に存在しているだけだった。

父の本は僕の部屋ですっかり埃をかぶっていたが、毎日寝起きをする部屋に存在しているだけでそれなりの意味を持っており、とくに僕のちょうど枕の高さに並んでいたトルストイという作家の『アンナ・カレーニナ』は、何年もの間、消灯する前に見る最後の景色だった。

なかなか眠りにつけない夜、僕はときどき『アンナ・カレーニナ』がどんな話なのか想像するという遊びをしていた。最初は「アンナ」が女の子の名前であるという仮定を据えて、「カレーニナ」の部分が何を意味するのか想像した。「カレーニナ」に「カレー」が含まれていることから「カレーにな」と考えることができるようになるまで、一年ほどかかった。アンナという女の子と、カレーに関係する話だと思って、いくつものお話を想像した。

その時期の『アンナ・カレーニナ』でもっとも長大なストーリーは、アンナが伝説の「生きるカレー」を探してインドを旅する話だった。旅の最後で、アンナは「生きるカレー」と出会う。「生きるカレー」がアンナに襲いかかり、丸呑みにしてしまう。そうしてアンナはカレーになる。つまり、「アンナ、カレーにな（る）」という意味のタイトルだったというわけだ。

僕が「アンナ」の部分が人の名前だという思いこみから解放されるまでは、かなりの時間がかかった。「アンナ」が「あんな」だとすれば、物語の中身がかなりくっきりと見えてくるのだ。

そうして僕は、「あんなカレーに……な」というお話をいくつも考えた。考えた上で、適切な話かどうか、適切なタイトルかどうかを振り返った。僕は幾夜もかけて自分が考えたお話をいくつも却下した。

子どもの僕は実にさまざまな種類の『アンナ・カレーニナ』を考えたが、たったひとつだけ共通点があった。それは物語のどこかにかならず「冒険」があることだ。理由は簡単で、僕が「エルマーのぼうけん」という児童書のシリーズが好きだったので、物語には冒険が含まれるべきだと考えていたからだ。

インド人とネパール人の話を考えてから、僕は『アンナ・カレーニナ』を想像する遊びをしなくなった。その間に、僕は「エルマーのぼうけん」以外の本をたくさん読んだ。世界には「冒険」の含まれていない話が無数にあり、それでいて面白い話もたくさんあることを知った。『アンナ・カレーニナ』のことを忘れたわけではなかった。『アンナ・カレーニナ』は変わらず僕の枕の高さにあった。

何かの小説を読み終えた夜に、新しい『アンナ・カレーニナ』を考えようと試みたこともあったが、いつも何も思いつかなくて断念した。不思議なことだ、と僕は思った。昔よりずっと本を読んでいるというのに、以前のように話を作ることができなかった。

『アンナ・カレーニナ』の遊びをすっかりやらなくなって高校生になったある日、下校中にカレーの食べ方の話をしたことがあった。辛いものが苦手な友人の一人が、カレーに生卵を入れると言ったのだった。別の友人が「ありえない」と否定した。カレーがぬるくなるし、味も薄くなる、という話だった。

僕はあまり口を挟まなかったが、こっそり「今度試してみよう」と思っていた。「小学校の給食みたいな味になる」という友人の主張が気になっていたからだった。

「カレーに生卵」に「カレーに生卵」が含まれることに気づいたのは、その日の夜だった。僕は久しぶりに、『アンナ・カレーニナ』の話を考えてみようと思った。アンナという女の子がカレーに生卵を入れる話、カレーに納豆を入れる話、カレーに生クリームを入れる話。いろんな種類の話を考えることができそうだった。

僕はベッドに横になり、『アンナ・カレーニナ』を見ながら電気を消そうとした。その瞬間、僕は「年齢を重ね、いろんな本を読んできた今だったら、本物の『アンナ・カレーニナ』を読んで、答え合わせができるかもしれない」と思いついた。

僕は電気を消すのをやめて、生まれてはじめて『アンナ・カレーニナ』を手にとった。

# サクラ

# 尾崎世界観

**尾崎世界観**（おざき・せかいかん）

84年生まれ。ミュージシャン、「クリープハイプ」のボーカル・ギター。『身のある話と、歯に詰まるワタシ』。

夜の国道を曲がろうとしていた。女が二人、男が二人の合計四人だった。そこにでっかいタンクローリーが突っ込んできた。軽自動車の右後部座席で手の中の電話をいじっていた俺は、爆発したと思った。車がというより、自分がだ。あまりにも突然すぎて驚いたけれど、その爆発自体には妙な納得があった。いきなり自分が爆発するのは我慢ならなかったけれど、体の外側から圧倒的な力を感じて、もう納得するしかなかった。痛みとか恐怖よりも、うるささと速さがあった。死んだ。あっさりとそう認めた。俺が右後部座席から体を起こしたのと同時に、運転席の女が呻き声を出しながら、みんな大丈夫と聞いた。左後部座席の男はそれに答えるように、ってーと言った。俺は普段から血を見るのが凄く嫌で、もしも四人の中のどこかに血が流れていたら怖いなと思い、みんなに血が出ているかどうかを聞いた。前の女二人は出てないと言って、左後部座席の男は出てないけどお前はと言った。俺は安心して、自分の体を調べた。調べながら怖かった。他人から血が出ているのも怖いけれど、自分から血が出ているほうがもっと怖いからだ。一通り見たけれど、大丈夫だった。体が熱くて耳が痛かった。背中に風を感じて後ろを振り向いたら、リアガラスが割れて外が丸見えだった。もともと小さな軽自動車の車体は、潰れてもっと小さくなっていた。左後部座席の男があーまじかよこれと言いながら頭を強くこすると、ガラスの破片が飛び散ってダイヤモンドみたいに輝いた。左後部座席の男はどこか嬉しそうな声で、また、ってーと言った。国道の四車線、左斜め前に停まるでっかいタンクローリーが見えた。タンクローリーはどこか申し訳なさそうに、明らかに俺たちに気づかれるのをジッと待っていた。

その存在感のわりに、決して自分からは何も言い出さない狡さを感じさせた。四人でしばらく見つめていると、タンクローリーの運転席から男が一人ポトンと落ちた。運転手は頭をかきながら、ゆっくりこちらに歩いてきた。左後部座席の男が、っめーはやくこいよと叫んだ。小走りに駆けてきた運転手は助手席の窓に顔を近づけて、怪我はないですかと聞いた。その瞬間、車の中がまた爆発に包まれた。四人は口々に運転手に罵声を浴びせた。それぞれがぶつかり合うから、なんと言ってるのかまったく聞き取れなかった。大きな言葉は喉に引っかかってから声になるから、その度に痛んで体が熱くなった。それは内側からの爆発だった。四人は運転手に罵声を浴びせ続けた。無傷でいることの安堵と恥ずかしさを、運転手に注いだ。やがて、パトカー、救急車、消防車がやってきた。実況見分を終え、救急車に乗って病院へ向かった。救急車の中はやけに明るかった。そのせいで、互いの健康な部分ばかりが目に付いて恥ずかしかった。

「あたしら、楽しくご飯食べてただけやのに……。なんでこんなことになったんやろう……あ、吐きそう」

助手席の女が涙声で言った。救急隊員から受け取ったビニール袋を運転席の女が助手席の女の口にあてがった。俺は、血と同じぐらいゲロも怖かった。こんなに明るい場所で、こんなに間近でゲロを見るのは初めてだった。仕方なく、俺は覚悟を決めてゲロを待った。オゲッ。助手席の女の口からは、ただゲロの音が出ただけだった。助手席の女は、なんも出んかったと言ってすこし泣いた。その瞬間、車内にほんのり餃子の臭いがただよった。恥ずかしいのは助手席の女だけのはずなのに、なぜだか俺まで恥ずかしかった。俺たちは中華料理屋で飯を食ったあと、デザートのパフェを食べにファミレスに寄ろうと反対車線に車をUターンさせた。そんなついさっきまでの記憶を、餃子の臭いが呼び起こした。夜間の救急病院に着いて自力で救急車から降りる時も、俺はやっぱり恥ずかしかった。そして俺の先に降りた左後部座席の男に対しても、俺の後に降りた女たちに対しても、自分の分と同じ恥ずかしさを感じたのだった。救急車とは対照的にうす暗い救急病院、その中に俺たちの恥ずかしい健康が溶けていった。待合室の長椅子に座って待っている間、受付にたたずむ中年女性が目にとまった。ハンカチで押さえた手首からは血が滴っていて、横で娘らしき女が怪我の具合を説明しながら受診手続きをしていた。あんなに避けてきた血を、思わぬ形で見ることになった。でもこの四人の血じゃなくて良かったと、このとき確かに思った。うす暗い救急病院の辛気くささにも負けない、前向きな力がみなぎるのを感じた。首にコルセットを巻いた四人はやけに上機嫌だった。見知らぬ街の夜を、一本の棒になった気持ちだった。それからだいぶ待たされ、診察を終えた頃にはもう深夜になっていた。首にコルセットを巻いた四人はやけに上機嫌だった。見知らぬ街の夜を、湿布や消炎剤のボトルケース、痛み止めの飲み薬等が入ったビニール袋を振りまわして歩いた。

「先生めっちゃハゲとったな」

「ハゲとったな」

「でもすっげー心配してくれてたじゃん」

「そんなけいらん心配するからハゲんねやろ」

「そうや、だからハゲたんやろな」

「っめーら、人を見た目で判断すんなよ」

先を行く三人の会話を聞きながら、俺は診察を思い出していた。聴診器のあの冷たさに、胸が熱くなった。死ななくて良かった。あの爆発から、ようやく安心できる場所にたどり着いたことを実感した。死んでいたかも知れなかった。生きていて良かった。今まで生きてきて死にたいと思った回数分、目の前の先生に謝りたくなった。死の恐怖と生の喜びを交互に噛みしめながら、甘い物を食べた直後にしょっぱい物を食べるのが好きだと、そんなしょうもない俺のことを、なぜか無性に教えたくなった。それからも俺は、妙な高揚に任せてべらべらと喋り続けた。やがて診察が終わると、仲間をよろしくお願いしますなどと言って深く頭を下げたのだった。

そうしてやけくそな連帯感に包まれた俺たちは、救急病院から一番近くにある助手席の女の家に泊まることになりタクシーに乗った。車内でも興奮は冷めず、左後部座席の男が、運転手さんくれぐれも安全運転で、と言ったのを皆で笑ったりした。

四人はアルバイト先の仲間だ。出会い系サイトの利用者とメールのやりとりをする、いわゆるサクラだった。利用者により多くのポイントを買わせるため、常に会えそうで会えない状態を維持する高度な技術が、サクラには求められた。それゆえ、高額なポイントを消費して利用者から届くメールはどれも切実だ。

件名　最後に。どうしてもあなたにフェラして欲しかった

本文　今までありがとう

無料で見られるのは件名までで、本文を読むためには有料のポイントが必要だった。そしてポイントを使い切った利用者には、必ず本文を読みたくなる、かつ返事を促す疑問文の件名を心がけてメールを送った。

件名　ねぇ、どうしてメール見てくれないの？　せっかく

本文　今から会いに行こうと思ってるんだよ？

件名　今すぐフェラさせてくれる？

本文　とりあえずもうそっち向かっちゃうね？

件名　ねぇ今駅だよ？

本文　フェラさせてくれないと死んじゃうよ。どこにいるの？

件名　メール見てよ。フェラ？

本文　フェラフェラフェラフェラ？

「あー。もう明日からバイトいかんでええんか。しかもバイト休んだ分だけ保険おりる

んよな」

運転席の女が言った。毛布からする知らない家のにおいが、やけに心地よかった。

「病院もそうやんな。こんなんなったらさ、病院通っとくだけでお金もらえんねやろ」

俺は助手席の女の声を聞きながら毛布に顔をうずめ、いつもバイト先でこの人の隣に座ったときに嗅覚を刺激するあのにおいだと思った。カーペットの上にはコルセットが四つ並んでいた。窓の外では、明け方の空がカーテンを青白く冷やしていた。俺はやっぱり、川の字に並んだこの四人に強い連帯を感じていた。親友でも恋人でもないのに、こんな風になることが嬉しかったのだ。そしてあの事故に感動さえしながら、いつの間にか眠っていた。

目が覚めると三人はもう起きていて、なんだか妙によそよそしかった。助手席の女はゆっくりしてってねと言ったけれど、運転席の女はそそくさと帰り支度をはじめた。運転席の女が動くたび、擦れる布の音がしらけた部屋によくひびいた。歯みがきをせずに寝たから、口の中はまだ昨日のままだった。そんな口で何を言っていいかわからず、俺は黙って運転席の女の帰り支度を見ていた。

助手席の女と玄関で別れ、三人で駅まで歩いた。運転席の女はちゃんとコルセットを付けた方がいいと言ったけれど、左後部座席の男は恥ずかしいと言って聞かなかった。俺は、だんだんと連帯が剝がれていくのを感じていた。昨日の事故がもう嘘のように、それぞれがそれぞれだった。左後部座席の男はレース後のF1レーサーみたくコルセットを小脇にかかえていて、それはそれでじゅうぶん間抜けな姿だった。

「警察の事情聴取もあるし、みんなで足並みそろえていかんと。これも何かの縁やし、ちゃんと協力していこな」

運転席の女がせっかく明るく言ったのに、左後部座席の男は返事もしなかった。俺は、その分まで大きな声を出してそうだねと言ったけれど、ちょうどホームにすべり込んできた電車がその声をかき消した。

一週間後、俺たちは別の病院でもういちど診察を受けた。それは、事故直後に向かった救急病院から比較的近くにある病院だった。四人それぞれが近所の整形外科に通院するための紹介状をもらうには、最初に行った救急病院と同じ地域にある病院で診察を受ける必要があった。昼時のせいか、待合室は人でごった返していた。俺たちは四人で並ぶどころか椅子にすら座れず、音のないテレビのワイドショーをぼんやり眺めていた。待ち合わせ場所に現れた時から終始不機嫌な左後部座席の男に、女たちも怒りを隠さなかった。

「言うとったはずやで。紹介状もらうためにもう一回病院で診てもらわなあかんて」

「そうや。言うたやん。何が気にいらんの」

左後部座席の男は、っせーなとつぶやいて外に出て行ってしまった。残された俺は気まずくなって、音のないテレビに耳をそばだてた。確かに、比較的近所に住んでいる女たちにくらべれば俺たちの家は遠かった。でもどう考えたって、悪いのはあんな辺鄙な県境で突っ込んできたタンクローリーの運転手だった。テレビには、もうすぐサンマのおいしい季節とテロップが出ていた。俺はそれを見て、もうすぐサンマのおいしい季節なのになと思った。バラバラに診察を終え、四人は無事に紹介状を手に入れた。相変わらず気まずい空気が流れる中、コルセットのせいで不自然にふくらんだカバンだけはどれも同じで、俺はそのことにちょっと安心した。ちょうど駅前に、昼時を過ぎて閑散とした蕎麦屋を見つけた。軽く飯でも食ってかない。立ち止まった俺が言うと、三人は黙ってついてきた。

「おとつい保険会社から電話あって。車の持ち主があたしやったのと、運転もしとったからって、まずあなたに直接謝罪させてほしいって言いよんねん。そんで謝罪の電話来てんけど、あの運転手終わってんで。いきなり、今から会えませんかって言うてきよって。なんかめっちゃ腹立ったわ。今何してますか。今どこにいますかって。めっちゃ会おうとしてくんねん。なんやねんこいつ、出会い系かよって思ってさ。やばない。途中で切ったったわ。みんなには電話せんように言うといたけど、もし来たらちゃんと無視しといてな」

っていうかさ。左後部座席の男がメニューと口をひらいた。

「こうやって四人で座ってってとさ、なんか後ろからまた突っこんできそーじゃね」

女たちはもう何も言わなかった。それからは、もう誰も何も言わなかった。やたらと辛い蕎麦つゆにバサバサの蕎麦をつけて強引にすすった。ガラガラの店内には、四人がバサバサの蕎麦をすする音だけが響いた。

「まっじーな。これもうタコ糸じゃん」

左後部座席の男はまた悪態をついた。俺だって子どもの頃には、引っ込みがつかなくなってよくこんな風になることがあった。別々に会計をするとき、前に並んだ三人の背中がとても遠く感じた。

「警察行くん来週のどこかやと思うから、また決まったら連絡するわ」

駅のホームで運転席の女が言った。

「次はあの蕎麦屋、絶対やめとこうね」

わざと馬鹿っぽく言ってみたけれど、誰も笑わなかった。

家から駅までが歩いて十五分、整形外科までは駅から更に二十分の道のりだった。駅前の喧噪を抜け、夕暮れの一本道をまっすぐ行った。極端に削ぎ落とされた歩道は、歩くだけで俺をみじめな気持ちにさせた。通りすぎる車のエンジン音に背を丸め、店の前の看板スレスレまで体を寄せた。するとそこは肉屋で、目が合った店主と俺のあいだに、何か買わなければいけない空気が流れた。その空気をヒステリックなブレーキ音が壊した。俺は自転車を避けるため、今度は慌てて車道側に体を寄せた。空転する車輪の音と運転手の舌打ち。それらを車のエンジン音がかき消した。たった数分歩いただけで、俺は耐えがたいストレスを感じていた。そこであることに気がついた。何も怖くなかったのだ。それどころか、死と隣り合わせだったあれだけの事故を忘れ、横を通りすぎる車に鬱陶しささえ感じていた。俺は急いで、救急病院の待合室の長椅子に四人で腰かけて、一本の棒になったときの連帯感を思い出した。それからは絶対にぶつからないよう、通り過ぎる車に細心の注意を払って歩いた。

整形外科は建物全体が低くて横に長い、ハーモニカの形をしていた。右奥に入り口のドア、中央に受付と待合室、左奥に施術用のベッドがあった。それぞれがアルミサッシで区切られているため、通りに立って眺めるとハーモニカの吹き口に見えた。中に入ると向かって右手に四列の長椅子が並んでいて、その向かいのカウンターに短髪で色白の地味な女が座っていた。俺はそのカウンターの前に立ち、受付と書かれたプレートの横に保険証、紹介状、保険会社から届いた書類を並べた。それを見て、受付の女の表情が曇るのがわかった。俺は気にせず、初診問診票に記入を済ませた。受付の女は保険会社に電話をかけた。俺は長椅子に座って、保険会社と電話で話す受付の女を見ていた。電話が終わっても、受付の女の表情は曇ったままだった。

いつまでたっても一向に呼ばれる気配がなかった。

「あたしの友達の話なんですけど、聞いてくれます。その子風俗で働いてて。ある日、芸人が来たらしいんですよ。かなり売れてて、まだ若手なのに司会とかもやってる人らしくて。テレビだけじゃなくてラジオでもちゃんと人気があって、本とかも出したりしてて。実際その子も、その人の本持ってたみたいで。店の女の子たちから、ここ時々そういうの来るよって聞いてたからそんなには驚かなかったらしいんですけど。それで一通り終わった後にシャワーも浴びて、もう向こうは帰ろうとしてたらしいんですよ。でも、どうしても我慢できなくて声かけたらしいんです。その子、その人呼び止めて何て言ったと思います。握手してくださいって言ったらしいんですよ。やばくないですか。だって、もうすでに色んなことしてるんですよ。握手って。それで、結局してもらったらしいんですけど。握手。した瞬間、体が体を覚えてたらしくて。なんか、おかえりなさいって言っちゃいそうになったらしいんですよ。やばくないですか。おかえりなさいって。しかも、相手が今から帰ろうとしてるのに」

会計と書かれたプレートの向こうに座る金髪で肌の浅黒いギャル風の女が、横に座る受付の女に一方的にしゃべりかけていた。俺は時々無性に、ああいう黒いギャルが出てるAVを見たくなることがあった。そしてそういったAVをレンタルしては、腰のタトゥーやヘソのピアスに眉をひそめながらも、それと真逆の反応を示す自分の体を面白がった。こうやって考えているあいだも一向に呼ばれる気配がなかった。それから十五分以上待たされ、ようやく俺の名前が呼ばれた。診察室に入ってすぐ、先生は俺を施術用のベッドに座らせた。俺は、こういうおっさんがＡＶに出てきたら嫌だなと思った。もっと汚いおっさんじゃないと、男の方も気になって目で追いかけてしまうからだ。とにかく、汚いおっさん以外の男の裸が邪魔だった。たまに不安になって、そうじゃないことを確かめようと、あえて男だけを見て射精してみたりした。そもそも、今までちゃんと女を見て射精していたのかも怪しかった。女の裸だけを見ても妙につるっとしたそれが物足りないときがあった。

だから、飲食店で汚いおっさんを見ると食欲が失せるのに、ＡＶで汚いおっさんを見るといつも凄く安心した。

「オカマ掘られたんだ」

先生の言葉と、ちょうど今考えてたこととがリンクして、俺は変な気持ちになった。口頭での簡単なやりとりと触診を済ませ、先生は診察室の奥から治療用の機器を持ってきた。電気スタンドに良く似たそれをベッドのそばにセットして、先生がスイッチを入れた。機器に当たった俺の首と背中がじんわりと熱くなっていった。

「これから通ってもらっても良いんだけど、今日みたいにかなりお待たせしちゃうかも。

診た感じ問題なさそうだし、保険絡みは優先順位が低いから」

しなやかに動く先生の口が、やけにいやらしくて困った。俺はもうこれ以上、性的な想像をしたくなかった。それに毎日毎日返ってくる宛てのないメールを待っていた俺が、病院の待合室で待てないわけがなかった。

首と背中にうっすら汗をかいていた。暖色の明かりは皮膚の表面をぴりぴりさせて、俺はそれにじっと耐えた。俺はどこでも、つくづく待ってばかりだった。トマトの形をしたキッチンタイマーが鳴って、先生は機器のスイッチを切った。それでもまだしばらくのあいだ、俺の首と背中は熱いままだった。

帰りに受付で保険証と診察券を受け取る際、ふと卓上カレンダー横の小さなカゴが目にとまった。その中には大量の飴が詰め込まれていて、俺は何気なくそれに手を伸ばした。

「それ、一般のお客さん用なんで」

受付の女が鋭い声を出して、おどろいた俺はすぐに手を引っ込めた。やばくないですか。自動ドアが開く直前、背後で会計の女が笑う声が聞こえた。

外はもう夜だった。一本道の先、流れる車やバイクの灯りが遠くの方で滲んでいた。その時、俺の耳の奥で何かが鳴っていた。それはさっき聞いたばかりのキッチンタイマーの音だった。立ち止まって考えるあいだも、キッチンタイマーは鳴り続けた。でもキッチンタイマーは今ここにないのだから、止めようがなかった。俺は仕方なくその音を聞きながら歩いた。

いくら待っても左後部座席の男は来なかった。改札から出てくる人はまばらで、目を凝らしてもそれといった気配すら無く、電話をかけても、電波の届かない場所にいるか電源が入っていないため繋がらないという音声が流れた。あきらめて、仕方なく三人で歩き出した。駅から五分ほど歩いた辺りに、一目でそれとわかる大きな建物が見えてきた。病院や学校にも共通する、あのとても正しい感じが遠くまでちゃんと伝わってきた。その建物の手前に人影を見つけた。よく見ると、そこに左後部座席の男がいた。警察署の門のでっぱりにちょこんと座って、手元の何かをぼうっと見ていた。女たちよりも早く、俺の体が動いた。俺は女たちを追い抜いて左後部座席の男に向かって行った。どんどん近づいてくる俺を気にもとめず、左後部座席の男は電波の届かない場所にいるか電源が入っていないはずの電話をのぞき込んでいた。それを見て、俺はますます速くなった。おい。でもそう言ったきり、俺は黙った。身勝手で役立たずのこの左後部座席の男に、何て言っていいのかがわからなかったのだ。んだよ。左後部座席の男は立ちあがり、不機嫌な声を出した。左後部座席の男の横に俺が並べば、途端にそこは後部座席になった。妙な座りの良さを感じながら、身勝手なのは俺も同じだと思った。俺たちは二人並んで、女たちが来るのをじっと待った。先に行ったものの何もすることがなく、後部座席が運転席と助手席を待っている構図がとても間抜けだった。やがて四人は警察署の前で向き合った。このとき俺たちは、もう座席でも棒でもなく、ただの四人だった。ドラマや映画で見る取調室とは違う、殺風景な会議室にやや拍子抜けした。しばらくして若い警察官が部屋に入ってきた。これもまた、AVに出てきたら気になってしまうタイプの男だった。俺たちは横一列になり、長テーブルを挟んで警察官と向かい合った。いくつかの質問に答えながら、事情聴取はどんどん進んで行った。もちろんシートベルトはしていましたよね。警察官のこの質問に、初めて左後部座席の男が声をあげた。

「してなかったかも」

警察官の眉間にしわが寄った。

「してたやろが。いらんこと言うなや」

「絶対にしてたやろ。あんた何がしたいん。頼むから邪魔せんとってくれ」

その後も女たちは口々に左後部座席の男を罵った。

「は？　してねーよ。警察に嘘つく方がわりー」

左後部座席の男がまだ言い終わらないうちに、助走をつけた運転席の女が飛んだ。肩まで伸びた髪がはためいて、そろえた両足は左後部座席の男の胸に当たった。ふん。蹴られた左後部座席の男は、鼻から情けない音を漏らして仰向けに倒れた。蹴った運転席の女はうつ伏せに倒れ、鈍い音が部屋中に響いた。それはドロップキックだった。そして、俺の前にドロップキック一個分の空間が広がっていた。ずれたテーブルと倒れた椅子。後ずさる警察官。ドロップキックは、ドロップキックができるほどの空間に俺たちが居るということを教えてくれた。俺は倒れた二人を見ながら、ドロップキックの両成敗感に強く心を打たれていた。ドロップキックに勇気づけられて俺は言った。

「俺がしてたってことは、たぶんお前もしてたんじゃないかな」

立ちあがった左後部座席の男がまた何か言いかけて、今度は助手席の女が助走をつけようとかがんだ。

「ちょっと。もうわかりました。次の質問をしてもいいですか？　とりあえず一回座りましょうか」

シートベルトの件はうやむやになり、ほどなくして事情聴取は終わった。俺たち四人は警察署を出て無言で駅へ向かった。通りかかった蕎麦屋には、相変わらず人気が無かった。駅のホームで、ようやく運転席の女が口をひらいた。

「駅ってほんま看板だらけやんな。いっつも駅で待ち合わせするやん。でも駅としか言わんから、相手もひつこく何駅か聞いてきよる。こっちも必死んなって頭に西とか東とか付く似たような駅の名前探してきて、何回もやりとりしてポイント削って。それでやっとどの駅か決まって。もう会えると思うやん。ほんで駅に着いて目印聞いたら、看板のところやって言われて。キョロキョロ周り見て、こんなけ看板あったら気い狂うよな。そんとき、あー生まれて初めてこんな必死んなって看板見たわって思うんかな」

出会い系の話だ。ポイントが少なくなった相手とは待ち合わせをすることが許されていて、その待ち合わせ場所のほとんどが駅だった。相手に目印を聞かれた際は看板と答えるのが暗黙の了解で、どの駅にも複数あってその分確実にメールのやりとりを増やせるし、たとえ途中でポイントが切れても近くのコンビニのATMでポイント追加分を入金させるのに好都合だった。

「ごめんな」

運転席の女の視線の先で、白いTシャツの胸元が黒ずんでいた。

「俺もごめん」

小さく口を尖らせた左後部座席の男は、照れくさそうに自分の胸元を手で払った。

「ちゃんと病院行きなよ。行かないとお金もらえないよ」

「そうだよ。ちゃんと行ったほうがいいよ」

やってきた電車に乗り込む直前、女たちは突きはなすように、あえて標準語で言った。

「なんやねんあいつら」

その関西弁には手作りのぬくもりがあって、左後部座席の男の可愛さがちゃんと出ていた。俺はあの二人にもそれを聞かせたくなったけれど、二人を乗せた電車はどんどん遠ざかって行った。

知らない番号からの着信で目が覚めた。唸る液晶画面に、味気ない十一桁の数字が並んでいた。音が止んでも、ベッドにはしばらく着信の気配が残っていた。俺はかけ直すでもなく、その不在着信をただぼうっと眺めた。知らない番号からの着信に不安を感じるのは満たされているときで、知らない番号からの着信に期待してしまうのは満たされていないときだ。そして今は後者だった。カーテンの隙間からのぞくくたびれた夕暮れは、昨日の残り物で作ったみたいな色をしていた。顔も洗わず歯も磨かず、下だけを穿きかえて家を出た。

「あたしの友達の話なんですけど、聞いてくれます。その子、昔モデルと付き合ってて。まだ仕事もほとんど無いからヒモみたいな感じで養ってたらしいんですけど。ヒモっていうか、もうロープだったたって言ってました。それで、ある時からモデルの仕事が軌道に乗って、戦隊モノで役者デビューしてからはトントン拍子に売れて行って。あっさり捨てられたらしいんですよ。やばくないですか。今では一流の役者気取りで、すっかり調子に乗ってるみたいなんですけど。そもそも、他人になりきることがなんでそんなに評価されるんですか。だって、自分が自分でいることの方がよっぽど難しくないですか。

これはあくまであたしの意見なんですけどね。それでも、どうしても気になっちゃうらしくて。夜中にタブレットでそいつが出てる映画を観てるとき、途中で苦しくなって思わずスピーカーの部分を指で押さえたらしいんですよ。どんなに演じてても、声だけはやっぱりそいつのままだったらしくて。そしたら、指に当たる振動がそいつの息の感触に思えて、この息だけが本物で、もうそれ以外こいつの全部が嘘なんだと思ったって。この話やばくないですか」

会計の女はいつも一方的だった。受付の女はただそれを聞いていた。今日もずいぶん待たされて、あきらめた頃にようやく呼ばれた。他に誰も居ないのに、俺は自分の名前を聞き逃さないよう必死だった。いつも、ただ名前を呼ばれただけで嬉しくなってしまうほど待たされた。この頃は馴れたもので、診察室の奥から自分で機器を持ってきて勝手にスイッチを入れた。機器に当たった背中や首がじんわり熱くなって、俺は信じた。自分の体が良くなることを、ただひたすらに信じた。

「君、どこも悪くないよ」

俺は先生の声を振り払って、信じるしかなかった。事故に蝕まれた命を。被害者の心を。離れて行った運転席と助手席を。身勝手な左後部座席を。これからもこの整形外科に通い続けて、ただ馬鹿みたいに自分の体が良くなることを信じるしかなかった。やがてキッチンタイマーが鳴った。どこも悪くないからね。俺が診察室を出るとき、先生はもういちど念を押した。

「あの、あれ」

診察室のドアを開けてすぐ、受付の女が長椅子を指さした。そこにぽつんと俺の電話があった。

置き忘れた電話には一通メールが届いていて、俺はそれをひらいた。

件名　さきほどはお電話失礼致しました。今から会えませんか？

本文　あの時の運転手です。先日は、大変申し訳ございませんでした。失礼を承知の上でお願いです。今ちょうど駅にいるのですが、直接会って謝罪をさせて頂けないでしょうか？　今どちらにいらっしゃいますか？

俺は電話を握ったまま、まだ呼ばれてもいないのに受付に向かった。診察券入れから勝手に診察券を取り出し、卓上カレンダー横の小さなカゴから飴を摑んだ。自動ドアまで走って、開くドアに肩をぶつけながら外に出た。それから一本道を走った。手の中で飴の袋がチクチクして痒かった。右後部座席だけで全速力を出して走った。車道では何台もの車が行き交っていた。細い細い、歩くだけで俺をみじめな気持ちにさせる歩道を走った。そのうち疲れた俺は、立ち止まってメールの返信をした。

件名　会いましょう！
本文　今駅に向かってるところです！　看板の前で待っててください！

それからまた全速力で走り出した。爆発にはほど遠い日常に、駅前の看板に、右後部座席だけがぬるっと溶けていった。

# 悪い春 202X

恩田陸

恩田陸（おんだ・りく）
64年生まれ。作家。『蜜蜂と遠雷』『錆びた太陽』『祝祭と予感』『歩道橋シネマ』『ドミノin上海』『スキマワラシ』。

「なあんか、またしてもパッとしない春だわねー」

B子が気《け》だるい口調で呟《つぶや》いた。

「いいの、いいの。パッとしなくても、なんでも。こうして外でゆっくり酒が飲めさえすれば。ね」

筆者は首を振り、ビールのグラスを掲げてみせる。

カウンターの中で、目が合った若い男の子がニコッとして頷《うなず》く。

「そうっすねー」

B子が肩をすくめる。

「確かに。どうせあたしらも還暦近いし。よくもまあ、ここまで無事に生き延びてきたもんだよ」

「ホント」

通い慣れた神谷町《かみやちょう》のビアバーである。

桜はとっくに終わったものの、若葉の季節と言い切るにはまだ早い。肌寒いような、生暖かいような、中途半端な季節の中途半端な天気。そんな日の夕暮れ時である。

通りに面した大きなガラス窓の向こうを、帰宅するビジネスマンが、窓のこちら側から見られていることにも気付かず足早に通り過ぎてゆく。

そこに、息を切らせて店の女主人がやってくるのが見えた。

「ゴメン、ミワ君、遅くなった」

扉を開けるなり開口一番、そう叫ぶ。

「大丈夫っす」

ミワ君と呼ばれたカウンター内の男の子が小さく頷く。

「こんばんはー」

「どこ行ってたの？」

二人で声を掛けると、女主人は我々を認めて会釈した。

「こんばんは。すみません、遅くなって」

彼女は春もののコートを脱ぐと、素早くエプロンを着け、急いでカウンター内に入った。

「いやー、今季の抗体証明書を貰うのに時間掛かっちゃって」

「保健所か。混んでた？」

「時間指定されるんで、そんなに混むってことはないんですけど、トラブってる人がいたみたいでちょっと待たされました。ワクチン打ってもダメな人がけっこういるんですよねー。なので、証明書発行できないって」

「そいつは死活問題だねえ」

「特に個人経営の店やってる人は」

「ええ。証明書のあるなしでぜんぜん手間が違ってきちゃいますからね」

女主人は手早く手を洗った。

「だけど、こんなに毎年ワクチン打ってたら、そのうち何も効かなくなるんじゃないかとか、副作用が出るんじゃないかとか、そっちが心配です」

「だよねー」

B子がメニューに目をやった。

「ホタルイカのアヒージョと、ブロッコリーのグリルちょうだい」

「はあい」

料理担当の男の子が返事する。

しばし、目の前のビールに没頭する。

「そういえば、最近吉屋《よしや》さん見ませんね。まあ、私が来る時に来てないだけかもしれないけど」

　筆者がそう言うと、女主人はほんの少し首をかしげた。

「いえ、しばらくいらしてません。三ヶ月くらい前かな、前回来たのは」

「職場が変わったわけじゃないよね？」

「職場は変わってないみたいですけど、なんかメチャメチャ忙しいみたいですよ。前に来た時も、ちょっとしかいなくて、あたふた飲んで帰っていきました」

「なんでそんなに忙しいのかな？　アナリストだったたっけ」

「本業は吸血鬼でしょ」

　筆者とB子はボソボソと呟いた。

　吉屋というのは、この店でしばしば出くわす常連客で、ちょっと変わった雰囲気の男である。本人は「実は、僕は吸血鬼なんです。ものすごく長いこと生きてます」と真顔で言うのだが、むろん誰も本気にしない。

　と、耳障りな着信音が重なりあって鳴った。

「うおっ」

「どこだ」

　みんなが一斉に自分のスマートフォンを見る。

「赤坂見附の量販店でクラスター発生だってさ」

「珍しいね、今どき普通の店舗でクラスターなんて」

「近い」

もはやほとんどの都民が追跡アプリをダウンロードさせられているので、濃厚接触の可能性があれば個別にメールが来る。

今のはエリアメールで、クラスターが発生すると近隣の者には自動的に通知される。緊急地震速報ほどではないが、このクラスター発生や追跡アプリの着信音は、どうにも生理的に不快である。優先度が高く通常のメールと区別したいのはよく分かるが、聞くたびに心臓が縮むような心地になる。

個別にメールが来たら、すぐに他人との接触を避け、二十四時間以内に近隣の保健所で検査を受けなければならない。

幸運なことに、まだ筆者は濃厚接触のメールを受け取ったことはないが、経験者の話を聞くに、簡潔かつ迅速な対応になったとはいえ、やはり精神的にかなりしんどいものらしい。

「それにしても、すごいよね。こんなに毎回タイムリーに、変異したウイルスのワクチンが提供できるなんてさ」

B子は頬杖をついた。

「しかも国産でしょ？　まあ、日本人の遺伝的特性に合わせるには国産のほうがいいんビールを注《つ》ぎながら、女主人がふと、何かを思い出すような奇妙な表情になった。

「どうかした?」

筆者は思わず声を掛ける。

少し遅れて、女主人はハッとしたようにこちらを見た。

「いえ、ちょっと不思議な噂を聞いたもんで」

「不思議な噂?」

「うちの姪《めい》、ご存じですよね。前に平和サポートボランティア制で中東に行ってた」

「ああ、はいはい、二年間いらしてたんですよね」

以前、事実上の徴兵制が復活になった時、この女主人の姪は自ら志願して中東に行ったと聞いて驚いたものだ。つい最近のことのような気がしていたが、もうかなり前のことになる。

「あのあと、やっぱり医療が大事だって言って戻ってきて、自治医科大に入り直したんです」

「偉いねえ」

筆者とB子は感嘆の溜息を漏らした。

「もともとボランティア精神の強い子なんだね」

「じゃあ、パンデミックの時も」

　女主人は頷いた。

「あの時は離島にいたらしいです。今は医官として陸上自衛隊にいるんですけど」

「ははあ」

「それでね、今度、匿名で褒章を授与される人がいるらしいよって」

「匿名で褒章？　なんの？　そんなことってある？」

　なぜか皆で声を潜める。

「なんでも、日本のワクチンはほとんどその人のお陰で出来てるんだとか」

「ワクチンが？」

「ものすごい特殊体質の人で、どんな感染症に罹《かか》ってもすぐに抗体を作ってしまう。なぜかものすごく古い、昔の感染症の抗体も持ってて、あらゆる免疫があるとか」

「へえー。嘘みたい」

「そんな人がいるんなら、もっと話題になってもいいのに」

「噂では、もう国家機密みたいな扱いらしいですよ。いつも護衛がいて、国家の管理下にいて、しょっちゅう血を採られて実験されてる、みたいな」

「ひえー。幾つくらいの人なんだろ」

「結構お年ってことじゃないの？」

「ＣＤＣ（アメリカ疾病予防管理センター）やＷＨＯにも検体を提供してて、よそでも研究されてるとか。世界の医療関係者のあいだでは、密かに『救世主』と呼ばれてるらしいです」

「救世主、ねえ」

「いかにも都市伝説っぽいわー。それ、姪御さんからの話？」

「はい。ま、彼女も半信半疑な感じでしたけどね」

女主人は、半苦笑を浮かべる。

「でも、こんだけ人間がいっぱいいるんだから、そういう特殊体質の人がいたって不思議じゃないよねえ。これまでだって、人類はさまざまな感染症に罹ってきたけど、必ず生き残ってきた人たちがいたわけだし」

背後でガタガタとガラスが鳴った。

春の宵、とはいえまだまだ冷える。どうやら風が出てきたようだ。

と、突然扉が開いて、外の空気と共にぬっと大柄な男が入ってきた。

「あっ」

「すごい、噂をすれば」

「どうも、お久しぶりです」

それは、吉屋だった。

記憶の中の彼と、全く変わりがない。長髪で、眼鏡で、自由人っぽいラフでお洒落《しゃれ》なファッション。

しかし、慌てているというか、やつれているというか、「生ビールひとつください」と言って腰を下ろした彼は、真っ先に長い溜息をついた。

「あらー、お疲れのようね」

B子が呟いた。

「なんだかもう、忙しくって」

長めの髪は乱れ、やや息も乱れているのは、走ってきたからのようである。

「何がそんなに忙しいんですか？」

筆者が尋ねると、「ちょっと待ってください」と吉屋は駆けつけ三杯とばかりに、出されたビールを一息で飲み干した。

たん、とグラスをカウンターに置く。

「いやあ、なんだかよく分からない忙しさですよ。別に何をしてるってわけじゃないんですけど、自分でスケジュールを決められないのがつらいです。ここに来るのも、久しぶりです。あーおいしい。お代わりください」

女主人が心得たようにすぐに次のビールを出す。

「いやあ、外飲みってやっぱりいいすね」

吉屋は二杯目もみるみるうちに飲み干した。

カウンターにグラスを置き、もう一度深い溜息。

飲んでいても飲んでいなくても、いつもほろ酔いのような男である。常に呂律《ろれつ》もちょっと怪しい。

「お代わりください」

「何か胃に入れたほうがいいんじゃないの？」

二杯のグラスを空けるのに、十分と掛かっていない。心配になってそう声を掛けると、吉屋はゆるゆると首を横に振った。

「僕があまり食べ物を摂取しなくても済むのは知ってるでしょ？　こうして皆さんの顔を見られただけでもじゅうぶんです」

「サカナになるようなツラじゃないけどねえ」とB子が苦笑した。

カウンターの中の若い男の子が、吉屋の前に空豆を載せた小皿を出した。

「ああ、ありがとう」

吉屋は、ひとつつまんで目の前に持っていった。

綺麗な翡翠《ひすい》色の空豆を、初めて見るもののようにしげしげと眺めている。

「――春だなあ」

ぽつんと呟いたその声にデジャ・ビュを感じた。

前にも、同じ言葉を聞いたような。

「でもね、生きているという。妙な実感があります」

吉屋は独りごとのように呟いた。

その目は、空豆を通り越してどこか遠いところを見ている。

「もしかして、僕は『今』のためにこれまで生きてきたのかもしれません。ずっとずっと前から、『今』この時のために、そんな人生を生き継いできたのかも。無意味な傍観者として繋《つな》いできたのは決して無駄ではなく、かつての流浪《るろう》の日々も、破壊の記憶も、恐らくは『今』のために――」

みんながぽかんとして吉屋の声を聞いていた。

「それとも、これは錯覚なのかな？　これもやがてはなんでもない日常のひとつとして、他の記憶に紛れてしまって、また傍観者としての人生に戻っていくのかな」

不思議な気がした。

そうだ、前もこんな気持ちでこんな吉屋を見た。

店の照明が、彼をこんなふうに照らしていた。

今、なぜか歴史の中の一こまに出くわしている、という気がしたのはただの錯覚なのだろう。

と、スマホのくぐもった着信音。

吉屋はぎくっとしたように胸を押さえ、スマホを取り出し、表示された名前を見た。

あきらめたような顔で電話に出る。

「はい——はい」

ひどく年老いたような表情。

「はい、分かりました。じゃあ、迎えに来てください」

電話を切る。

チラリと女主人を見る。

「お勘定お願いします」

「えっ、もう帰るんですか」

「また来ます。次はいつになるか分かりませんけど」

吉屋は弱々しく笑うと、手にしていた空豆を恐る恐る、といった様子でぱくんと一つだけ呑み込んだ。

窓の向こうに、何かの気配がした。

なんとなく皆が外に目をやる。

滑るようにして黒塗りの車が停まり、中からスーツ姿の男が二人出てくる。

吉屋はもう一度だけ小さな溜息をつくと、来た時と同様、急いで扉を開けて出て行った。

男たちにせかされるようにして車に乗り込むと、すぐに車は立ち去った。

停まった時も、発車の時も、やけに静かだったのが印象に残った。

みんなが無言で窓の外を見ている。

「──特殊体質」

B子がぽつんと呟いた。

「吸血鬼。昔の病気の免疫」

筆者が呟く。

「まさかね。でも」

「救世主」

B子と筆者は同時に呟き、なんとなく顔を見合わせた。

「──ヨシュアってさ」

B子はのろのろと呟き、再び窓の外に目をやった。

「新約聖書だと、イエス・キリストのことだったよね?」

誰も返事をせずに、みんなでぼんやりと窓の外を見ている。

もはや春の宵も過ぎて、そこにはひんやりとした闇しかないというのに。

# ポケットのなか

角田光代

角田光代（かくた・みつよ）
67年生まれ。作家。『坂の途中の家』『拳の先』『私はあなたの記憶のなかに』『源氏物語（上中下）』（訳）。

もう着ないだろう服は床に置いて、クリーニングに出したいものはベッドに置く。二年袖を通していなければ処分したほうがいいと雑誌で読んだ気がするが、一年だったろうか。窓を開け放っていても、うっすらと汗ばむくらいあたたかい。

ざっと分類が終わり、クリーニングに出す服のポケットに、何か入っていないか確認していく。スカートやジャケットのポケットから、ガムの包み紙や片方のピアスや、まるめたティッシュが出てくる。メモも出てくる。買いもののメモや、レシピのメモ。冬物のコートからは映画のチケットが出てくる。点線部分でちぎられていないから、チケットを買ったのに見ていないということだ。ああ、あのときの。チケットを購入あるいは発券したのに本編を見なかったことなど、そうそうないから、そのときのことはよく覚えている。私は大ものをつり上げたような気持ちで、未使用のチケットに見入る。ホラー映画ともポルノ映画ともとれるタイトル、日付けは二〇一七年一月十五日、丸の内の映画館名が記されている。席はEの九。たぶん通路側の席だ。

あのときこのコートを着ていたのだなあと思うのと同時に、なぜコートにこのチケットが入れっぱなしになっているのだろうと不思議に思う。今年も着たし、去年も着たのに。それに、このコートはすくなくとも二〇一七年一月からクリーニングに出していないことになる。

とりあえずチケットをサイドテーブルに置いて、ポケット確認を続ける。取れたボタン、銀色のクリップなどが出てくるが、映画のチケットのような大ものはもう出てこない。

処分する服のポケットは確認する必要もないのだが、なんだか興味を覚えて、ポケットのあるものは一枚一枚手を入れる。あいかわらず買いもののメモ。レシピ。借りたいDVDのリスト。それからレシート。レシートの印字も見てしまう。サッポロ黒ラベル、バナジウム天然水、ガルボ、アイスの実。商品名だけ見て、これは二〇一七年一月十五日以降のものだとわかる。日付を確認すると、やはり二〇一九年十月八日。ポケットのなかにちいさな謎があり、謎を解く鍵があることに感心する。だれからも興味を持たれない謎だとしても。

十二時になったのを確認して、マスクをして外に出る。三月の終わりごろまでは、買いもの客でにぎわっていた商店街だが、四月の八日過ぎから人出は減った。シャッターを下ろしている店も多い。店頭に弁当を並べた居酒屋で、生姜《しょうが》焼き弁当を買って部屋に戻る。正体のわからない新型ウイルスがニュースで取り上げられるようになったのは、あるいは私がそれに留意したのは二月になってからで、そのときはまだ遠いどこかの話だったのだけれど、あっというまに私たちの身近なところにまでやってきて、四月はじめに東京を含むいくつかの都道府県で緊急事態宣言が出された。私の勤め先である学習塾は、それよりもっと前、全国の学校に休校要請が出された直後から休業している。経営陣と講師たちは大急ぎで対策を練って、四月からオンライン授業をはじめたものの、なかなかスムーズに移行できず、対策を練りながら方向性をさぐり、今は希望する生徒に向けてオンライン個人授業をしている。私は講師ではなく事務方なので、オンライン切り替えのときは、その準備や教材集めのためにいつもどおり勤務を続けた。四月の入塾希望者の大方は四月八日以降に申し込みをキャンセルし、そのときも、その手続きや返金のことで忙しくなった。けれどキャンセルが落ち着き、オンライン個人授業がはじまると、事務スタッフは自宅待機となった。必要があれば塾にいって作業をすることもある。けれどもそれも一週間に一度あるかないか。お給料もとうぶんのあいだ減額される。

それでも私は以前と同じく六時半に起きて朝食を食べ、十二時になると昼食を食べる。以前は弁当持参だったけれど、最近は商店街の弁当を買っている。弁当ひとつではなんの役にも立たないかもしれないけれど、休業したり営業時間を短縮したりしなければならない店の力に、少しでもなりたいのである。

弁当を食べていると田村さんからラインがくる。田村さんは私より年下だけれど、私より長く塾に勤めている女性で、小学生の子どもがひとりいる。ときどきお昼にこうしてラインのやりとりをする。今まで休憩室でおしゃべりをしていたみたいに。

「お昼休憩だよね」

「田村さん、次はいつ出勤?」

「来週。月謝の減額の手続きとか、あと教材作りもある。水曜日は有田さんもくるよね?」

「うん、いきます」

本来ならば今の時期は、この春の大学・高校受験に合格した生徒たちの名前が、進学先とともに書かれて貼られ、おめでとうの看板が掲げられて、あたらしく通いはじめる生徒たちも増え、塾内はにぎやかな雰囲気である。思い出すと、なんだかずいぶん昔のことみたいに感じられる。

「何してた? 今日」

「さっきは片づけ。ポケットから映画のチケットが出てきた。昔の」

「あるある。メモもよくある。あと意味わかんないメモが出てきたりする」

「でも買いもののメモとかだと、なんか思い出せたりするよね。ヒントがあるっていうか」

「そういえば、謎のメモが出てきて、未だに考えてるんだけど、まだ謎」

「いつのメモ？　なんて書かれてたの」

「タカタのお掃除おばさん、三段」

「何それ」

「だから謎なんだって。この三年、ずーっと考えててもわからない」

「もし思い出したら教えて」

「わかった。すぐ言う。あっ弥奈《やな》がコップ倒した、ごめんまたね。あ、水曜日に！」

文字とスタンプだけしかやりとりしていないのに、急に部屋がしんと静まりかえった気がする。この先、塾も自分たちもどうなるかわからない。不安だけれど田村さんもほかの社員もそれについてあまり言い合わない。補助申請などの情報をやりとりするくらいである。

弁当を食べ、容器を洗う。お茶を飲んでから、作業の続きをはじめる。処分すべき服をまとめてゴミ袋に入れ、クリーニングぶんは紙袋に詰める。今すぐ出しにいきたいけれど、今日はもう一度外出してしまったし、ほかに用もないので、クロゼットを片づけはじめる。

一月の、見なかった映画のことは覚えている。私の平坦な人生のなかでも一大事件だった。二〇一七年一月十五日以前か以後か、と考えることができるほど。たとえばさっきのレシートは以後だとすぐわかるし、そのレシートに焼そばU.F.O.があればそれは以前だとわかる。

チケットに記されたへんなタイトルの映画は、一志《かずし》が見たがっていた。オンラインで私が予約した。その日、映画館に早く着きすぎたので、先に発券し、上演時間まで時間をつぶそうと、まだあたらしいショッピングビルに入ったり、映画のあとで何を食べようかとレストランフロアを歩いたりした。そのあたりでけんかになった。いや、あれはけんかなのか。

子どものころから、私は時間ぎりぎりの行動が恐怖に近いくらい苦手だ。上映時間が十七時ならば十六時三十分には映画館にいって、十六時四十分には席に着いていたい。会社でも電車でも飛行機でも式典でもなんでもそうだ、時間が決まっているものは二十分前行動をしないと落ち着かない。そのことを一志もよくよく知っていて、そんな私にイラッとするときがあることも私は知っている。このときも、もういこうよ、もういかない？　もう出ようよ、と言い続ける私にイラッとしたのだろう、何かからかうようなことを言った。はっきり覚えていないけれど、でも馬鹿にするような口調で何か言って、そのとき私の頭に浮かんだのは、ずっと昔に見た映画のなかの老夫婦だった。妻が家に着くずっと前に鍵を取り出してかちゃかちゃやることに、夫が耐えがたいほどいらついている、タイトルは思い出せないのにその冒頭シーンが異様にはっきりと思い浮かんだ。その映画を見たときに、私はそのシーンに怖じ気づいたのだ。五十年くらい寄り添っているのに、せっかちな妻にまだ夫はうんざりし続けていることに。そんなふうに身近な人間に、かすかに疎まれ続けて年老いていくことに。

そのとき、その映画のシーンを思い出し、そのことに私はひどく傷ついた。動揺もしていた。激しい怒りもわいた。それを自覚できたから、落ち着こうと自分に言い聞かせ、深呼吸をして、冷静に、映画の前にトイレもいきたいし、トイレが混んでいるかもしれない、コーヒーやコーラを買いたいし、売店が混んでいるかもしれない、エレベーターが混んでいて列に並ぶかもしれない、そういうことが不安だから早めにいきたいのだと説明し、説明しているうちになぜか涙がぼとぼとと落ちはじめた。強迫症とかそういうのかもしれなくて自分でもいやで、あなたがいらついているのも知ってる、でも、そんな、馬鹿にすることかなあ、馬鹿にされるようなことなのかなあと震え声で言い続け、一志はびっくりとうんざりと人目がはずかしいがまぜこぜになった顔でそんな私を見て、悪かったよじゃあいこう、と歩きはじめた。そのときもう完全に私は映画を見る気を失っていた。遠ざかる一志の背中を見ていた。みっともないと思うのに涙がとまらずに、一志の背中もビルの通路もショーウインドウもぼやけていた。

そうか、あのときあのコートを着ていたのか。引き出しの中身を全部出してから拭きし、衣類をたたみなおして戻していく。

二〇一七年一月十五日の夜、映画をひとりで見た一志は何もなかったように「夜、近場で飲もうか」とラインを送ってきた。夕食のための買いものはすませて、米を研ぎはじめていたところだったけれど、これを断ったら事態は悪化すると思い、「そうだね」と返信をし、家の近所の居酒屋で落ち合って飲んだ。二人とも口数は少なく、ぎこちなかったけれど、たぶんそのときは、双方、やっちまったという自覚と、歩み寄ろうという意思があったはずだ。

けれどもうまくいかなかった。たしかに私たちは「やっちまった」のであって、それはなかったことにはならなかった。それまで二人のあいだにあった何かが急速にしぼんで消えた。その何かは愛や情ではなかった。何かもっと確固とした強固なものだった。他人と暮らし続けるのに愛や情より必要なものだった。私は未だにその何かに名づけられずにいる。

ともあれそれが失われてからは、ともに暮らしていることに意味が見出せず、ときに苦痛ですらあって、一月の終わりに別居してみようかと一志が言い出し、私は一晩考えて、別居するならいっそ離婚でいいのではないかと提案し、二月の終わりに離婚し、それぞれ引っ越しをした。提案から実行まで一か月かかったのは、冷静に考えてみたかったという理由もあるが、離婚に至った原因が、あの馬鹿げたけんかですらないけんかにほかならないから、でもある。どちらも信じたくなかったのだと思う。あんなことのせいで離婚するなんて。その程度の結びつきだったなんて。

　だって私たちは、東日本大震災直後に入籍したのだ。結婚することはその一年くらい前から決めていて、双方の親への挨拶もすませ、半年前にはいっしょに住みはじめ、結婚式とパーティの日取りも場所も入籍日もあらかじめ決めていて、決めごとも準備もあらかたすんだときにあの巨大地震があった。私たちはその夜、それぞれの職場から徒歩で家に帰り、その日から数日、余震の恐怖におびえながらあらゆることを話し合った。式をどうするか。パーティをどうするか。被災地にどう向き合うか。何をするか何をしないか。何をすべきで、何をしてはいけないか。

　結局、神社での式は挙げて、友人中心のレストランパーティは中止にした。ニューヨークにいくはずだった新婚旅行をキャンセルして、その期間二人で釜石のボランティアに参加した。買い占めはやめて、震災被害のなかった双方の親にもやめるように言って、支援すべき団体を吟味して寄付をした。考えが違うこともちろんあって、でもそのたびに納得するまで話し合った。このとき私は、たぶん一志もだと思いたいけれど、私たちはだいじょうぶだという確信を持った。このとき二人でやったこと、やめたこと、選んだこと、選ばなかったことは、のちのち間違いだったと思うかもしれない。ただしことばかりやっているはずがない。でも、誠心誠意話し合って、今の時点でいちばんいいと思うことをしようと決めて実際に行動し、そこにズレがない。あっても埋めながら進んでいる。私たちはこの先、何があってもだいじょうぶ。

たしかにだいじょうぶだった。望むように子どもはできなかったが、二人でやっていこうと決めた。四十歳を過ぎてもしどうしても子どもがほしくなったら養子縁組をまじめに考えようとも決めた。その後に大地震のような、何日も話し合って考えをすり合わせなければならないできごとはなかったけれど、デング熱がはやったときは対策を講じ、パリで同時多発テロが起きたときは難民問題について調べ、かつて二人で旅した新潟の商店街で大規模火災があったときは支援先を選び、アイドルグループの解散ニュースには思うことを言い合った。いくつかのことはやっぱりとんちんかんだったろう。でもいつも私たちは大まじめにできることを考え、話し合った。

それなのに、なんでもない一日の、たった一、二分のできごとで、その「だいじょうぶ」が崩れた。二人ともが見ずにいたものが、はからずもその一瞬で露呈した感覚だ。露呈したものはもう覆い隠すことができない。どんなにうつくしい思い出や、ともに闘った感覚をもってしても。そのことがかなしいのでもくやしいのでもなく、ただただ不思議だった。そして、何が露呈したのか私たちにもわからないのが不気味で、もどかしかった。

ひとり暮らしに戻った直後――この町に引っ越してきた当初は、さみしくて、つまらなくて、やっぱり離婚は間違いだったと幾度も思った。だっておかしいじゃないか。圧倒的に大きなできごとを乗り越えて二〇一七年一月十五日にたどり着いたのに、あんなちっぽけなからかいの言葉で――しかもその言葉を思い出せないというのに――こんなふうに道が分かれてしまうのは間違いだ。私が悪い。きれた私が悪い。そんなふうに思い詰めもしたが、あの、何かが消えた感覚は生々しく私の内に残っていて、結婚を続けていくのは無理だったろうとも思った。それで、間違いだったと思うたび、そうじゃない、まだ驚いているだけだ、と思いなおした。

ひとりの暮らしには半年ほどで慣れた。いつか、またいっしょに暮らしたいと思う人があらわれるかもしれないけれど、でもとうぶんこのままでいいとも思うようになった。本当になんでもない瞬間に、思いがけず重要なことが露呈する、そんなことがあり得ることに、きっとまだ私は驚いているし、恐怖も感じているのだと思う。

クロゼットの掃除を終えると夕方の四時を過ぎている。ベランダに出ておもてを見下ろす。マンションの五階だが、周囲に高い建物がなく、駅へと続く商店街も見下ろせる。マスクをした数人がレジ袋を提げて歩いている。民家の庭の木や、公園の大木が緑の葉をめいっぱいつけて風に揺れている。公園の遊具は使用禁止のためにテープが張り巡らされているが、サッカーをする子どもたちの姿がある。

新型ウイルスのことがこれほど深刻になる前は、一志のことを思い出すことはほとんどなくなっていた。けれどこうして家にいる時間が増えてから、どうしても考えてしまう。この得体の知れない難局を、一志と私は乗り越えただろうか、と。マスクをするかしないか、マスクはいくらなら買うか、消毒の徹底の範囲、外出自粛のとらえかた、危機感のありよう、考えの違う他人の行動をどこまで気にするか、政治について思うこと、等々、巨大地震のときとはまったく異なった価値観の違いがどんどんあぶり出され、私たちは九年前のことを思い出しながら一生懸命言葉を尽くして話し合い、価値観をすり合わせようとするだろう。それは成功しただろうかと、つい思ってしまう。空いているだろう時間を狙ってそそくさとスーパーにいくときや、テイクアウトをはじめた飲食店の弁当を選んでいるとき、吊革につかまらずに電車に揺られ、窓の外、木々の緑に見とれているとき、公園で遊ぶ子どもたちの、澄んだ笑い声を聞いたとき、未練ではなく、単純に知りたいこととして、一志のことを考えている。いや、考えているのはもしかしたら一志ではなく、他者と向き合う私自身についてなのかもしれない。

私たちは自分自身ですら得体の知れないものを抱えていて、思いもかけないときにそれがあらわになり、あらわになってすら、それの正体を見抜けず、名前も知らず、名づけることもできない。それが二〇一七年のある一日に私が知ったことで、知ってもどうにもできないことだ。

室内に入り、ベランダのガラス戸を閉める。日はまだ高い。冷蔵庫にある食材で、てきとうな料理を作ることにも慣れはじめている。大根、春キャベツ、新じゃが、ズッキーニ、野菜室を確認して、ふと顔を上げる。さっきの映画のチケット、捨てたのだっけ。どこかに置いた？　思い出せない。野菜室を閉めて、寝室にいって確認するが、サイドテーブルにもクロゼットの引き出しの上にもない。ゴミ箱をあさってみても、やっぱりない。きっといつかまた、思いもかけないところから出てくるのだろう。まるで、私自身の内の、得体の知れない何かを忘れるなとでも言うように。

台所に戻り、野菜室から野菜を取り出す。おもてから音楽が聞こえてくる。午後五時になると商店街に流れる、「椰子の実」のメロディだ。私は台所を離れ、ガラス戸の前に立つ。少し離れたところにある三階建てのマンションの外廊下が見えるのだが、午後五時に、ぱちぱちぱちぱちと少しずつずれながら、外廊下の明かりがつくのだ。自宅待機をするようになってそのことに気づいた。どうということのない光景だけれど、等間隔に白い明かりがつくのを見ると、なんだか得した気分になる。今日も、ぱちぱちぱちぱち、と明かりがついていく。タカタのお掃除おばさん、三段、と思いついた言葉をつぶやいて、私は台所に戻る。

# 今日この頃です

片岡義男

片岡義男（かたおか・よしお）

39年生まれ。作家、写真家、翻訳家。『豆大福と珈琲』『くわえ煙草とカレーライス』『コミックス作家　川村リリカ』。

1

北村恵子《きたむらけいこ》は三十歳の独身で出版社に勤め、いまはコミックスの雑誌を編集していた。今日は仕事のない日だ。出社してもいいが、好きなように過ごすのが基本の、一日だ。自分で作った昼食をひとりで食べて、午後一時過ぎだった。彼女は外出することにした。青いオックスフォード地の長袖シャツに、カーキー色のチーノ、そして靴はいまはこれだけときめている、日常的なアウトドア全般に対応する、ヴィブラム底の靴だ。その靴に靴下を合わせるのは簡単だった。

部屋のある建物を出て踏切に向けて歩き、その踏切を越えると、地元の商店街だった。外国の製品が多いかな、と彼女は感じている店に入った。買わなければならない物はなかったが、ハーブ・ティーの箱入りをひとつだけ買った。カモミールだ。ティー・バッグが二十個、その箱に入っていた。

店を出てしばらく歩いてから、彼女は道の端に立ちどまった。スマートフォンを小さなショルダー・バッグから取り出した。河合新兵《かわいしんぺい》というコミックス作家が近くに住んでいることを思い出した。彼女は彼の番号に電話をかけてみた。電話はつながった。

「はい、河合です」

と言う彼に対して、

「近くにいるんだよ。寄ってもいいか」

と、いつもの口調で言った。

「歓迎する。なにもないけど」

という返事に、河合はつけ加えた。

「俺がいるだけ。あと、蛇口をひねれば、水が出てくる」

北村恵子は笑った。笑い声のほうが顔立ちよりも涼しげだった。彼が描いているコミックスに、いまのような冗談は生かせないものか、と彼女は思案した。彼の生計の中心はコミックスと絵、つまりさまざまなイラストレーションであるはずだった。

歩いていくとやがて商店街は終わり、交差するなんとか街道を渡り、住宅が密集している地域の下り坂の途中、五階建ての集合住宅に、彼女は入った。いちばん奥に階段があった。その階段で三階へ上がった。

ドアをノックしている人の絵がA4の白い紙に描いて貼ってあり、その絵のなかに描かれた表札に、河合、という文字があった。恵子はドアをノックした。ドア・ノブがなかで回転し、ドアが少しだけ開いた。

「入っていいか」

「いいとも。入っておいで。いくらでも」

「いくらでもと言ったたって、私ひとりだけだよ」

恵子がなかに入ったとき、河合はいちばん奥のスペースにある、大きな作業テーブルへと歩いていくところだった。河合は自分の椅子にすわり、恵子はテーブルをはさんで向き合う位置の椅子にすわった。

「住めば都か」

と言って彼女はすぐ左側にある横長の窓を見た。

「東京都だからな。もうひとつ、京都にも、都がある」

「都道府県はいくつだ」

「四十七」

「よく知ってるね」

「常識だよ」

「常識は豊かなのか」

恵子の質問に河合は笑って答えずにいた。

「ハーブ・ティーを買ってきた」

恵子はテーブルに置いた紙袋を示した。

「なんのハーブだ」

「カモミール。好きだろう。淹れようか」

「淹れてもらえるのか」

「淹れるよ」

カウンターに囲まれた小さなキチンを河合新兵は示した。

「ご自由に使ってくれ」

椅子を立った恵子はハーブ・ティーの紙袋を持ち、カウンターの端からキチンに入った。

「たまにはここを使うのか」

「使うよ」

赤い電気ケトルで恵子はカップ二杯分の湯を沸かした。湯はすぐに沸いた。紙袋から紙箱を出し、その箱の蓋を開き、ティー・バッグを二個、恵子は取り出した。ふたつのカップそれぞれにティー・バッグを入れ、湯を注いだ。やがて出来上がったカモミールをふたつ、恵子はカウンターに置いた。河合が椅子を立ち、カウンターの外からふたつのカップをテーブルに移した。

「午後の、なんでしょう」

と、ふたつのカップを見て、恵子は言った。

「そこで閃《ひらめ》いた」

と言いながら、恵子は椅子にすわった。

「なにが閃いたんだ」

「お前の描くコミックスだよ。ここのような部屋にお前のような男がひとりでいる。男は紅茶を二杯、淹れる。カップがふたつ。テーブルにふたつの紅茶を置く。ひとつを飲みほした彼は、もうひとつを飲み始める。題名は、午後の紅茶。ひとりで二杯、飲むんだ。だからカップをふたつ使った。それだけの話。いまうちで連載してるお前のコミックスの、一回分にはなるよ」

「私小説だね」

という河合の言葉に、

「それでいいじゃないか」

と、恵子は答えた。そして、

「仕事は？」

と訊いた。

「してるよ。しないと食えない」

「うちの仕事もしろよ。二ページの連載」

「そうだね」

ふたりはカモミールを飲んだ。

「うまい」

「午後にちょうどいいね」

「連載はいまのような私小説でもいいのか」

河合の言葉に彼女はうなずいた。そして言葉を続けた。

「ある日の午後、女から電話がある。近くにいるので部屋に寄っていいか、と彼女は言う。彼女は部屋にあらわれる。ハーブ・ティーを買ったと言って、勝手に湯を沸かしてカップにふたつ淹れる。カモミールだよ。ふたりはそれを飲む。うまい、という話」

「題名は?」

「カモミール、でいい」

「それでいいのか」

「私小説だもの」

「そんなことでよければ、すぐに出来る」

「だったら早く描け」

「すぐだよ」

「ここで待ってようか」

「夕方にもう一度、近くで会えれば、そのときそこで画稿を手渡す」

「ほんとかよ」

「ほんと」

「近くから電話するぞ」

「夕方」

「さっき言ったような私小説で、題名はカモミール」

「電話をくれるのは何時頃だ」

「六時。早いか」

「カルピスのことを考えてたとこだった」

と、河合新兵が言った。

「カルピスをなにかで割るのか」

「ペリエで割る」

「うまそうだ」

「うまいよ」

「やってみたのか」

「俺の好物だよ」

「初めて聞いた」

「きみんところの連載でもある」

「カルピスの話をか」

河合はうなずいた。

「スーパーで買うカルピスの原液の瓶には、五倍にうすめて十五杯分、と印刷してある。そのとおりに作ったら、一杯分は、コップに一杯、という言いかたにまさにあてはまるような量だった」

「やや薄いかな」

「個人の好みがあるからな。薄いカルピスと言えば、いまでも思い出すことがある」

「なんだ、それは」

「小学生の頃、親しい友人がいてね。そいつの自宅へ遊びにいくと、かならずお姉さんが、カルピスを出してくれた。このカルピスが、薄いんだよ」

「明らかに薄いのか」

「明らかに、薄かった」

「困ったね」

「いまでも困ってる。だからカルピスは濃い目に作って飲んでいる」

「ペリエで割って」

「そうだよ」

「至福のひとときだね」

「さっきのカモミールも良かった」

「ペリエで割ったのを飲むだけか」

「つまむものがあるといい、という話か」

「つまんでも、つままなくても」

という北村恵子の言いかたに、河合は笑った。そして、

「まず、ポテトチップスを合わせてみた」

と言った。

「誰でも考えるよな」

「ポテトチップスにもいろいろある。塩の薄いのがいい。それから、厚くないこと。余計な味がついてないことも、大事だ。コンソメ味のような」

「それは大事だな」

「すんなりした、軽い、塩味の薄い、ポテトチップス」

「他には？」

と恵子は訊いた。テーブルの向こう側にいる恵子を、河合は眺めた。そして、

「歌舞伎揚《かぶきあげ》というものは、知ってるか」

と言った。

「知ってる」

「ひとくち歌舞伎揚という、小さなサイズのもあって、これがいい。煎餅《せんべい》を揚げたようなものだ。直径三センチほどの円形で、まんなかが窪《くぼ》んでる。百グラム入りの袋に入ってる」

「それを食べながら、ペリエで割ったカルピスを飲むのか」

「ふと窓の外に視線を向けると、その視線が受けとめるのは、陽光のある景色だといい」

「晴れた日の、まだ陽のある時間だな」

「試してみろよ」

「帰りに買ってみるか。すぐ近くに住んでるんだよ。踏切を越えてしばらくしてから、左へ入ったところ。神社の入口の、真正面」

「左へ曲がる角に中華の店があるだろう」

「あるね」

「炒飯《チャーハン》がうまい」

「カルピスに合いそうだ。カルピスのあと味に」

「時間差でカルピスと合うもの、というテーマもあるんだ」

「いったん部屋へ帰る。夕方の六時を過ぎたら電話する。そこでまたひとつ、閃いた。いまのカルピスの話も連載に描け。題名は、カルピスと歌舞伎揚。今日は連載の二回分が手に入ったな」

そう言って恵子は椅子を立った。窓の外を見たあと、玄関へ歩いた。縁にすわって靴を履く彼女を河合が見ていた。靴を履いた恵子は立ち上がった。

「忘れ物は？」

と彼が訊いた。

「ありっこないよ。持ってきてないもん」

ショルダー・バッグは斜めにかけたままだった。

「持ってるのは、これだけ」

カモミールのティー・バッグの箱が入っている紙袋を、彼女は河合に見せた。

2

梅雨の晴れ間だ。これ以上にはなり得ないほどに、晴れていた。ひとりで住んでいる地元の商店街を、三十三歳の岸田作治《きしださくじ》は歩いていた。どこかカフェに入って珈琲《コーヒー》だろうか、と考えたとたん、閃いた。彼女が近くに住んでいるはずだ、と彼は思った。コミックス作家の青山恭子《あおやまきょうこ》だ。道の端に立ちどまり、スマートフォンを取り出し、岸田は電話をかけてみた。彼女が電話に出た。

「近くにいるんだよ。岸田作治。昼飯をひとりで食った。どこかで珈琲かな、と思ったとたんに、閃いた。青山さんが近くに住んでいるはずだと、思い出した」

「それでこの電話なの?」

という彼女の言葉を彼は受けとめた。自分のほうから次の言葉を発するようにしむける、やや故意の冷たさではないか、と岸田は常に感じていた。

「寄っていいか」

「来いよ」

と、恭子は言った。

「ただしここには私がいてコミックスのことを考えてるだけで、他にはなにもないよ」

「しばらく話をするだけでいい」

「来いよ」

と恭子はおなじ言葉を繰り返した。

「道順はわかってるか」

「わかる、と思う」

「いま、どこなんだ」

「煎餅屋さんの隣。道の向こう側には古書店がある」

「その道を駅とは反対の方向へもうしばらく歩くと、おでん種の店があるから、その角を入って五軒目の、四階建ての二階」

五分後には岸田はその部屋にいた。あらゆることをそこでする、木製の頑丈そうなテーブルがあり、その向こうで恭子はいつもの椅子にすわっていた。テーブルをはさんだ向かい側に岸田が椅子にすわっていた。

「紅茶でも買ってくればよかったかな」

と岸田は言った。

恭子は首を振り、

「いらない」

と答えた。いつものぶっきらぼうな口調だが、恭子には似合っていた。その似合いかたのなかには、安心感すらあった。

「珈琲なら、あるよ」

「いらない」

と、岸田は言ってみた。その岸田に恭子は次のように言った。

「すっ裸になって縦長の鏡の前に立ち、手拭《てぬぐ》いを次々に裸の腰に巻いてみた。どの手拭いも裸の私によく似合ってた」

「手拭いを？」

「人がくれるんだよ。日本のクラシックな模様が多い。私が裸の腰にこれを巻いたら似合うだろうな、といろんな人が思うらしくて、手拭いをくれる。キョウちゃんに似合いそうだから買って来た、あげる、と言って差し出される。もらうよ。それがいつのまにか、七枚、八枚とたまっていく。だから裸になって、それを腰に巻いてみた」

「どれも似合うんだ」

「江戸文様。蕪《かぶ》の文様とか。知ってるか」

青山恭子の質問に岸田は首を振るしかなかった。

「江戸時代にはすでにあったそうだ。『かぶ』といえば、めくり札の最高位だから、この文様のものは縁起物でもあった。矢絣《やがすり》の文様は、私の裸にじつによく合っていた。矢の羽根の部分を図案化したもので、御殿女中たちの着物の文様だったそうだ」

恭子の説明を聞いた岸田は、

「その手拭いたちは、どうしたんだ」

と訊いた。

「きれいに畳んで、しまったよ」

「使えばいいのに」

「裸の腰に手拭いを一枚だけ巻いて」

「そうだよ」

「これからの季節だもんな。手拭いを腰に巻いただけで、この机に向かってコミックスを描く、というのは悪くないな」

「ぜひやれよ」

「裸になったついでに、すっ裸のまま、この椅子にすわって、コミックスのストーリーを考えてた。岸田さんから電話があって、この服を着たんだよ」

ふたサイズは大きい長袖のTシャツに、よれよれのチーノだった。Tシャツのくすんだオレンジ色は、好ましい色だ、と岸田は感じた。

「ストーリーはなにか浮かんだかい」

「勝手に浮かぶんじゃなくて、考えてるとそのうち、浮かんでくるのさ」

「浮かんだかい」

「裸ついでに、カフェのような店で、待ち合わせたふたりの女性が、素早く半裸になって服を取り替える、という話は出来た。ふたりはいい友だちで、体のサイズはおなじなんだよ。服を取り替え合って着るのは日常のことなので、そのような日常の延長として、カフェで服を取り替えるんだ。半裸の女性をふたり、描くことになる」

「青山恭子の描く半裸の女性たちは、魅力的だからな」

「カフェで待ち合わせをして、ふたりとも珈琲を注文してから、服を取り替える。ほんの一瞬の出来事だよ。ウェイトレスが持ってきた珈琲を、なにごともなかったかのように、ふたりは飲む」

「きみの連載に、やがていまの話が登場するのか」

「するよ。題名も考えた。買ったばかりのワンピース。そういう題名だよ」

「期待して待ってよう」

「ルームサーヴィス、というストーリーも考えた」

「それにも裸の女性が登場するのか」

「当然だよ」

と恭子は言った。

「きみが語るのを聞いていれば、なぜ当然なのか、わかるのか」

「わかる」

と答えた恭子は、次のように語った。

「ホテルの部屋だよ。ベッドがふたつあって、それを使うだけの空間なのだけど、そうではないような造りになってるところが、ぜんたい的に悲しい。若い女性がひとり、ライティング・デスクに向かって椅子にすわってる。その女性は私でもいいね。私そっくりに描いて。彼女は裸だよ。なんにも身にまとってない、完全な裸。素晴らしい裸だ。それに、冷たい美貌。私そのものだよ。ふと椅子を立った彼女は、ぶかぶかの長袖Tシャツを着て、スラックスをはく。そしてナイト・テーブルまでいき、ルームサーヴィスに電話をかける。彼女は珈琲を注文する。ポットに四人前。ただしカップと受け皿はひとつでいい、と彼女は言う。電話を終わると彼女はライティング・デスクへ戻り、さきほどまでとおなじように椅子にすわり、ノートブックに万年筆で書いていく。彼女はコミックスの作家で、ノートブックに書いているのは、コミックスのためのメモみたいなものだね。ここまで、わかるか」

「よくわかる」

と、岸田は答えた。

「わからないとこは、なにもないもんなあ」

「珈琲がやがて届くだろう。ルームサーヴィスの珈琲が。彼女はそれを受け取らなくてはいけない」

「そのとおりだ。ルームサーヴィスの珈琲を受け取るために、さきほど語ったとおり、最低限の服を着たんだよ。すっ裸で受け取ってもいいんだけど、最低限の服を裸の体に着るところを、絵に描いてみたい。ドアにノックがある。若い女性の声で、ルームサーヴィスです、と聞こえる。彼女はドアを開く。珈琲を載せたカートを押して、制服の若い女性が部屋に入って来る。珈琲は低いテーブルに置く。伝票に彼女はサインする。制服の女性はカートを押して部屋を出ていく。ドアが閉じる。ドアをロックした彼女は、身につけたばかりの最低限の服を脱ぎ、裸になる。素晴らしい裸の女性が、服を脱いで裸になっていく様子を、絵に描くことが出来る。日常的な平凡な動作でも、アングルを工夫して静止画にすると、驚くほど新鮮になる」

「早く驚かしてくれ」

「珈琲を注ぐところもな。低い視点で彼女の全身を描く。壁に寄せたソファにすわって、彼女は珈琲を飲む。動作としては平凡だけど、彼女自身は裸だよ。一糸まとわぬ姿、という言いかたがあるだろう。あれだよ」

「珈琲はやがて飲み終わる」

「彼女はソファを立ち、ライティング・デスクの椅子に戻る。そしてノートブックにメモを書く作業を続ける。それだけの話。ルームサーヴィス」

「素晴らしい。ぜひ、読ませてくれ」

と岸田は言った。

「鏡の前で裸になり、江戸文様の手拭いを次々に腰に巻いてみる、ということをした延長として、コミックスのためのメモを考えては、こうしてノートブックに書いていった。岸田さんから電話があったのは、そんなときだった」

「いま語ったことは、すべてメモに書いてあるんだ」

岸田の言葉にうなずいた恭子は、

「裸の話を続けてもいいか」

と、訊いた。

「いいとも」

「裸と言えば」

と恭子は続けた。

「本を読んでいて夢中になって引き込まれると、着ている服を一枚ずつ脱いでいく、という癖が私にはあってさ。中学生の頃から。高校三年の冬、炬燵《こたつ》で本を読んでいた私は、一枚ずつ服を脱いでいってついに全裸になったとき、炬燵のある部屋に母親が入って来たんだ。すっ裸の私を見て驚いたけど、炬燵と裸の私を結びつけて、ありきたりの想像をしたんだよ。そのありきたりな様子が、そのときの母親の全身に出てたよ。思い返してみると、母親のそのようなありきたりな想像が直接の原因である娘の私にとって、とても恥ずかしいものだった。いまでも恥ずかしいよ」

聞いていた岸田は感銘を隠さなかった。

「その話も、いずれ連載に登場するのかい」

と、彼は言った。

「するでしょう。連載は四ページだから、ちょうどいい話かな」

やがて岸田作治は椅子を立った。

「紅茶でも買ってくればよかったかな」

と、もう一度、彼は言った。

「この次」

と恭子が言った。岸田は玄関へ歩いた。靴を履き、ドアを開き、外へ出た。ドアを閉じるとひとりだけの自分に戻った。階段を一階まで下り、建物を出て商店街の道へ出た。歩いていくとスーパーマーケットがあった。岸田はその店に入った。見るともなく食料品の棚を見ていき、紅茶の紙箱をひとつ、手にとった。イングリッシュ・ブレクファストという紅茶で、紙箱には丸いシールが貼ってあり、25ティー・バッグス、とあった。ティー・バッグが二十五個入っている、という意味だ。岸田はその紅茶を買った。

商店街を歩ききり、やがて脇道に入り、もう一度曲がって奥までいくと、彼がいまひとりで住んでいる集合住宅があった。小さな三階建ての建物だった。二階にある部屋へ彼はいつものとおり階段を上がった。

部屋に入った岸田作治は顔と手を洗った。幼稚園に通っていた頃についた癖だった。癖はいまもそのまま続いていた。そのあと彼は湯を沸かした。電気ケトルですぐに湯は出来た。紅茶の紙箱を開き、ティー・バッグをひとつだけ取り出し、いつも使っているマグに紅茶を淹れた。食事の他、ほとんどすべてのことをここでする丸いテーブルの定位置の椅子にすわり、淹れた紅茶を静かに飲んだ。

# #コロナウ

金原ひとみ

金原ひとみ（かねはら・ひとみ）
83年生まれ。作家。『クラウドガール』『持たざる者』『アタラクシア』『パリの砂漠、東京の蜃気楼』『fishy』。

「チケット取れたで、十五日」「そっか、良かったやん」「とりあえず今回は持てるものだけで帰るから、後々必要なもの送ってもらうことになるかもしらんけどよろしく」「まあ、こっちにできることがあれば何でも言いや」「時間ないから何もこっちのこと整えていけんけど、ごめんな」「いや全然大丈夫やで、自主隔離とかは大丈夫なん？」「陽子さんとこが持ってる大阪のマンション今人いないから居させてもらえそうやねん、そこで自主隔離かな」「じゃあなんか手土産とか、持ってった方がええんちゃう？」「今手土産はないやろ」「ああ……やな、なんか日本のこと想像すると日常に戻った気がしてしまうな」

苦笑する夫を見て、彼が安堵しているのを感じる。妻子を死の国から送り出せる安堵か、ようやく私から離れられる安堵か、細かいニュアンスは分からない。じゃ、そろそろ行ってくる。その言葉に反応して、隣の部屋からランと拓馬が行ってらっしゃい！

と声を掛けた。おお、行ってくるー。夫はドアから二人を覗いて言い、重たい木のドアを引き開け出て行った。四つの鍵とチェーンが一つ、U字ロックが一つついたあのドアを見て、「何これキモっ」と言った芽衣子のゾッとした表情を思い出して笑いが溢れた。私がつけたんやないで、前の住人やで、と言うと、外せばいいのにと芽衣子はやはり気色悪げな目を私に向けた。

「十五日に帰国することにしたわ」

芽衣子にそう送ると、「お惣菜で自粛宅飲みー」というキャプションと共にお刺身パック、鴨ロース、ローストビーフ、チャーシューのネギ和え、塩辛、獺祭《だっさい》のボトルが写り込んだ画像が送られてきて「呪ってやる」と返信する。すぐにLINE 通話がかかってきて、慌ててイヤホンを差し込むと通話ボタンをタップした。

「なに帰国って、本帰国?」

「せやで」

「今帰国できんの?」

「普通にチケット取れたで」

「離婚は?」

「とりあえず今はしないことにした。コロナが落ち着くまでは、お互い新しい生活しっかり立て直そうってことになってん」

「つんちゃんは今の店にい続けるの？」

「そうやね。引き抜きの話は完全にペンディング。まあ逆に、引き抜き直後とかにコロナじゃなくて助かったわ」

　ＮＹに新規オープンする和食店の引き抜き話と、これを機に離婚してほしいという申し出を受けたのは昨年末だったけど、もう随分前のことに感じられる。パリに残って母子三人で生活するか、日本に本帰国するか迷いに迷って帰国を決めた。数年にわたり人妻と不倫を続けてきた夫への情はとっくになくなってたけど、留学中に妊娠が発覚し、志半ばで大学をやめて育児と家事に勤しんできたため社会経験皆無の私は離婚すれば収入も仕事もなく、配偶者ビザさえも喪失するため、ＡＴＭとして最大限利用しようと割り切り夫と精神的な交流を完全に絶ったまま同居することに完全に慣れきり早数年というところでの離婚の申し出には面食らった。それでも私や子供たち、そして私たちとの生活に執着や情を一切感じさせない夫の態度と、離婚しても子供二人が成人するまで月二千ユーロの生活費を送るという提案によって離婚を決めた。もうユミと一緒にいることが辛い、と吐露された瞬間、五年ぶりくらいに彼の本音に触れた喜びが湧き上がった事実も大きかった。ここまできてようやく本音を話してくれたのだから、これまでののらりくらりも、不倫を追及した時のしらばっくれも、仕事なんだよ、というルーチンの嘘も全部チャラにしてやろうという気になった。

それでも、少なくともこの年度が終わるまではパリにいようと思っていたのだ。夏のバカンス前に帰国するか、子供たちが気に入っていたポルトガルや私が好きだったイタリア北部辺りを母子三人で長期旅行した後帰国するか悩んでいたけど、一回本帰国しちゃうとヨーロッパはなかなか行かないから思う存分旅行しておいで、と芽衣子に強く言われたこともあって行き先を検討していた矢先のコロナだった。

「じゃとりあえず帰国して後々荷物とか送ってもらったりって感じ?」

「そう。まあ私はコロナが落ち着いたら一回パリ戻ってあれこれせなあかんやろうな」

「てかコロナ再陽性がトレンド入りしてたけどユミ大丈夫なの?」

「さすがに大丈夫やない? もう熱下がって咳止まってから二週間以上経ってんで」

「帰国したら自主隔離?」

「親戚の持ってる空きマンションあるからそこで隔離するつもり。もう何でも受け入れんで。ロックダウンのパリで上からも隣からも咳が聞こえて外から救急車のサイレン連発してて自分も三週間熱と咳で苦しんでずっと死ぬかもって思い続けてメンタル死んだ」

「そっちは一応ピーク越してロックダウンも緩和始まってんじゃん。日本の不透明で有耶無耶な政策のもとで生きてるよりそっちいる方がメンタルのためにはいいと思うけどね」

「こっちはそもそも基本的な衛生観念がヤバいし、世界一清潔な国日本ならそんな広まらんのちゃう？　って思うねん」

「日本の恐ろしさが分からないなんてユミはヤバい奴だな」

「いや、そっちの政府がヤバいってことは分かんで。でもフランスで何人死んでるか知ってる？」

「知ってるよ。でも日本政府は自粛要請するばっかりでフランスと違ってロクに休業補償もされてないんだよ？　飲食の人たち皆死にかけてるよ？　つんちゃんだって日本で働いてたらもう店潰れてたかもしれないよ？」

「分かってる。日本の平和ボケ政策については情報入ってきてるし。でももう無理やねん。こっちじゃ学校も始まるっちゅうし、段階的緩和で皆気が緩んできてマスクしてない人も増えてるし、私はともかく子供たちに抗体あるか不明やし、怖いねん」

「まあどんな状況であっても精神の健康は最重要事項だからね。でもきっと今日本に帰ってきても精神の健康は取り戻せないだろうと思うけどね」

「そんなん言うても芽衣子獺祭飲んでめっちゃ楽しそうやん。どうせ今も一麦《かずみ》くんと一緒なんやろ？」

一緒だけど。という声の後に画面がぐるっとして一麦が映り込んだ。

「こんばんは、あ、こんにちはですね。帰国するんですね」

「帰国やで。私はコロナ抗体持ってるから怖いもんなしやで」

「めいちゃんが別に症状出てないのに私は抗体持ってるって言い張るのが怖いんですよ。何とか言ってやってください」

「絶対持ってへんで。罹ったらめっちゃきついで。芽衣子が外から帰った時は手洗わせて外出る時はちゃんとマスクさせや」

「あ、その辺はさすがにちゃんとしてます。俺も最近ほとんど在宅と休業で家いるし、めいちゃんも基本徒歩圏内しか動いてないんで」

「そういや一麦くん引っ越したんやって？」

「ああ、ちょうど良かったんです。毎回外食とホテルだとお金もかかるし、ずっと近くに住みたいねって話してたんで」

「芽衣子んちの近くなん？」

「ギリギリ徒歩圏内ですね。でもめいちゃんきついから自転車買おうかなって言ってるんです。めいちゃんが自転車ですよ」

「芽衣子の美意識的に自転車はアウトやろ」

「人は変わるんですよ」

「私は変わってないよ。自転車は初号機みたいなこと」

「めいちゃんがシンジくんってこと？」

「一麦くんエヴァ知ってるん？」

「あ、見たことありますよ」

「まあ近くなって良かったやん。仲良くしいや。今夜は二人で獺祭ナイトなん？」

「そう！　trips の限定配信ライブ見ながら朝まで飲みまくるんだ！」

「楽しそうやな。じゃ芽衣子潰れたらよろしくな一麦くん」

「任しといてください。ユミさんも帰国がんばってください」

「ほいよー、じゃあな芽衣子ー」

　そう言うと画面がまたぐるっと引っくり返って芽衣子がグラスを持ったまま手を振り、「ビズー」という調子のいい声と共に通話は切れた。何だか呆然とする。この、今私が座っているダイニングテーブルで芽衣子が泣いていた時のことがついこの間のことのように思い出せる。「彼が好きなの」。顔をくしゃくしゃにして、芽衣子は涙を流していた。「彼に会いたい」そう続け、本当にそれから一年も経たない内に「彼が好きだから」、「彼に会いたいから」日本に帰って行った。でも去年一時帰国した私の前に芽衣子が連れてきたのは会いたいと泣いていた彼ではなく、一麦くんだった。元々浮気や不倫体質ではないタイプの私は、繰り返し不倫をする夫がどういう原理で生きているのか、怒りが邪魔をすることもあって全く理解できなかったけど、芽衣子を見ながら間接的に自分の夫の原理を少し理解することができたように思う。

例の彼はどうなったん？　三人で入った居酒屋で一麦くんがトイレに行ったタイミングでそう聞くと、芽衣子は「例の彼ってあの彼？」と確認した後「距離が近くなったら彼がメンタルやられて別れちゃった」と素っ気なく足りていない説明をして、「あ、一麦には彼のこと言ってないから」と婉曲に口止めをした。そうか浮気をする人たちはこういうノリなのか。そう思った。そりゃ、本気なのだろう、真剣なのだろう。あの時芽衣子が見せた涙は迫真で、だからこそ応援したいと思った。でもあれと同じ切実さで、芽衣子は一麦くんとも付き合っているのだ。恋愛ってそんなものか？　疑問は拭えない。それでも彼女は彼に会いたくて本気で全身で泣いていたし、その翌年は一麦くんと一つ言葉を交わすたび体のどこかが触れるたびキランと音がしそうなほどの眩しい愛おしさをその顔に浮かべていた。涙からもキランからも遠く離れた私は、コロナが蔓延する世界に疲れ切り、フランス生活についても夫婦関係に関しても「やり切った感」を抱いている。私はやった。ちゃんとやった。限界までやった。もう何もできない。でもどこかで、このタイミングで帰ると言えば誰もが納得してくれるだろうという打算があることも自覚している。遅くてもバカンス明けには本帰国と思ってはいたものの、現実的に帰国した自分を想像できていなかった。今ここにきて初めて、日本にいる自分を思える。現実味のないビジョンだったそれが、十五年越しの本帰国という未来が、途端に鮮やかな色彩で目の前に現れたのだ。

この厳戒下のフランス、ロックダウンのパリから、緊急事態宣言中の日本、特定警戒地域である大阪に帰っていく。ホラー映画なんかで、機が熟すまで安全地帯に留まれば良いものをどうして人を助けに、物資を探しに、助けを求めに外に出てしまうのかと幾度も思ってきたけど今は分かる。その時にしか出せない力があって、彼らはその力でもって生きようとしているのだ。その行為は決して誰かに批判されたり馬鹿にされたりするようなものではない。三年間ATMと同居してきた私は、むしろ死んでいたのかもしれない。ちょっとマッチョな奴がロッジから死にそうな友人を担いで殺人鬼の解き放たれた雪山を下って救助を求めに行くような絶望的と思われる場面でありながら、今私は生きようとしていると断言できる。三年間死んでいた私は、コロナに打ち勝った私は、ゾンビとなってしぶとく起き上がり、生き直すのだ。コロナは私に死を思い出させてくれた。人間は割と、死ぬと思いながら生きていく。死ぬと思った方が、より生きる。

「ユミ、帰国するんだってさ」「なんか今の、桐島部活みたいだね」「はは、確かに」「なんか離婚するっていう話じゃなかったっけ」「離婚は先延ばしだって、あれは多分コロナパニックの吊り橋効果で情が移ったな」「旦那は浮気してるんじゃなかったっけ?」「なんか今はよく分からないみたい。旦那さんの浮気相手も既婚者だからロックダウンで旦那と焼け木杭とかになったりしたのかもよ」「なんか情報が渋滞してるね」「ま、このまま離婚は有耶無耶になって、別居状態のまま少なくとも五年は離婚しなそうだなって思う」「帰国するなら離婚はしない方がいいだろうね、日本は福祉が脆弱だしシングルマザーの貧困率がものすごく高いから。フランスにいればいいのに」「職業経験のないユミがフランスで就業するのはハードル高すぎるし、経済的自立を望むなら帰国はマストでしょ」「そう言えば、今田舎では東京の人に対する村八分がひどいらしいよ、フランスから来たなんて言ったら子供がいじめられるんじゃないかな」「確かにユミも田舎は陰湿さのレベルが違うって言ってた。でもなんか今はもう、メンタルがきついみたい」

ふうんと呟きながら夫はリビングを出ていき、私はパソコンに向き直る。一麦と不倫を始めて一年、夫は最初の頃こそ激昂したものの、どうせすぐに別れると思っているのか、今では夜の外出も朝帰りもスルーする。離婚を迫ったこともあったけれど、これまで何度も浮気しては別れてきたんだから少なくとも今の彼と五年付き合ってから離婚という言葉を口にしなと窘《たしな》められた。まるで私が不倫しているという事実はこの家庭では完全に忘れられているようで、もはや私は二つの交わることのない世界線を行ったり来たりしているような感覚で生きている。

夫との関係の継続も一麦との関係の継続も、そうさせているのはある種の破滅衝動なのではないだろうかと思うようになったのは、コロナが蔓延し日常にヒビが入りそれまでの価値観世界観が崩壊していくのを目の当たりにして、自分が大地に足元から包まれていくような恐怖と同時に、飲み過ぎた時のような精神の痺れを感じていることに気づいた時だった。コロナウイルスという存在がその性質と特性を持ってこの世に解き放たれた瞬間から不可逆な進行を遂げているように、恋愛もまた各々当事者たちの性質と特性を持って突き進むしかないのだ。そして悲しいことに、人はウイルスよりも変容しやすく移ろいやすく、またウイルスよりも行動の根拠が曖昧だ。

「はーほんと、芽衣子はやることがえげつないわ。芽衣子はヤバい奴だとは思ってたけどそこまでとはね」

流行りのZoom飲み会やってみる？　と誘われ、今彼とはどうなってるのか聞かれ引っ越しのくだりを話したところでヒナはお馴染みの批判的な態度を取り始めた。

「だってコロナだし」

「だからって不倫相手近所に住ませる？　しばらく自粛しよう、って大人らしく距離取るでしょ普通」

「向こうが在宅の時は一緒に仕事できるし、この生活なら電車にも乗らないで済むし、外食とかホテル行かないからコスパもいいし、行き来に時間がかからないから仕事と家事の両立もしやすくなったよ」

コロナ的にも旦那的にも彼的にもウィンウィン。という言葉が出かかって、一瞬迷った後心に留める。

「ま、そういう半同棲みたいなことするとやっぱないわってなる可能性もあるし、今後のこと考えるためにも経験しといて損はないかもね」

「ねえこのHinananてちょっとなんか大学生ノリじゃない?」

「うるさいなZoomの名前くらい盛らせろ」

「なんかヒナっていつまでも女学生っぽい雰囲気あるよね」

「こんな泥沼なのに女学生って。笑わせんなって感じ」

「いやもちろん旦那さんのことでは大変なんだろうけど、なんか雰囲気がふんわりしててさ、ギスギスしてないっていうか」

「旦那の不倫相手の職場に子連れで怒鳴り込みからの慰謝料請求だよ? ギスの極みだよ」

「いやそのふんわり加減でそれやったのは賞賛に値するし、私の中でのヒナへの評価はうなぎのぼりだよ。そこまでしっかりした、意志と行動力のある女とは思ってなかった。自分の領域を侵された時きちんと抗って権利を主張できるっていうのは自立した大人としての第一条件だけど、それができる人は男女を問わず意外と少ないからね」

「泣き寝入りするような女の方が男としては可愛いんだろうけどね」

「何言ってんの、もしそんな意志薄弱の極みストロベリーパフェみたいな泣き寝入りパンケーキ女子の方がいいなんて言う男がいたとしても付き合う価値はゼロどころかマイナスだからヒナはそのままでいいんだよ。旦那の不倫相手たちはストロベリーパフェ女みたいなのだったの？」

「ストロベリーパフェって感じじゃないな。見せたよね？　ブスだし、センス悪いし。何であれらがよかったのか意味が分からない。LINEの文面見ても育ちも頭も悪そうだし品がなくてエロい話と人の悪口ばっか。自分といる時よりも楽しくて幸せだったんだなって思えるなら諦めもつくよ。でも一人は過去三年分、二人目は過去一年分LINE全て遡って読んだけど、テンプレみたいな薄っぺらい言葉を毎日繰り返してる感じで、途中で飽きたもん。なんか、いじめられっ子が二人で周囲の悪口言ってお互いを慰め合ってるみたいな感じでさ。読んでて私まで卑屈になってく気がした」

ヒナは育ちがいいから、育ちが悪くて品のない人たちの連帯を、弱者や貧困層の虚しい繋がりにしか感じられないだけではないだろうか。もちろん育ちのいいヒナは今更彼らに共感できないし、だからこそ、旦那はヒナに対して負い目とプレッシャーを感じ、より馴染みのある下世話な女性たちとささやかな不倫関係を続けていたのかもしれない。

「で、その旦那はこのコロナ禍でどうしてんの？」

「さすがに営業先もやってないからリモートになってるよ。たまに会社行くけど、出社率も二割に抑えてるし、行ってもすぐ帰ってくる。子供たちも旦那と遊んでもらえて毎日楽しそう」

「そっか。じゃあホテル行く心配も女の家行く心配もマイカーでセックスされる心配も今はないわけか」

「この一年半、不倫が発覚して問い詰めて弁護士立ててもう会わないって誓約書に判もらって慰謝料請求して金取ってを全部掛ける二して、それでも時々不倫が分かった時のこととか、LINE見ながらあれも嘘これも嘘だったたって何年分も遡って嘘を暴いて血の気が引く思いした時のこととか、夜通し旦那の撮影したハメ撮り動画見てた時のこととかがフラッシュバックしては怒鳴り散らしてヒステリー起こして旦那を責め立てて、って何度も繰り返して、安定した家庭を保ちたいのにそれをぶち壊しちゃう自分自身に嫌気が差すし、でもじゃあ結局旦那はやりたいだけやって私は不倫された挙句不倫後の生活でもいつまで続くか分からない精神的苦痛を被りながら耐え続けなきゃいけないの？って超理不尽な気持ちになってたけど、今あの旦那のスマホを見た日以来、初めて気持ちが落ち着いてる。旦那が浮気する心配がない生活がこんなに穏やかで幸せなものだったなんて忘れてた。ほっとけば気が狂いそうな状況で、私は必死に正気であろうと努力して生きてたんだって気がついた。コロナが収まって旦那が普通に出社するようになったら私気が狂うかも」

ユミはコロナをきっかけに新しい未来を志し、ヒナはコロナのおかげで心の平穏を手に入れた。昨日母親から届いた郵送物についての事務的な内容のLINEの後に「こんなに陽平さんと一緒にいられるのは結婚以来初めてで、すごく嬉しい」と追送されていたのを思い出す。結婚四十年近い母親も、長いこと父親の浮気に悩まされていた。コロナによってヒナや母親のように心の平穏を得た人は少なくないだろう。例えば私も自粛をして一麦と会わない生活を送っていたとしたら、夫は心の平穏を得たのだろうか。

「もしもし？　今家出たよ」

「じゃあ、スーパーの前で待ち合わせる？」

「うん、お買い物しよう。夕飯何がいいか考えた？」

「あ、さっき思いついたんだけど電気鍋の焼肉プレートでサムギョプサルってどう？」

「サムギョプサル？　楽しそう！」

「ネギはあるから、辛ネギ作って、あと何だっけ、サムジャン？　は家にあるもので作れるよね。あとキムチ、サンチュを買って……豚バラの塊あるかな」

「あそこのスーパーならあると思う。あとにんにくね。生のやつスライスして焼こう」

「まああの、カリカリのスライスにんにく買ってもいいけどね」

「だめだめ。スライスしたてを肉の脂でカリッと揚げないと。家ご飯が侮られるのって、やっぱりそういう細かいとこはしょったり代用したりするからだと思うんだよ。時間もあるんだし、コロナ禍の家ご飯はしっかりお店レベルの味目指してこ」

「めいちゃんらしいね。じゃあ俺スーパーの前に八百屋寄ってにんにくあったら買ってくよ。あっちのスーパー高いから」

「ありがと！　じゃスーパーの前でね」

LINE通話を切るとイヤホンから通話前に聞いていた音楽が再び流れ始める。コロナが拡大し始めて数ヶ月が経ち、自分が苛立ち始めていることに最近気がついた。終わりなき日常が終わりを迎えたにも拘らず、そこにまた新たな日常がもくもくと姿を現し始めたことに、苛立っていた。新しい生活様式という言葉を目にした瞬間三半規管がおかしくなったように目眩がして激しい憤懣に内臓がよじれて千切れるかと思った。私たちはどんな状況にも慣れてしまう。慣れがきてしまう。どんな厄災が降りかかったとしても生き残った生物は新しい環境に適応し生を繋ぐ、それが世の常だ。どんな状況にも適応し生き延びていく己の中に残存する生命力に、樹齢何百年の木を見上げた時に湧き上がるような畏怖と、イナゴの大発生に遭遇した時のようなおぞましさとを同時に感じる。それでもいつか破滅は訪れる。その思いは祈りのようで呪いのようで、即物的な快楽に逃げ込む自分を無責任に肯定してくれる。結局、どんな天災や疫病や人災の被害を受けたとしても受けなかったとしても、そうとしか生きられないように生きていくしかないのだ。諦めの中鼻歌を歌ってやっぱり自転車買わないとかなと思いながら、汗をかくように油を排出し続けカリッと焼き上げられていく三枚肉を想像して小気味よい気分になった頃、スーパーの裏口でキャンバス地のトートバッグを肩にかけた一麦を見つけて手を挙げた。

さっきからずっとリトプンの「レモンテ」を歌うランの声が流れていて、推しの画像を整理しながら時々私もハミングする。容量がほぼ限界に達しているスマホは動作が遅くて、気長に作業をしないとならない。周りの友達はほとんどがiPhoneユーザーで、推しの画像をフォルダ別に振り分けるのにこんなに苦労しているのは私だけだろう。でもママのiPhoneを譲り受けて三ヶ月で壊し、子供ケータイも友達との鬼ごっこ中に水溜りに落として壊した経緯があるから、安いスマホを買ってもらえるだけマシだと思うことにしている。それにコロナで休校になったから、オンライン授業のためにとママがMacBookを買ってくれた。MacBookでGoogleフォトにアクセスしてフォルダ分けしてしまえば楽だけど、MacBookはリビングから持ち出し禁止と言われているから、自室に籠りたい時はもさもさスマホで我慢する。

「あれ、あなたが飲んでたレモンティー？　あなたはいつもレモンティーやったっけ？」

「……え？　何？」

「二番ってあなたが飲んでたレモンティー？　あなたはいつもレモンティー？」

「あなたが飲んでたレモンティーだよ」

そっか、と呟いてランはまた歌い始める。初めてリトプンを教えた時はいい曲だねーくらいだったのに、ランはコロナで休校になって以来 YouTube 漬けになってリトプンにどハマりして最近では配信まで追っている。公式 LINE で新情報が来るたび LINE 通話で喜びを伝え合い、リトプンのライブ行きたいね、は合言葉のようになっている。受験も終わったし次にリトプンがライブやる時にチケット取ってあげる、とママに言われて大喜びしていたけど、コロナのせいでいつ次のライブが実現されるのか全然予想がつかない。ママは年内はどのバンドもライブとかはやらないかもねと言っていた。卒業を間近にひかえた三ヶ月前、休校が決まった時はクラスメイトたちと「やば！」と言い合って喜んだけど、卒業式も入学式も中止となり、中学のクラスメイトとは一度も顔を合わせないまま休校が三ヶ月を迎えようとしている今、もうそこまで嬉しくない。最初の一ヶ月は公園も友達の家も行けたから楽しかったけど、パパの会社でコロナの感染者が出てからは人と会うことは禁止されてしまった。

最近は、起床後すぐ上だけ着替えてオンラインHRに参加して、午後三時くらいまで学校から送られた課題と通信教育の教材でノルマ分勉強して、三時から二時間くらいは友達と LINE 通話やグルチャをして、五時から男子たちと五人くらいでシューティングゲームを始めて、夕飯の時間になったら皆ちらほらと離脱していく。夕飯後は大抵推しの画像を探したり歌い手配信を見たり YouTube をサーフィンしたりして、たまにこうして時差のある友達と通話をする。オンラインゲームは楽しいけど、最近ストレスが溜まっているのか誰かがちょっとミスっただけでプチギレる男子のせいでチーム内の空気が良くないし、深夜にやっているのを見つかったのか、勝手な課金がバレたのか、「ちょっとしばらく参加できない」とSwitch 没収を思わせる消え方をして未だに戻ってきていない男子が先週だけで二人出た。

「ランって来週帰国なんだよね？」

「うん。私たち近ければ良かったのになあ」

「ね。東京からどれくらいなの？」

「二時間とか、三時間やない？」

「えっ結構近くない？ 私昨日二時間リトプンの動画配信見てたよ」

「確かに。私も見てたわ。一瞬やったよな」

「まあでも今はコロナだから離れてても同じだよね」

「でも帰国したらリトプンの配信見にくくなるんよな。うち九時以降スマホ禁止やから」

「うちも九時。配信の途中で切れるとめっちゃ悲しい」

　でもママがいない日はパパにお願いして使用時間を一時間くらい延ばしてもらうこともある。ママにも知らせがいくんじゃない？　とビクつく私に、ママも好き勝手やってるんだからこのくらいいいよ、とパパは寛容だ。実際、通知は届いてるはずだけど見ていないのかそこは免除なのかママに怒られたことはない。ママの浮気はもう、私にとってもパパにとっても日常になっている。結婚できない人と付き合っててママの彼は辛くないのかなと不思議にも思ったけど、絶対バレるのに課金をしたり朝までゲームをしたりする男子を見てると、この延長にいる大人の男の人もそんなに頭がいいわけじゃないだろうし、意外と大丈夫なのかもしれないなと最近思うようになった。

「そういえばね、この間ママとパパがユミちゃんたちフランスから帰ったって言ったらいじめとか起こるんじゃないかって話してるの聞いたんだけど、大丈夫かな」

「まあしゃあないわ。こっちいてもアジア人のこと嫌がる人はおるし、そっちに行ってもフランス帰り嫌う人もいるやろ。レイシズムは根深い問題やからな」

一個上のランは昔から達観してるところがある。フランスの小学校に入学したばかりの頃、新しい環境が怖くて泣いていた私の手を引いてぐんぐん友達の輪に入れてくれたのも、困ったことがあると一緒に先生に相談しに行ってくれたのもランちゃんだった。これだけ強いランちゃんなら大丈夫と思うけど、プライドが高すぎるから逆にちょっと馴染みにくいかなと思わなくもない。

「日本の学校て、やっぱいじめとか多いん？」

「多い。でも大丈夫だよ。絶対いじめに参加しない子たちもいるし、無視してたらいつの間にかなくなってるって感じ。なんか日本の子は、フランスの子と比べると意地悪な子なのかどうかが分かりづらいんだよね。優しい子だなって思ってたら突然変わったりするんだよ。最初は何これってびっくりしたけど、段々、本当に優しい子となんか裏表がある子と見分けられるようになっていくよ」

「ふうん。アナスタジアみたいな感じじゃないってこと？」

「あ、アナスタジアの真逆って感じ」

懐かしい名前に思わず笑ってしまう。どっしりとした体で意地悪と顔に書いてあるような、気に入らない子には片っ端から足を引っ掛けて転ばせるような子だった。でも日本の、仲間内で小さな差を見つけてはターゲットを絞っていじめるような感じじゃなくて、「なんか分からんけどお前が気に入らんのじゃ」と言わんばかりにフィジカルな嫌がらせを続けるアナスタジアは犬のようで、何か乱暴なことをして先生に怒られ罰の書き取りを命じられ続ける内に少しずつ躾けられていった。日本では真逆で、先生に言いつけなんてすれば逆効果だし無意味だし誰も先生に相談なんてしない。

ペロンと音がしてスピーカーにしてたスマホを手に取ると、ユリナちゃんからLINEが入っていた。

「波瑠ちゃん今何してる？」

ランとアナスタジアの暴君ぶりの思い出話をしながら「友達とLINE通話してるよ。

何かあった?」と返信する。「なんか来週からパパが会社に行くようになるみたいでね、すごく家の雰囲気が良くないの」「えー、来週から会社に行くの? うちのパパはまだ行かなさそう」「パパが女の人と問題があったって前に言ったでしょ?」「うん」「ママはパパが仕事に行くのが嫌みたいで、ずっと泣いてるんだよ」

ユリナちゃんはママの友達の子で、一個下の六年生だ。電車で数駅離れてるから二人で遊んだことはほとんどなかったけど、LINEでちょいちょい連絡を取ってきて、コロナ以降は特に頻繁にメッセージをしていた。学校嫌いのユリナちゃんは、家にいられて大好きなパパともいっぱい遊べて休校以来すごく楽しそうだっただけに、急激なトーンダウンに何を言えばいいのか分からない。

「女の人のことはよく分からないけど、私はパパがコロナになっちゃうんじゃないかって心配」「でも、仕事辞めるわけにはいかないだろうし、仕方ないんじゃないかな」「でもコロナになったら死んじゃうかもしれないし・・」

超強気サバサバ系のランと、内気で怖がりなユリナちゃんの間に挟まれて、温度差に酔ったようになる。

「私の友達のお母さんフランスでコロナになったんだけど、普通に回復してて来週日本に帰ってくるみたいだよ」「それって大丈夫なの?」「何が?」「外国から来た人からコロナが広まってるんじゃないの?」「もう治ったみたいだし、大丈夫だと思うよ」「ねえ、波瑠ちゃんはさ、両親が離婚することになったらどっちと暮らす？」

　ユリナちゃんはいつもこんな風に心配ばかりしている。心配ばかりする人を見るとこっちが心配になる。「どっちと暮らしてもいいけど、どっちともちょいちょい会いたいかな」「確かに・・私ママと暮らして土日はパパのところに泊まりたいな」「私は逆かな。平日パパで土日はママで、ママの方がいいかも。でもママの彼氏は土日休みだろうから、やっぱり月から木までママで、金土日パパっていうのがいいかもね。」「そういうのいいかもね。四日と三日で分ければどっちとも暮らしてる感あるよね」「フランスの友達でそんな感じで行き来してる子けっこういたよ」「でもやっぱりみんな一緒がいいんだけどね・・」

　ユリナちゃんに何か言ってあげたいけど、言葉が思いつかなくなって返信に悩んでいるとリトプンを歌っていたランが「なー波瑠、私たち次いつ会えるんやろ」と聞いてくる。

「今年は無理かもね。来年の夏とかかな？」

「私たちいつでも話せるけどさ、やっぱり会うって違うよな。また波瑠んちで皆で隠れんぼやりたいな」

　体デカすぎてランが圧倒的に不利だったじゃん、と笑いながら、去年の夏一時帰国をしていたランと拓馬とここで隠れんぼをした時のことが思い出されて懐かしくなる。波瑠？　とママの声がして振り返るとママがドアから顔を出していた。「ちょっと出てくるね」と通話中と知っていてか小さい声で言うと、明日帰ってくる時アイス買ってきてくれない？　という私の言葉に分かったと答えてドアを閉めた。別にアイスが食べたいわけじゃない。何かしらハードルの低いお願いをすると、ママが逆にほっとするのを知ってるのだ。まあもちろん買ってきてもらえば嬉しいしすぐに食べるけど。

「芽衣子ちゃん？」

「うん。出かけるって」

「大人も好き勝手やってるんやし、私たちも好き勝手やりたいよなー」

「じゃあさ、来年の夏、私大阪に行こうかな！」

「え、一人で？」

「一人で。日本では中学生くらいなら一人で遠くのおばあちゃんの家とか行く子いるみたいだよ」

「波瑠はめっちゃ行動力あるよな。小学校入った時あんな泣いてたくせに」

「うるさいなー。あ、そうだ。一つ年下の友達連れてっていい？　二人で新幹線で大阪行って、それで三人で大阪観光するのどう？　たこ焼きとか美味しいんでしょ？」

「たこ焼きも豚まんも美味しいし、ラーメンも美味しいとこいっぱいあんで」

「じゃあさ大阪に何日か泊まった後三人で東京戻ってきてうちに泊まって東京観光しない？」

「ええなそれ。めっちゃ楽しそう」

「原宿のアニメショップとか洋服屋さん一緒に行こうよ！　それでもしその頃リトプンのツアーとかやってて大阪と東京のどっちかで行けたら最高すぎない？」

「それは最高すぎるな！　テンション上がるわー」

きゃっきゃはしゃぎながら「来年の夏一緒に大阪行かない？」とユリナにメッセージを送る。「大阪？　大阪って通天閣があるところ？　昔旅行したことあるかも」と返ってきて、「まじ？　仲のいい友達が大阪に住む予定だから三人で観光しようよ！」と入れる。「えー行きたい！　新幹線も波瑠ちゃんと一緒？」「もちろん一緒だよ！」「なら行きたい！」

「そう考えたらコロナ収まったらやりたいこともむっちゃたくさんあるな」

「あるある。大阪観光、東京観光、リトプンのライブ、USJとかディズニーも行きたいよね。あとボウリングも行きたくない？」

私たちはフランスでボウリングに行った時の思い出、去年ランの一時帰国の時に皆でカラオケに行った時の思い出話に花を咲かせる。テロンとパソコンから通知音がして、開くとGoogleフォトの共有通知だった。またかと思ってクリックすると、ママの画像がアップされているのが見えた。ママがこのパソコンをセッティングしてくれた時に何故かママのGoogleアカウントと私のGoogleアカウントが両方入ってしまって、私の方に切り替えてもデフォルトがママの方になっているのか事あるごとに切り替えなければならないのだ。彼氏がママと画像共有するたびに通知がくるとは言い出し辛く、スルーしてる内に彼が撮ったママの画像とママと彼のツーショットを見るのに慣れてしまった。ママは生まれた時にネットがなかった世代だから、ちょっと危機感が薄い。学校で口煩く言われている合言葉、「ネットリテラシー」と一言呟くと、私は自分のアカウントに切り替えた。

「あ、ヤバいそろそろ切れるー」

九時間近なのに気づきそう言うと、慌ただしくランとバイバイを言い合い通話を切り、「ごめん九時だからもう切れちゃう。また明日メッセージしよー」とユリナちゃんにメッセージを送る。「うんまた明日ね！　ママのことちょっとなぐさめないと・・」返事には心優しく心配性なユリナらしさが滲み出ている。

九時を過ぎた部屋は唐突にしんとして、ＭＰ３プレーヤーでリトプンを流す。リビングに出てじゃがりこを食べてジュースを飲み、歯磨きをして部屋に戻ると、へとへとになるまで踊って歌って、スピーカーに一時間後に切れるタイマーをかけてベッドに入る。明日の朝はZoomのＨＲで自己紹介をしなければならない。Zoomで一度も会ったことのないクラスメイトたちに自己紹介をするなんてけっこうな地獄だ。リトプンが好きだって言ったらリトプナー仲間ができるかな、と一瞬思ったけど、リトプン？　何それ？

って反応されてリトプンが何者かを説明するハメにでもなったら地獄の沼みが深まるだけだから、登校が始まってから小出しにして仲間を探そうと思い直す。結局コロナの世界でも私はまあまあ環境に管理されているなと、苛立ち混じりのため息をつくと目を閉じた。

# 泣くのに
# いちばんいい時間

川上弘美

## 川上弘美（かわかみ・ひろみ）

58年生まれ。作家。『水声』『大きな鳥にさらわれないよう』『七夜物語』『ぼくの死体をよろしくたのむ』『某』。

女のひとが泣いている。

公園の、木立にかくれるように置いてあるベンチにすわって、もう五分以上泣きつづけている。

あたしは公園の入り口のあたりから、女のひとを見ている。公園には、あたしと女のひと以外だれもいない。

あたしは少しこまっていた。だって、あたしもベンチにすわって、少し泣きたかったから。あのベンチは、あたしが泣く場所なのだ。でも、あたしよりも女のひとの方がずっとベンチが必要なんだって、なんとなくわかったから、こうやって順番をまっている。

地面を、何匹ものアリが歩いていく。少し先の地面の、かわいたミミズをめざしているのだ。

まだ、泣いている。

アリがミミズを運んでいってしまってからも、女のひとは泣きつづけていた。

「ふうん」

と絵《かい》くんは言ったけれど、うわのそらだった。このごろ絵くんは教室ではあたしといっしょにいたがらない。外でドッジボールをしたり、男の子たちどうしでぺちゃくちゃおしゃべりしたりしてばっかりいる。

「ねえ、どうしてあんなに泣いていたんだろう」

「そりゃ、泣く理由があったからでしょ」

というのが、絵くんのそっけない答えだった。

そりゃあそうだ。でも、あたしはその理由を絵くんといっしょに考えたいのだ。

「わかるわけ、ない」

またそっけなく、絵くんは言った。

「そうかなあ」

あたしは、今のところ五つ、女のひとが泣いていた理由を考えついている。

一つ。しかられた。

二つ。大切なものをなくした。

三つ。いじめられた。

四つ。ものすごく悲しいお話を読んだ。

五つ。泣くのが気持ちいいので泣いている。

「絵くんは、この前いつ泣いた？」

「泣かないよ」

「去年の秋に、二回泣いてた」

絵くんが去年の秋に二回泣いたのは、どちらの時も南《みなみ》くんとけんかをしたからだ。南くんはとっても口げんかが上手なのだ。クラスのだれも南くんを言いまかすことはできない。たいがい南くんにいろんなことを言われて、くやしくて泣いて、それで終わりだ。すごい才能だと思う。あたしも南くんみたいな才能があったら、お母さんにおこられた時にも、うまく言い返せるのに。

絵くんもしゃべるのが上手だから、南くんと絵くんの口げんかは、もしかすると引き分けになるかと思っていたのだけれど、絵くんは二回とも負けてしまった。絵くんが流したなみだは、ほんのぽっちりだった。もっと盛大に泣けばいいのにと思ったけれど、ほんとうに、ぽっちりだった。でも、すきとおってきれいななみだだった。はなもたれていなかった。あたしが泣くときは、いつもはながだらだらたれるので、かっこう悪い。お母さんにおこられて、泣くだけならいいのだけれど、はながたれてくると、とても情けない気持ちになる。せぼねがぐにゃぐにゃしてくるような気持ちだ。

「誇りを保てなくなるわけだね」

と、お父さんは言っていた。そんなに大げさなことじゃないのに、と最初は思ったけれど、でもそうなのかもしれない、とも思った。

「公園に、こんどいっしょに行ってみようよ」

絵くんをさそったけれど、絵くんは首を横にふった。

「泣いてる女は、苦手だ」

ふうん、と、あたしは言った。泣いてる女は、あたしはぜんぜん苦手じゃない。

女のひとが座っていたベンチで、あたしが泣くときは、たいがい理由の五、泣くと気持ちいいから泣く、だ。たとえば学校でいじめられた、とか、しかられた、とかいう理由ではない。

もちろん学校は、つかれる。でもそれは、いじめっ子がいるせいではない。クラスの女の子たちがときどきあたしの悪口を言っていることは、知っているけれど。

「灰田《ほのだ》ってさ、いつも上からだよね」

「いい子ぶりっこ」

「うけると思って、うけないことばっかり言ってる」

クラス全員ではないけれど、三人くらいの女の子たちが、あたしをいまいましく思っているのだ。

上からだ、と言われるのは、その女の子たちとしゃべる時に、みんなが使うような言葉を使わないからだ。「むかつく」とか「やばい」とか、みんなはとっても上手にしゃべり言葉の中にまじらせるのだけれど、あたしはどうしてもそれがうまくいかない。まるでよその国の言葉のようで、自分も使ってみたいのだけれど、口にしようとすると、どもったりほっぺたがかっと熱くなったりしてしまう。

いい子ぶりっこ、というのは、あたしが忘れ物をしなくていつも宿題をきちっとやってくるからだ。先生にさされた時も、たいがいあっている。

「りらは、難しい子どもだけど、真面目だからえらいわ」

と、お母さんは言う。でも、まじめ、というのは、学校ではあんまり役に立たない。先生があたしのことをほめると、女の子たちは、くすくす笑う。あたしをばかにしているのだ。だけど、ばかにされることは、あたしはそれほどつらくない。

「人間は、ばかなものなんだよ。それが人間の、いいところ」

と、お父さんもいつか言っていたし。

うけないことばっかり言っている、というのは、あたしがお父さんに買ってもらった

「すべて」シリーズに書いてあることを、つい口にしてしまったからだ。この前も、

「バクテリオファージって、なんか火星人みたいだな」

とひとりごとで言っていたのを、聞かれてしまった。バクテリオファージ、というのは、細菌に感せんするウイルスのことで、「バクテリオファージ」という名前を覚えるのには、五分かかった。ファージには、ラムダくんとT4くんがいて、あたしはラムダくんのほうが好きだ。バクテリオファージ、という言葉をきいた時の女の子たちの顔を、ときどき思いだす。いっしゅんおどろいて、それからすぐに目がおよいで、最後にはものすごくむっとした顔になった。ラムダくんとT4くんのことまで言っていたら、あの女の子たちはどんな顔になっただろう。そうぞうすると、胸がすかっとする。これは、ちょっといじわるな感じの「すかっと」だ。

そんなわけで、あたしはよく悪口を言われるのだけれど、それで泣きたくなったりはしない。泣くことは、ただ気持ちいいことなのだ。特に、公園のあのベンチで泣くのは、ほんとうに気分がいい。緑はこくて、小鳥は鳴いていて、よその人はだれもいない。

女のひとは、また今日もベンチにすわっていた。今日は、泣いていない。

「あんた、だれ？」

ときかれたので、灰田りらです、と答えた。

「あなたの名前は？」

あたしがそうきき返すと、女のひとはびっくりしたような顔になった。もしかして、あたしがしつもんもできないような小さな子どもだと思っていたのかもしれない。

「メイ」

女のひとは小さな声で言った。

「みょうじは？」

「うるさいよ」

「あたしは自分の名前とみょうじを言いました。あなたも教えるのがすじじゃないでしょうか」

「すじ？」

女のひとは、またびっくりした顔になった。

「マジ？」

女のひとは続けてつぶやいた。いったいだれに向かってつぶやいているのだろう。自分にだろうか、それとも、宙に浮いている、見えないだれかにだろうか。

「はい、まじめにきいてます」

あたしたちはベンチに並んですわっている。もし女のひとが泣いていたら、えんりょしようと思っていたけれど、今日は泣いていないので、となりにすわってみたのだ。

「なにこの子。昭和のおばさん？」

女のひとは、また（たぶんやっぱり宙に向かって）つぶやいた。

「いいえ、二〇〇一年生まれの満十さいです」

「やっぱりおばさんの言いかただ」

「どうしてこの前は泣いていたんですか」

なんだか話がかみあわないので、思いきって一番ききたいことをたずねてみた。

「は？」

メイさんは、今までで一番びっくりした顔になった。それから、ぷいと顔をそむけた。

「気持ちいいからですか？」

「は？」

「いじめられたんですか？」

「は？」

「かなしいお話を読んだんですか？」

「は？」

「しかられた？」

「は？」

「大切なものをなくした？」

メイさんは、最後のしつもんには、「は？」とは言わなかった。そむけていた顔をまっすぐ前にもどし、あたしをちらりと見て、

「うん、失恋した」

と、答えたのだった。


このごろあたしはしょっちゅうメイさんと会っている。

メイさんは十八さいで、大学一年生。しつれんした相手は、同級生の男のひと。名前は、かい。


「あたしの友だちにも、かいくんという男の子がいます」

そういうと、メイさんはいやそうな顔になった。

「その子、冷酷でしょ」

「れいこくじゃありません。このごろあんまりあたしの話をきいてくれなくなったけど」

「ほら、やっぱり冷酷だ」

絵くんは、れいこくではない。あたしの話にきょうみがないだけだ。

「りらは、かいのことが好きなの？」

「もちろん好きです」

「じゃ、つきあってるんだ」

「つきあっていません」

「そんなら、片思い?」

「かたおもいでもありません」

「ね、タメ口でいいよ」

メイさんは言った。

「年上のひとと対等なしゃべりかたをするのは、へたなんです」

あたしはそう答えた。

「堅苦しいんだね。緊張しちゃうよ、こっちまで」

メイさんのその言葉に、あたしは少しうなだれた。

「どしたの」

クラスのあの三人の女の子たちに悪口を言われるのも、あたしがこんなふうだからだということを思いだして、あたしはうなだれたのだけれど、うなだれたのはメイさんのせいではないことも言いたくて、あせった。

「そんなにいそがなくて、いいよ」

「は、はい」

「だから、あせらない。はい、深呼吸して」

すー、はー、と、あたしは息をする。

そうだ、と、あたしは思いつく。メイさんに、「マジ」や「チョー」の上手な使いかたを教えてもらおう。すー、はー。もう一度、しんこきゅうをした。しんこきゅうの時にはく息は、ふつうにはく息よりも、あたたかい。くちびるの下を通って、息は地面のほうへとおりていった。

久しぶりに、絵くんといっしょに帰った。

「絵くんは、男になりかけてるの？」

あたしはきいてみた。

「男？」

絵くんは、びっくりしたような顔でき返した。

この前の日曜日に、ほうじがあったのだ。お母さんのおばあさん、つまりあたしのひいおばあさんの十三回忌なのだと、お父さんが教えてくれた。ほうじは、ときどきある。欅野区《けやきのく》のお寺でする時と、千葉のお寺でする時があって、あたしは欅野区のかくよう寺のおぼうさんのほうが好きだ。千葉のお寺のおぼうさんは、いつもあたしの頭をなでる。子どもは頭をなでればいいと思っているのだ。あたしは、頭をなでられるのが、あんまり好きじゃない。

千葉のお寺でほうじをする時には、お母さんのしんせきが、たくさん集まる。お母さんには妹が二人いて、名前はさなえおばちゃんと、さつきおばちゃんだ。さなえおばちゃんはわらいじょうごで、さつきおばちゃんはあまりわらわないで、かわりにききたがりだ。

日曜日も、さつきおばちゃんは、あたしのことをたくさんききたがった。

学校は楽しい？　テレビは、どんなものを見るの？　お母さんは、やさしい？　いちばん仲のいい友だちは、だれ？

次々にきくので、あたしは答えるのに少しつかれてしまった。どのしつもんも、ひとことではなかなか答えられないからだ。

学校は、楽しい時もあるし、楽しくない時もあります。

テレビは、動物と宇宙船と人体についての番組を見ます（バクテリオファージの番組があったら、それもきっと見ます、ということは、言わなかった）。

お母さんは、やさしいお母さんとやさしくないお母さんの両方がいて、どちらのお母さんになるか、お母さんも時々まようみたいです。

あたしがこれだけのことを、つっかえながら言っている間、さつきおばちゃんは、あんまりおもしろくなさそうにしていたけれど、最後の「いちばん仲のいい友だちは、だれ？」ときかれたことに、

「いちばん仲がいい、というのは、自分から見たいちばんですか、それとも相手から見たいちばんですか。あたしは絵くんがいちばん仲がいいと思っているけど、絵くんのい

ちばんは、今はよくわかりません。三年生の時は、絵くんのほうも、いちばんはあたしだったと思います」

と答えたら、とたんに目をかがやかせた。

「りらちゃんの初恋は、その、かいくん、なのね？」

「ちがいます」

あたしは答えた。でも、さつきおばちゃんはあたしの言葉なんか、きいていなかった。ききたがりのくせに、どうして人の言葉をちゃんときかないんだろう。

「はつこいではありませんし、このごろ絵くんはあたしとあんまり話をしてくれません」

「あらあ、その、かいくん、は、男になりかけてるのね。ますますいいじゃない」

さつきおばちゃんはそう言って、さなえおばちゃんと顔を見合わせ、うなずいた。

「あんまりりらのことをからかわないで。この子、真面目だから」

お母さんが、わって入ってきて言ったので、さつきおばちゃんは質問をやめ、さなえおばちゃんは大きな声でわらった。

「男になりかけって、それ、いったい何？」

絵くんは、少しだけふゆかいそうにきき返した。

「この前、ほうじで会ったさつきおばちゃんが、そう言ってた」

「なんだよ、それ」

絵くんは、じろじろあたしの顔を見ている。じろじろ見られるのはあんまり好きじゃないけれど、話をしないよりは、ましだ。

「男になりかけると、男の子は女の子と話さなくなるんだって」

「ばかばかしい」

かたをすくめ、絵くんはあたしから顔をそらした。

「ね、ベンチで泣いてた女のひとが、なぜ泣いてたのか、わかったよ」

あたしは話題をかえてみた。でも絵くんは、何も答えなかった。

「しつれんしたんだって」

「りらこそ、女みたいになってるぞ」

絵くんは、あたしの顔を、またじっと見た。今度は、「じろじろ」ではなく、「じっと」だったので、さっきほどはいやじゃなかった。

「しつれんって、どんな感じなのかな」

「知るわけない」

「しつれんは、いたいって、メイさんは言ってた」

「メイって名前なの？」

「うん」

「ま、りらに新しい友だちができたことは、よかったな」

絵くんがそう言ったので、あたしは少しおどろいた。メイさんは、あたしの友だちなのだろうか。

「れんあいの話をするくらいだから、友だちなんだろ」

「マジ？」

あたしは、言ってみた。この前メイさんに「マジ」の使いかたを、教えてもらったのだ。何回も、あたしはメイさんの前で「マジ？」とくり返して、練習してみた。家に帰ってからも、小さな声で、ずっと「マジ？」とくり返した。夕ごはんまでに、百回は言ってみた。つかれて食よくがなくなり、せっかくの夕ごはんのおさしみを残してしまった。

「マジ、って、りら、それマジ？」

絵くんは、あたしの「マジ」をきいて、びっくりしたように、そう言った。絵くんの「マジ」は、あたしの「マジ」とちがって、とっても自然だった。

「うん、マジ」

もう一度、あたしは言ってみた。

「なんか、いつもより声が低くて、りら、こわい」

絵くんは言い、それから、バイ、と言って走っていってしまった。

メイさんとお父さんが会ったのは、ぐうぜんだ。その日は月曜日で、ふだんならばあまり家にいないお父さんが、めずらしく早く大学から帰ってきたのだ。

「やあ、りら」

公園のいつものベンチにメイさんと並んですわっていたわたしに、お父さんはそう声をかけた。

「あ」

メイさんはこしを半分うかせ、お父さんを見ている。

「こんにちは。いや、こんばんは、かな」

お父さんは、メイさんに向かって、言った。

メイさんは、うかせかけたこしを、少しいやそうにだけれど、またおろした。お父さんは、立っている。なんだか落ち着かなくて、そうだ、こういう時は一番年下のあたしが立てばいいのだと思いつき、立ち上がった。

「すわって」

お父さんの手を引き、メイさんのとなりに連れていった。お父さんは、すなおにすわってくれた。

「はじめまして、りらの父です」

「あ」

さっきから、メイさんは「あ」しか言わない。もっと、マジ、とか、やばい、とかを、いつものようにすらすら使えばいいのにと、あたしは思う。

「メイさんです。いつもあたしと、しつれんの話をしてるの」

「失恋」

お父さんは、メイさんの顔をまじまじと見た。この前絵くんがあたしの顔を見たような感じで。

「ちょ」

メイさんは、あたしをにらみつけた。

「なんで親にぺらぺら喋《しゃべ》っちゃうのよ」

「え、だめなんですか」

「だめに決まってるじゃん」

「絵くんにも、言いました」

「はーっ、もう」

メイさんは、首をそらして天をあおいだ。目を、しばしばさせている。メイさんの顔が、だれかに似ていると思った。だれだったっけ。

「大丈夫ですよ」

お父さんが言った。

「妻には、話しませんから」

「妻ぁ？」

またメイさんは天をあおいだ。それからこしをうかし、まよってから、またすわった。

「ええ、妻と妻の妹たちは、そういった話に好奇心をいだく質《たち》なのです」

お父さんは、言った。

「好奇心」

「でも、りらやぼくは、恋愛には、少なくとも今までは、さして興味をいだいてこなかったので、ぶしつけな質問などをすることもないでしょうし」

「じゅうぶん失礼だって」

メイさんは、小声で言っている。

「いい宵ですね。なんだか、なつかしいような夕方だ。もうすぐ夜が来る、この時間が、ぼくは大好きなんですよ」

メイさんの言葉は耳にとどかなかったかのように、お父さんは一人でつぶやいた。いつものお父さんと、なんだかちがうお父さんみたいだった。

「おじさんは、恋愛に興味がないの？　それなら、どうして結婚したの？」

さっきまで少しおされていたメイさんが、今はこうげきにまわっている。さすがだ。

「お見合いで結婚しました」

「いくらお見合いでも、相手のことが好きじゃなきゃ、結婚しないでしょ」

「はい。好きで結婚しました」

「じゃあ、それは恋愛じゃん」

「好きになることがすなわち、恋愛ということなのでしょうか」

「だから、そのていねいな言葉づかい、やめて」

「それはなかなか難しいな」

「りらとおんなじで、もしかして小さいころから、そんな言葉づかいだったの？」

「ちがうような気がします」

「今までに、恋愛って、したことがあるの、おじさんは？」

「恋愛」

お父さんは、メイさんの言葉をくり返してみてから、だまった。空を見上げている。

さっきまで夕焼けだったのが、今はもう暗くなっていて、そろそろ一番星が見えるころだ。

「恋愛すると、メイさんは、どうなりますか？」

「いてもたっても、いられなくなる」

「いてもたっても」

「うん。それで、相手がしあわせでいるかどうか、心配でたまらなくなる」

「しあわせかどうか」

「で、相手がしあわせなら、自分もしあわせになる」

「もしも、相手がしあわせでなかったら、どうなるんですか？」

「必死にがんばって、その人がしあわせになるようにする」

お父さんは、またメイさんの顔をまじまじと見た。それから、少しだけ首をかしげた。

メイさんがつめてくれたので、ベンチには今、お父さん、メイさん、あたしの順ですわっている。三人で並んで、あたしは夕空を見上げ、メイさんはなんだかぼんやりとした顔をし、お父さんはずっと首をかしげていた。

「どこかで以前に会ったこと、なかったかな」

しばらくのちんもくの後で、お父さんはメイさんにそう言った。

「その言葉って、ナンパの常套句《じょうとうく》だよ」

メイさんは答えた。

「常套句」

お父さんは、ぽかんとした。

家に帰ってからも、お父さんは考えこんでいた。

「りらは、メイさんに似た人を見たこと、ないか？」

おふろに入る前に、お父さんはあたしにきいた。うん、さっきあたしも、メイさんににた人がいたって、思ってたの。そう言いかけて、でも、やめた。そのかわりに、あたしはメイさんの顔をそらで思いだしてみた。たしかに、だれかににている。あと少しで、思いだせそうなのに、どうしても出てこない。

「ふろ、一緒に入るか？」

お父さんがきいたので、あたしはおどろいた。

「はいらないよ」

「そうか？」

「だってあたし、もう大きいよ」

「小学校四年生は、大きいのか」

「うん」

「そういえば、そうかもしれないな」

お父さんのおふろは、みじかい。あたしも、みじかい。お母さんは長くて、おばあちゃんも長い。

おふろの中で、あたしはいつも五十数えるように言われている。

四十三まで数えたところで、わかった。

メイさんは、絵くんのお母さんに、ちょっとにているのだ。

ほかほかした体で、お父さんのしょさいに行った。しょさい、と言っても、すごく小さいしょさいだ。わたしは、むかしお父さんが子どものころに使っていた部屋を使っているのだけれど、お父さんのしょさいは、わたしの部屋のすぐ横に建てましをした、へんな形をした二じょうくらいの広さのものだ。

「お父さんは、絵くんのお母さんに、会ったことはあったっけ」

「絵くんて？」

「鳴海《なるみ》絵くん」

「鳴海……」

お父さんは、目をつぶった。何かを思いだそうとするかのように。

「鳴海さよ」

突然、お父さんは言った。

「さよ？」

「小学校の時の、同級生だった」

「お父さんは、どこの小学校に通っていたの？」

「りらと同じ、欅野《けやきの》小学校だよ」

「じゃあ、その、さよさんも、欅野小学校？」

「うん」

「どんな子だったの？」

「よくは知らない。お父さんには、女の子の友だちがいなかったからな」

「男の子の友だちは、たくさんいたの？」

「いいや、全然」

「じゃ、あたしと同じだね。あんまり友だちがいないのは」

「……おまけに、恋愛もしたことがないしな……」

小さな声で、お父さんは言った。れんあいなんてしなくていいんだよと、あたしはお父さんをはげましたくなったけれど、ほんとうにそうなのかわからなかったので、だまっていた。

さよ。鳴海さよ。

あたしがつぶやいていたら、絵くんがこちらをふり向いた。

「なんで、よびつけにするんだよ」

「え？」

おどろいて、あたしはききかえした。

「人のかあさんの名前を」

あたしは、もっとびっくりした。

「鳴海さよって、絵くんのお母さんなの？」

「知らなかったのか、何回もうちに来てて」

あたしは知らなかった。そもそも、お母さんやお父さんたちに名前があるということが、あたしはふしぎでしょうがない。たとえばお母さんには、「仄田さおり」という名前があることは、もちろん知ってるけれど、やっぱりあたしにとっては「仄田さおり」じゃなくて「お母さん」だし、お父さんだってほんとうは「仄田鷹彦《たかひこ》」なのだけれど、「お父さん」だ。

「りらはいろんなこと知ってるのに、ばかだなあ。父親や母親だって、むかしは子どもだったし、若い男や女だったんだぜ。最初からおじさんやおばさんだったわけじゃないし、だいいちおじいちゃんやおばあちゃんだって、むかしは若かったんだし。うちの玲《れい》子《こ》さんなんて、おばあちゃん、なんてよんだら、ものすごくおこる」

絵くんの言っていることは、たしかにわかる。むかしのお父さんとお母さんの写真も、見たことがある。お父さんは子どものころ、やたらに頭が大きくてひょろひょろしていたし、お母さんはよく日焼けしていて、たいがいの写真の中で、さなえおばちゃんとまだ赤んぼうのさつきおばちゃんと写っている。

「ねえ」

あたしは絵くんにきいてみる。

「なんだよ」

「今おじさんだったりおばさんだったりするひとたちも、若いころにはみんな、れんあいをしてたのかな？」

「してたんじゃない」

絵くんは、さらっと答えた。

「うちのかあさんなんて、今でもれんあいしてる。ほら、この前りらも会った、なかつかささん」

「あれは、れんあいじゃなくて、ゆうあいだって、絵くん言ってたじゃない」

「でもやっぱり、れんあいだと思う。かあさん、なかつかささんが家に来ると、すごくうれしそうだもん」

「じゃあ、鳴海さよさんは、なかつかささんが好きなんだ」

「うん、それは、かくじつ」

ふうん、と、あたしは思う。お父さんはお母さんが好きになって、お見合いでけっこんしたと言っていた。でも、それはれんあいじゃない、とも。

「好き」には、いろんな「好き」があるらしい。それじゃあ、あたしが絵くんを好きなのは、いったいどんな「好き」なんだろう。そして、絵くんがあたしを「好き」なのは？

「ね、こんど、鳴海さよさんと、仄田鷹彦さんを、会わせてみようよ」

「だれだ、その、仄田鷹彦って？」

「うちのお父さん」

「なんでうちのかあさんとりらのとうさんを会わせなきゃならないの？」

絵くんは、まゆをひそめた。

「ただでさえ、なかつかささんとか、月一回会わなきゃならないとうさんとか、ごたごたしててめんどくさいのに」

「そっか」

たしかに、あたしたちが大人のことをあれこれ考えてあげる必要は、ないのかもしれない。でも、お父さんが「鳴海さよ」さんのことを話す時の顔が、あたしは好きだったのだ。そこには、何かのひみつがあるような感じがした。それはきっと、バクテリオファージのひみつや、宇宙のひみつと、とても近いひみつだ。

「ねえ、メイさんは、もうれんあいは、しないんですか？」

この前、あたしはきいてみた。

「してもいいけど、なんか、まだ時が満ちてない感じがする」

「時がみちる」

時がみちる、という言葉は、とてもきれいだなと、あたしは思った。波がみちてくるように、時が少しずつ少しずつうちよせてきて、足首までだった深さがひざくらいになり、どんどん深くなっていくのだ。

「時がみちてきたから、絵くんは男になっていってるんでしょうか」

「やだあ、なんかそれ、いやらしい」

「男になるのは、いやらしいことなんですか？」

「うーん」

メイさんは、考えこんだ。

「そうじゃないね。男とか、女とか、ただの性別だもんね」

「うん。そして、バクテリオファージには、性別は、ないんだ」

「りら、はじめてタメで話してるじゃん」

あたしは、はっとした。ほんとうだ。今あたし、メイさんにていねいな言葉を使っていない。

ついバクテリオファージのことを言ってしまって、あたしは少しひやりとしていたのだ。メイさんが、クラスの、あたしの悪口を言う女の子たちと同じように、いやな気分にならなかったかどうか。そのために、ていねいな言葉を使うことをわすれてしまったんだと思う。

「れんあいとか、男とか女とか、そういうの、いつになったら、あたしにわかるのかな」

「りらには、一生わかんないかも。あのお父さんの娘だし」

「そうかあ」

れんあいは、あたしにとって、バクテリオファージと同じくらいなぞのものだ。でもれんあいは、バクテリオファージほどは、あたしのきょうみをひかない。お父さんも、ずっとそうだったんだろうか。

そんなことを考えているうちに、あたしは急に泣きたくなった。だから、思いきって、泣きはじめてみた。

「え、どうしたの」

メイさんが、あせっている。

「何か、悪いこと言った？」

あたしは、答えなかった。そのかわりに、泣きながら、大きく口をあけて、笑ってみせた。なみだは、あとからあとからせいだいに流れてくる。ものすごく、気持ちがよかった。お父さんは、夜になる前の時間が好きだと言っていたけれど、あたしは、まだ夕方にもならない、午後のこのうとうとするような時間のほうが好きだ。ベンチにすわって泣くのに、いちばんいい時間。

「理由は、ないの。ただ泣きたいから、泣いてる」

「なんだ、びっくりさせないでよ」

「ね、メイさんも、泣いてみて」

泣きつづけながら、あたしはたのんだ。

「じゃ、ためしに」

そう言って、メイさんも泣こうとしてくれた。でも、そうかんたんには、なみだは出ないみたいだった。

「だめだ」

「だめか」

「ま、少なくとも、失恋の痛手は、すっかり癒《い》えたってことだよね」

「マジ？」

あたしは言ってみた。低い、ちょっとこわい声だった。

「マジ」

メイさんの「マジ」は、明るくてかろやかな「マジ」だった。

しげった葉っぱごしに、日の光がさしている。ほっぺたのなみだは、光に当たってすぐにかわいていく。なみだとはなをいっぱい流しながら、あたしは思うぞんぶん、泣きつづけた。

# 洞《ほら》ばなし

河﨑秋子

河﨑秋子（かわさき・あきこ）
79年生まれ。作家。『颶風の王』『肉弾』『土に贖う』。

公園にあるその木の種類を子どもたちは知らない。周囲に住む大人たちは植物についてあまり知らなかったし、調べてくれることもなかった。大地域の子どもの数に対して不釣り合いなほど広い公園の隅にぽつりと生えている、大きな木だ。秋には大きな葉が沢山落ちる。幹は大人が二人で手を広げてようやくぐるりと囲めるような太さだ。しかし幹の表面は起伏に乏しく、枝は高いところについているため、木登りをすることはできない。虫が集《たか》るような樹液も出ない。だから、子どもたちからは、ただの『公園の木』とだけ認知されていた。

その木が立っている公園の北側には、古い団地が並んでいた。優美《ゆみ》はそこで両親と暮らしている。もうすぐ七歳になる。友達と遊ぶのが好きで、自転車が欲しいのになかなか買ってもらえない、ただの女の子だ。

優美は外遊びが好きだ。少子化とはいえ同年代の子どもは団地に何人もいるので、公園に友達と集まっていつまでも遊んでいられた。遊び慣れた公園の遊具、裸足《はだし》で走り慣れた芝生、そして、〝だるまさんがころんだ〟をするのにうってつけの大きな木。全て、優美にとっては家の庭のような場所だった。

優美は最近、秘密を持った。母親の指輪をこっそり盗んだのだ。ただ借りたのではなく、はっきりと、他人のものを内緒で自分のものにしたのだという意識を持っている。盗んだ指輪には大きな紫水晶がついている。長方形の四隅を削ったような形で、指に嵌《は》めたときにはとても存在感がある。

その意匠は母親の好みに合わないものなのだと優美は知らない。両親が結婚した時、姑から「息子が結婚したらお嫁さんに上げようと思って買っておいたの」と存分に恩着せがましく渡されただけのものだと知らない。

ただ、優美の目から見たそれは、紫色で、大きくて、きらきらしている。母親がいつか戯れに見せてくれた時、彼女の眼には絵本で見たお姫様がつけている宝石と同じものに見えた。

母親の一番大事な宝物なのだろうと思った。

その指輪を、優美は叱られた腹いせとして盗ったのだ。

優美が叱られた理由は些細なことだった。食べ終わったらお茶碗は流しに持っていきなさい、とか、遊んだおもちゃは片付けなさいとか。いつも厳しく言い渡され、子どもながら相応に守っていた約束事をたまたま二重三重にさぼった末に、よりいっそう厳しい言葉と声で叱られた。

「ごめんなさい、は？」

「ごめんなさい」

強制された謝罪に心はない。謝らせた後も叱り続ける母親の姿に、優美の中で自分は悪くないという意識ばかりが膨らんだ。それは三日経っても小さな頭の中を占めていた。小さな犯行は母親がトイレにこもっている間に実行された。スマホを手に一度トイレに入ったら、子ども向け番組の二、三本が終わるまで出てこないことを優美は知っていた。

母親の、服やらバッグやらが積み重なって本来の役割を果たさなくなったドレッサーの引き出し。音をたてないようにそれを引く。一番奥にその真っ赤なビロード張りのケースはあった。入れ物自体も大層奇麗に思えたけれど、これごと持っていってしまっては悪戯《いたずら》がばれやすくなってしまう。子どもなりに算段をして、稚《いとけな》い犯行計画は実行される。優美は指輪だけを握りしめて、ケースと引き出しを慎重にもとに戻した。

「こうえん、いってくる」

「いいけどすぐ帰ってきなさいよ」

ドア越しに課せられた約束を聞き流し、優美は指輪を握りしめて公園へと駆け出していった。

日が暮れかけた公園にはもう誰もいなかった。自分の庭。自分だけの庭。カレーの匂いや、主人が帰宅して大喜びする小型犬の声など、ほかの家族の気配だけが吹き溜まっている。

優美はベンチに座り、手にした指輪をじっと見つめた。掌に握り込んで、石も指輪の金属もすっかり優美の体温と同じに、ぬるくなっていた。『もうこれはゆみのもの』。そう思うと、嬉しさと後ろめたさで胸の奥がぎゅうっと締め付けられる気がした。

摘まみ上げて、夕日にすかしてみる。自分の親指の爪の倍ぐらいもある紫水晶は石の中にオレンジ色の陽光を閉じ込めて、とても奇麗だ。ケースに収められていた時とはまた違う奇麗さだ。優美はにんまりと笑った。

「これはゆみの」

言葉に出すと、それは宣言になる。これは母のではない。自分の所有物。試しに自分の指に嵌めてみる。しかし、親指に嵌めても、ぐるぐると回ってしまう。まだ自分はこれをつけていられない。

どこかに隠しておかなくては。どこにしよう。優美は小さい頭の中で懸命に考える。家の中ではすぐ見つかってしまう。青い象の形をした滑り台の下にある、トンネルのところにしようか。だめだ。あそこは年上の男の子たちがよく集まっている場所だから、すぐに見つかってとられてしまう。

優美はしばらく考えて、あの木の下へと駆け寄った。前に、かくれんぼの鬼をして十数えていた時に、陽の当たらない木肌に小さな洞があったのを思い出したのだ。

ここなら。優美は幹に両手をついて、少し伸びをして、おでこよりやや上にある洞を覗き込んだ。両足のつま先をいっぱいに伸ばして、ようやく黒い穴の内側が全て見える。洞の中の大きさは優美の握り拳一つ分ぐらい。その中に、ぽとりと指輪を置いた。もう一度覗き込んでみると、暗い洞の中に紫色の指輪がひとつ。このままでは他の人が覗き込んだ時にすぐに見つかっちゃう。そう思って、優美は足下に落ちている落ち葉を拾う。

三枚、四枚。五枚にしておこう。茶色のかさかさしたそれを、洞の中で横たわる指輪の上に重ねる。布団。掛け布団みたいだ。優美はそう思って少し楽しくなってくる。

秘密の場所に、秘密の指輪。秘密のお布団の下に隠して、小さな罪悪感が少し愉快だ。

誰も知らない。誰にも言わない。内緒は楽しい。優美は周りに誰もいないのを確認して、家へと帰った。

優美の楽しさは一日もたなかった。翌朝にはもう、「あの指輪はちゃんとあそこにあるかな」という不安でいっぱいになってしまった。母親は指輪がないことにまだ気づいていなかったが、もし、気づかれたなら、ひどく怒られてしまう。そわそわして小学校での時間を過ごした優美は、また母親がスマホを持ってトイレにこもる夕方を見計らって、そっと公園へ向かった。今度は母親に何も言わない。あの木に指輪がちゃんとあるのを確認して、またすぐ戻ってくればいい。そう思っていた。

今日の夕方も昨日と同じで、周りには誰もいない。優美はそっと木に走り寄った。

そして、当然そこにあるはずの指輪を求めて、洞へと手を伸ばす。かさかさの、乾いた落ち葉の手触り。指輪を隠すお布団として重ねたもの。予想通りの感触に、一枚、一枚、摑《つか》みとっては落ち葉を洞から出していく。

落ち葉はすべて取り出され、あとは指輪を確認するだけだ。覗き込んでみるが、昨日と違ってよく見えない。洞の底に近い部分へ指を伸ばす。すぐに指先は指輪に触ると思ったのに、いつまで経っても硬い感触がない。

優美は精一杯背伸びをして、さらによく洞を覗き込んだ。ない。記憶の中にある紫色の石がついた指輪が、ない。真っ暗だ。

「ひっ」

足の先からざあっと冷たいものが這ってくるような気がした。それが、血の気が引くという状態なのだと優美は知らない。ただただ、怖い。

指輪がない。見当たらない。ゆみの宝物なのに。

どうしよう、どうしよう。

幾度も洞を覗き込みながら、中をくまなく指で探っていく。木の壁に引っ掛かっているんじゃないか。期待する硬い感触はない。洞の底の、少しざらざらした部分も触っていく。正直、優美は下の部分にあまり触りたくはなかった。細かい砂のような手触り。どこからとも知れない塵が積もっているようで、何か汚いような気がした。

もしかして、誰かが指輪を見つけて、持っていっちゃったんじゃないだろうか。落ち葉を押しのけて、指輪を見つけて、やった、宝物を見つけた！　って持っていってしまったのかも。

自分の考えに優美は怯えた。だとしたら、どうやって取り戻せばいいんだろう。小さい子ならともかく、もし体が大きくて、乱暴な男の子だったら？　気に入らないことがあったらすぐ叩いたり蹴ったりするような、お父さんみたいな大人の男の人だったら？

だめ、そんなの、見つけても取り戻すなんてことできない。

優美は気を取り直して、もう一度洞の中に指を伸ばした。そこの、土みたいになった部分を押してみる。

思っていたよりも、軟《やわ》らかい。もしかしたら、この軟らかい中に、指輪が埋まっているのかも。

優美は目を瞑《つぶ》ったまま、右手の指で洞の床をぎゅっと押した。乾いていた薄い表面を突き抜けると、その奥は妙に生暖かい。

「ひっ」

思わず手を抜きそうになった。泥のようだった。でも、その軟らかさにかろうじて、『これだけ軟らかいのだから、指輪が潜り込んでいるのかもしれない』と思って、手を伸ばしたままでいる。

瞼をぎゅうと閉じ、眉間に皺《しわ》を寄せながら、優美は泥の中を探りはじめる。人差し指だけではなく中指も。指の先から第二関節まで。ずぶずぶと手が沈みこんでいく。生暖かい。しかも、指に絡みついてくる気がする。もしかしたらこの泥は、納豆のようにねばねばしているのかもしれない。優美の嫌いな納豆のように、ねばねばと糸を引いて、絡みついて。

気持ちの悪さを堪《こら》えながら、優美は背伸びをして穴を覗き込んだ。自分の白い指全てが、黒い泥のようなものに呑み込まれている。

優美はうえっ、と思わずえずきそうになる。もう帰りたい。早くこの手を引き抜いて、公園の隅にある水道でじゃぶじゃぶ洗って、なにごともなかったように家に帰ってしまいたい。

でも指輪が見つからないと帰れない。見つからないままだと、とんでもないことになる。

お母さんの大事なものなのに。無くしたままだと怒られる。叩かれる。また蹴られる。

優美はいつの間にか垂れていた鼻水を啜り上げると、いっそう指を奥まで入れた。掌の半分まで、生暖かい泥に埋まる。鼻の奥がつうんと痛い。泣いてしまいそうだ。

そして、ふと気が付く。思ったよりも、この洞は深い。この泥みたいなものの先には木の感触があるはずなのに、まったくたどり着けない。もう手首までどろどろに突っ込んでしまった。もがくように五本の指を動かすと、にちゃにちゃと音がした。納豆を混ぜる音よりも重い。気持ちが悪い。

優美が泣きそうになりながら中を探っていると、中指の先に何か硬いものが当たった。とても小さい。

「あった！　見つけた！」

思わず声に出す。その硬くて小さいものを、人差し指と中指でなんとか摘まみ上げて、手を一気に穴から引き出した。

優美の右手は手首から先が真っ黒な泥に塗《まみ》れていた。おまけにとても臭い。

お母さんが台所で捌《さば》いていたサバの内臓の臭いと、どぶの臭いと、学校のトイレの臭い。それらを混ぜて、さらに臭くしたよう。優美の口の中にすっぱい唾がたまっていく。ああ、これ、ゲボしちゃいそうだ。ゲボしたら怒られるのに。

それでも、探していた指輪らしき塊を見つけて、優美はほっとしていた。周りについた黒い泥を、汚れていなかった左手の指先でぬぐっていく。

しかしその手触りは奇妙だった。指輪の輪の部分がない。もしかして、石が指輪から外れてしまったんだろうか。だとしたら、今持っているのは石の方だろうか。あとで輪の部分も探さないと。焦りながら泥を除くと、黒い塊の中から緑色のものが見えた。紫水晶だったはずなのに。もしかして、この臭いどろどろで色が変わってしまったんだろうか。優美はそう思い焦る。こすり続けていると、緑色のものは金属のような光を帯びていた。なんだろう、指輪の石ではないかもしれないけれど、これはこれで奇麗だ。

少し心浮かれながら泥を除《の》けていくと、緑色の塊の全体が見えてきた。

「……やだっ！」

それが何なのかを認識して、優美は手の中の塊を躊躇《ちゅうちょ》なく地面に叩きつけた。そのまま、運動靴で何度も何度も踏みつける。

いつのまにか荒くなっていた息を吐いて、踏んでいた場所から足をどけると、そこには粉々になった緑色の甲虫が、黒い泥と内臓に塗れていた。

優美はその場にしゃがみこみそうになった。こんなに汚くて臭いところに手を入れて探したのに、見つかったのは気持ち悪い虫の死体。

指輪はどこ。見つけないまま帰るわけにはいかない。もう一度、もしかしたらもっと奥の、洞の底まで落ちてるのかも。

優美は泥が顔につかないように、袖で鼻水をぬぐった。近くを見ると、砂場にダンプトラックを小型にしたおもちゃが転がっていた。どこかの子が置いていったまま帰ってしまったのだろう。それを洞の下に持っていき、慎重にその上に乗った。もしこのおもちゃが壊れちゃったらどうしよう。ゆみのせいかな。でも忘れていく方が悪いんだし。

そう思いながら、汚れた手をもう一度洞へ入れる。指先から、掌、手首、さらにその先が、にちゃ、ぐちゃ、という音とともに沈んでいく。温かくて気持ちが悪い。さっきよりも温度が上がっている気がする。誰かの体の中みたいだ。気持ちの悪さに、優美は歯を食いしばっていた。

泥はまだ深く、底は遠いようだ。優美は空いた方の手で袖をまくり、さらに手を深くまで入れていく。底。底がどこかにあるはずなんだから。底があれば、きっと指輪もあるはずだから。お母さんとお父さんに怒られなくてすむから。

「やだ、どこにあるの、やだ……」

手首の少し先から、肘の手前まで、ずぶずぶと手は入る。大きな木とはいえ、どうしてこんなに深い穴があるの。どうしてこんなに沢山の泥がつまっているの。指輪、指輪、と考え続けた頭の中に、疑問が沁み込んできてぼうっとする。この穴はどこまで続いているの。

いつの間にか泥は優美の肘まで呑み込み、それでも指先は底にたどり着かない。ぐちゃぐちゃの泥が爪の間に、指に、腕に絡みついてくるようだ。

「やだやだやだ、やだよ、やだよう」

右腕の付け根まで泥に沈み込んでしまった。もう、優美には自分で腕を入れたのか、それとも泥に呑み込まれているのか、区別がつかない。ひたすら泥の中をまさぐって、あの紫水晶の指輪がないか、洞に底はないか、探すことしかできない。

もうやめよう。もう、諦めて、手を洗って帰って、指輪を盗って無くしたことを正直に言おう。きっと怒られる。痛くて辛い。でも、もう、ここに手を入れているよりましだ。優美はそう決めて、腕を引こうとした。

「あれっ」

腕が抜けない。ぐちゃぐちゃとしていた泥はいつの間にか固くなっていて、優美が腕を引こうとしてもびくともしなかった。優美は以前、長靴で泥のたまった排水溝をわざと歩いていて、固い泥に長靴をとられて抜けなくなった時のことを思い出した。足だけがすっぽ抜けて、転んで、とても痛かったことを覚えている。

今度は腕をとられてしまった。抜けない。抜けないだけでなく、なんだか腕が泥に締め付けられているような気がする。締め付けられている、というよりも、優美の手首のあたりで泥が強く締まっている。ちょうど、誰かに腕を強く握られているように。

うそ。どうして。抜けない。誰か。帰れない。指輪は。

「だれかたすけて」

優美はそう言おうとした。しかし、叫ぶために息を吸った瞬間、全身が硬直した。体の後ろに、誰かがいた。その誰かは、いつの間にか優美の両脇に手を入れて、軽々と体を持ち上げていた。優美はようやく、ダンプのおもちゃに乗っただけでは自分は腕を入れられなかったことに気づく。ずっと前から抱えあげられていた。いつから、いつの間に。

振り返ることはできなかった。もう叫ぶことも、息をすることもできなかった。泥に腕を引かれ、後ろの誰かからは体をどんどん持ち上げられて、優美の体は洞の中に呑み込まれていく。

洞の入り口だってもっと小さかったはずなのに。ゆみの腕しか入らなかったのに。どうして。どうしてこんな。こわい。ゆみ悪くないのに。どうして。

考えがまとまらず、声も出せず、ただ優美の体は小さく縮こまっていった。

優美の腕から肩が、顔が、臭い泥の中に沈んでいく。気持ちが悪い。鼻に泥が入ってくる。臭い。泣き叫びそうになって開けた口の中に、喉に、粘つく泥が入り込んでくる。薬のシロップみたいに変な甘さ。息ができない。気持ちが悪い。誰も助けてくれない。また。今日も。やっぱり誰も助けてくれない。内臓がぐにゃりとねじれて、泥を吐き出しても終わりはなく、やがて優美の全身の筋肉が痙攣《けいれん》した。
ああ、でも、これで怒られない、と思ったところで優美の意識はぶつりと切れた。

# おとぎ輪廻

木下昌輝

木下昌輝（きのした・まさき）

74年生まれ。作家。『兵』『宇喜多の楽土』『絵金、闇を塗る』『金剛の塔』『信長、天を堕とす』『まむし三代記』。

壱

竹取の翁と老婆は、大路《おおじ》を歩く男女を見てため息をついた。成人の儀を控えた男女だ。この後、男は烏帽子親《えぼしおや》によって冠を頭に載せられて大人の男として認められ、女は腰結《こしゆい》役によって裳《も》を着せられ大人の女として受けいれられる。

「爺さんや、私たちの娘にも裳を着せてやれないものかねえ」

老婆はさも口惜しそうにいう。

竹林の中で光る竹を見つけたのが数年前、斧で割ると小さな少女が現れた。掌に乗るほどの大きさだ。子に恵まれなかった翁は家に連れ帰り、子を望んでいた老婆は少女に「かぐや」という名前をつけた。以来、数年が経つ。かぐやは一年に一寸（約三センチメートル）ほど大きくはなるが、いまだ大人には程遠い。

「婆さんや仕方あるまい。子宝に恵まれなかった儂《わし》らの元に、かぐやが来てくれただけでもよかったと思おう」

「そうだよねえ、お爺さん。それに長生きすれば、かぐやも大人になる。そうすれば、私たちもかぐやに成人の儀を行ってあげられますし」

よたよたと老婆は歩く。その手をとってやる。一月前よりもずっと痩せていた。病魔は婆さんを確実に蝕《むしば》んでいる。

連れ添って十年の月日を思うと、翁の胸がずきりと痛んだ。婆さんは長くない。一年に一寸しか成長しない、かぐやの大人の姿を目にすることは叶わない。

いや、それは翁も同じだろう。

「どうしたんです。お爺さん」

「何でもない。それより早く帰ろう。かぐやが待っている」

家ではかぐやが、猫の毛を集めて作った筆で字の手習いをしていた。

「おっとう、おっかあ、お帰りなさい」

公卿《くぎょう》の娘のような所作で頭を垂れた。

「かぐや、こっちへ来ておくれ」

台所仕事をはじめた婆さんを横目に、翁は別室へとかぐやを誘った。

「かぐや、大人になりたくはないかい」

「なれるならなって、おっとうやおっかあにその姿を見せてあげたいけど……」

翁の膝小僧ほどの高さしかないかぐやは、言葉を濁らせた。大人になるには少なく見積もって数十年かかることを、かぐやも知っているのだ。

「かぐやにだけ時が速く移ろえば、大人になった姿を婆さんに見せてやれるよ」

その姿はある女性に似ているだろう。十年前、翁がまだ漁師をしていた頃に出会った、あの姫とそっくりな気がする。

婆さんのためでなく、己の妄執《もうしゅう》のためにかぐやを成長させる。それがわかっていながら、黒光りする箱を取り出す手を止めることができなかった。

「おっとう、これは何ですの」

「十年ほど前、儂が若い頃にもらったものじゃ」

かぐやは怪訝そうな顔をした。十年前なら翁は若者でなく老人のはず、と思ったのだろう。翁は竜宮城で乙姫からもらった、禁断の箱を手にとる。

「かぐや、今からお前は大人になるんだ。それも、とびきり美しい大人にね」

玉手箱を開ける。十年前、翁の時間を奪ったものがあった。それは白い灰で、部屋の中の風と溶け、たちまち妖しい煙となってかぐやを包みこむ。

弐

かつて、かぐやと名乗っていた乙女は、天界にいた。人の世界にいた頃に名乗っていたかぐやの名前は、すでに過去のものだ。天帝によって新しい、いや本当の名前をもらった。けど、かぐやは昔の名前が忘れられない。八月十五日の満月の日に、人の世界の帝に見守られながら、天帝の使者を迎え、月の世界へと戻って以来、ずっとだ。

毎日、機《はた》を織りながらかぐやが思うのは、人の世界でただひとり恋しいと感じた男のことである。名を竹取の翁といった。過去には、浦島太郎と名乗ったという。玉手箱という不思議な箱から出た煙で、かぐやを大人の女にしてくれた。

不思議なことが起こったのは、玉手箱の煙を浴びてからだ。視《み》えるようになったのだ。竹取の翁の若き頃の姿が。浦島太郎と名乗る、日に焼けたたくましい青年の姿が。弱きを助ける美しい心の持ち主であることも視えた。きっと、玉手箱の煙の思い出が、かぐやに竹取の翁の若き日の姿を見せたのだろう。以来、かぐやは浦島太郎に恋している。だから、何人もの公卿や帝の求婚を断ったのだ。それはこちらの世界に戻ってからも変わらない。

機を織る手が止まる。この美しい織物を、浦島太郎が着てくれれば。が、果たせぬ夢だ。人の世界にいる頃、すでに浦島太郎は竹取の翁という老人だった。今はもう、この世にもいないはずである。

織りあがった反物を畳み、天帝の使いを待つ。いつものように織物の出来を確かめて、使者たちは満足気に去っていく。

ふと、部屋の隅にある箱に目がいった。玉手箱だ。月の世界へと旅立つ時に、竹取の翁から形見としてもらったものだ。手にとるとかさかさと音がする。きっと白い灰が溜まっているのだろう。

こんな箱があるから、未練を断てぬのだ。玉手箱を持って、かぐやは家を出た。天の川沿いをとぼとぼと歩く。どこかで、この玉手箱を捨てよう。

辺りを見回した時、牛の鳴き声がかぐやの耳を打った。遠くに牛飼の姿が見える。働きものらしく、何十頭もの牛を従えている。まだ青年のようだった。

「もし、そこの牛飼殿」

玉手箱を捨てる良き場所はないか訊ねようとした時だった。牛飼の若者が振り向く。

「浦島太郎――」

かぐやは思わずそういってしまった。牛飼の若者は、玉手箱の記憶が見せた浦島太郎の姿にそっくりだったからだ。

「浦島太郎ってやつは何者だい」

牛飼は白い歯を見せて笑った。

「おいらは浦島じゃない。彦星だよ。天界の牛飼さ。そういうあんたは、織姫だろう」

どきりとした、なぜこの若者は、かぐやの天界での名前を知っているのだろうか。

「何を驚いているんだ。あんたのことはみんな知ってるよ。とてもいい織物を織るって評判さ。おいらもそんな織物でできた服が一着でも欲しいけどさ、牛飼の身分じゃ、こんなものしか着られない」

牛飼の若者こと彦星は、はにかみながら両手を広げて自分の着ている粗末な服を見せた。ふと、今日、織った織物の柄が脳裏に浮かぶ。竹取の翁の若き頃である浦島太郎のことを思い織ったものだ。美しい波の紋様を入れた澄んだ藍色の織物。それを直垂《ひたたれ》に仕立て直したものを、目の前の彦星が着たら――。

考えるだけで胸が熱くなる。これは郷愁だろうか、あるいは恋慕か。

「こんなことといったら嫌われるかもだけど」

なぜか牛飼の彦星が顔を赤くする。

「おいらのために、一着織ってくれねえか。あんたみたいな別嬪さんを前にしても恥ずかしくねえものを、ひとつ欲しいんだ。ひとつだけでいいんだけど……」

うつむき鼻の辺りを掻《か》きつつ、「駄目かな」と彦星はかぐやの顔を覗きこんだ。

波の柄の入った美しい直垂に身を包み、彦星は踊るように歩く。牛たちがこっちを見ているが無視して進んだ。

参

「おい、彦星、織姫と結婚できて嬉しいのはわかるが、少しは働けよ」

同僚の牛飼が責めるが、全く意に介さない。あんなに美しい娘が妻になったのだ。しかも、毎日、彦星のために美しい衣を織ってくれる。こんな服を着て、汚れる牛飼の仕事などできるはずもない。

「いつか天帝からお怒りをもらうぞ」

聞こえていないふりをした。しばらくすると桃園が見えてきた。実がなるのに千年以上かかるといわれる蟠桃《ばんとう》の木である。

「彦星、最近、随分とご機嫌じゃないか」

声をかけたのは、桃園の番をする小猿だ。

「当たり前だろ、こんなに美しい衣を着られるんだ。しかも毎日ちがう柄だぞ。心も浮き立つってもんだ」

「こっちは千年も変化のない桃の番だ。退屈で仕方ない。毎日ちがう柄が楽しめるのは羨ましいもんだよ」

小猿が欠伸《あくび》をひとつ漏らす。

「今度、桃がなるのはいつだい」

「さあてね、あと数百年ってとこか。これなら、厩番《うまや》の方がよかったよ。物いわぬ桃より、いななく馬の方が面白い」

その時、ふと思いついたのは、織姫が持っていた玉手箱だ。あの中にある灰を煙のように宙に溶かして撒けば、時間の進みが恐ろしく速くなるという。そう、妻の織姫がいってはいなかったか。

「小猿さんよ、おいらの妻が面白いものを持っているんだ。もしかしたら、その桃を一気に花開かせるだけじゃなくて、実を熟させることまでできるかもしれねえぞ」

「そりゃいい。退屈してたんだ。さっそく持ってきてくれ」

彦星は持ってきた玉手箱を、さっそく桃園の風上側に置いた。今日はいい風が吹いている。きっと上手くいくはずだ。

「それぇ」と、勢いよく蓋を開ける。中にあった灰はすぐに空気に溶け、煙になった。桃の木に降りかかる。枝に蕾《つぼみ》がふくらみ、たちまち花が咲き、しばらくもしないうちにたわわに桃を実らせる。

「すっげえ」小猿が飛び上がって喜ぶ。

「彦星、さっそく頂こう。きっと美味いぞ」

「駄目だ。まず、偉い人に知らせなくちゃ」

「なにいってんだ。おれは桃園の番人だぞ。とても偉いんだ」

小猿はとんでもないことをいう。

「桃園の番人なんて、牛飼と同じくらい卑しい仕事だろ」

「そ、そんなはずはない。天帝の野郎は、桃園の番人はとても尊い仕事だといったぞ」

「そんなわけあるかよ」

「じゃ、じゃあ、弼馬温《ひつばおん》とどっちが卑しい」

弼馬温とは厩の番人のことだ。

「どっちも同じようなもんだろう。厩番も桃園の番人も牛飼も同じようなもんさ」

そういえば、この小猿の名は孫悟空といったか。過去には弼馬温の役に就いていた。それが気に入らずに、恐ろしい騒動を起こしたらしいが、はるか昔のことなので彦星にはよくわからない。

「天帝め、またおれを騙しやがったな」

小猿の体が怒りで震えだす。

「ただじゃおかねえぞ。この斉天大聖《せいてんたいせい》、孫悟空様を怒らせた報い、思い知らせてやる」

「おいおい、冗談でも天帝様に聞かれたら大目玉だぞ。おいらは上の人に知らせてくるから、蟠桃には一個たりとも手を出すなよ」

彦星は小猿を置き捨てて、小走りで天帝の宮殿へと急ぐ。きっと、蟠桃は天界のみんなに下賜《かし》されるはずだ。織姫と食べる桃は、この世のものとは思えぬ味であろう。

四

孫悟空は、木の上にある住処《すみか》でくつろいでいた。斉天大聖と恐れられた姿はもうない。老いた猿にしか見えないはずだ。若き頃は、桃園の番人が卑職だと聞かされて大暴れもした。仏の掌の上で弄ばれ、何の因果か三蔵法師なる若き僧侶の供をさせられた。はるか西方《さいほう》にある天竺《てんじく》へ経典を取得するための旅だ。勢いあまって西へ行きすぎて、空飛ぶ茣蓙《ござ》に乗る若者と願いを叶える燭台の精霊を争奪する大冒険にまで巻きこまれてしまったのは、今となってはいい思い出だ。

ふあああ、と欠伸を漏らす。

天帝の桃園の番人も悪くない仕事だったのかもしれない。そう思えるほどには、孫悟空は老成した。少なくとも今の隠居暮らしには、何の不満もない。

「おい、猿」

木の下から声がかかった。

「なんだ、人間、気安く声をかけるな」

「実はな、今から鬼退治に行くんだ。お主も加わらぬか。聞けば、若い頃は天竺まで武者修行の旅をしたらしいな」

武者修行じゃねえ、経典を求める旅だ。反論は面倒なので、鼻毛を抜いて無視する。

「わんわん」「きいきい」

犬と雉子《きじ》もいる。この若者の家来のようだ。よく見れば「日本一」と墨書された幟《のぼり》を、若者は勇ましく背に負っていた。

「鬼退治と聞いて、臆したか」

失笑しそうになった。勢いあまって天竺のはるか西へ行った時に、ジャックという小僧と一緒に豆の木の上にいる巨大鬼を退治した。あれに比べれば、日ノ本の鬼なんてチンケなもんだ。

「もし家来になるなら、これをやるぞ」

若者が取り出したのは、きび団子だ。こっちには、天帝の桃園から拝借した桃がまだ残っている。

「きび団子が欲しくなったら来い。私は桃太郎という」

桃太郎か。同じ桃でも、蟠桃とはえらいちがいだな。熟すはるか手前――未熟もいいところだ。面倒なので、あっちへ行けと手を振った。気配がなくなってから寝返りをうつ。

あの桃太郎という小僧、誰かに似ている。嗚呼、三蔵法師だ。分不相応な目的を持つところなどそっくりだ。力不足なのに、絶対に大願成就できると信じている。

そういや、供をしていたあの犬の面は猪八戒《ちょはっかい》に似ている。きっと食い意地が汚いはずだ。雉子の神経質そうな表情は、沙悟浄《さごじょう》を思い出させた。絶対に怖がりなはずだ。

ふふふ、と知らず知らずのうちに笑う。

起き上がり、住処に隠していたものを取り出す。如意棒だ。これで多くの妖怪鬼神を倒した。まだ退治したりないのか。いや、ちがう。たりないのは敵ではない。

「不味いきび団子でももらってやるか」

如意棒をひとつしごくや、孫悟空は指笛を吹いた。やってきた觔斗雲《きんとうん》に飛び乗り、桃太郎一行を追いかける。これほどまでに血がたぎるのは、何千年ぶりであろうか。

## 五

そうなんですよ、お爺さん、お婆さん、あっちはこう見えて、実は桃太郎の兄貴と一緒に鬼退治をした犬なんですよ。とはいっても鬼退治したのは、若い頃の話ですが。

そうしたら、色々とうなずけるところがあるでしょう。あっちが起こした奇跡の数々が。ここ掘れわんわんっていって財宝が出てきたのは、何のことはない鬼ヶ島の財宝ですよ。桃太郎兄貴からもらった分け前を、あそこに埋めていたんでさあ。

ただ隣の糞爺いと婆あには悪戯がすぎて、ぶっ殺されちまいましたがね。あれは誤算だった。で、どうして夢枕に立ってるかって。実はね、あっちは鬼ヶ島で深傷《ふかで》を負ったんですよ。そん時、助けてくれたのが猿の野郎でね。名を孫悟空っていうんですが。その時に不思議な桃をくれたんですよ。蟠桃っていう天界の神様が喰う桃です。霊験があるから、傷も治るって。なんでも玉手箱の灰で育てた特別栽培っていうじゃないですか。まあ、あっちも死にたくねえから食べやすよね。したら、元気になっちまった。

ただ今になってみてわかったんですが、蟠桃の不思議な力があっちに宿ったようで。だから、あっちの骸《むくろ》を埋めたら、でっかい木が一気に生えたでしょう。あれはね、きっと蟠桃が浴びた玉手箱の灰が、食ったあっちの体に残っていて、ほんでもって埋められた時にたまたま一緒に土の中にあった木の種と化学反応みたいな奴を起こしたんですよ。わかります？　化学反応って。

で、大木がズドーンと生えた。玉手箱の灰が煙になって、浦島太郎っていう若者を一気に老人にしちゃったように、です。

ああ、こうして夢枕に立てるのも、玉手箱の灰の魔力のおかげのようで。他にも誰かの昔の思い出とかがよぎるんです。さっきの浦島太郎がそうです。

で、その木で杵《きね》と臼《うす》を作ったら、財宝が溢れた。実はね、鬼ヶ島の財宝、まだ残してあったんですよ。打出《うちで》の小槌《こづち》っていう財宝なんですけど、何の因果かあっちを埋めたすぐ隣に隠してたんです。まあ、土の中で大木になった時に、打出の小槌も一緒に取りこんじまってね。それで杵と臼になった時に、財宝がわんさかと出たわけです。けど、よかったですね。お爺さんとお婆さんの背が伸びなくて。そうなっていたら、きっと化物扱いで退治されてたはずです。偶然とはいえ、お宝が出てきて安心しましたよ。問題は性悪爺いと婆あです。嫉妬のあまり杵と臼を燃やしやがった。

まあ、仕方ねえや。燃えちまったものはね。けど、何の因果か、灰になっちまったそうです。玉手箱の灰ですよ。元の形にもどっちまったんだなあ。

そこで、どうです。いっちょ、あっちをぱあーって撒いてほしいんだ。ええ、遠慮はいりやせん。思い切ってやってください。玉手箱と同じ効果があります。どうでしょうか。家の前にある桜、あいつにかけてやってくんないでしょうか。

今はまだ蕾もできちゃいません。けどね、玉手箱の灰でもあるあっちを撒けば、みっつと数えないうちに花が満開でさあ。

いや、気にする必要はねえですよ。

どうせ、遅かれ早かれ、おっちんでる身の上。ならば、せめてお爺さんとお婆さんの目の保養になってくれりゃ、これ幸い。

そういうことですんで、おふたりさん、思い切ってあっちの灰を撒いておくんなまし。満開の桜吹雪に輪廻転生できるとあれば、これほどの仏果がありましょうか。きっと孫悟空の野郎も喜んでくれますよ。

六

多賀山城守《たがやましろのかみ》は己の目を疑った。翁が投げた灰が宙に溶け、煙と変わるや否や、桜の枝に降りかかる。みっつと数えぬうちに蕾が生じ、すぐに満開の花が枝を彩った。

「こ、これは妖術か」

立ち尽くしていたのは一瞬だ。これこそ、己が長年求めていたものだ。不老であるあのお方を成長せしめる、唯一無二のものだ。

「翁、待たれよ。それ以上、その灰を撒くことを禁ずる」

多賀山城守はありったけの声で叫んだ。

「こ、これはご領主様」

翁が慌てて這いつくばる。その横では妻だろうか、老婆も平伏《ひれふ》した。

「その不思議の灰、どこで手に入れた」

恐る恐る翁が言上《ごんじょう》するには、なんでも飼い犬を埋めたところに生えた大木を、杵と臼にして焼いた灰だという。

「ふうむ、そのような面妖なことがあるものか。が、その霊験が確かなことは、己の眼が見た。これ、翁、その灰、当方で買いとろう。同量の銀に換えてやる」

「で、ですが、まだ沢山あります。かなりの銀の量になりますが……」

「間違いなくすべて銀に換えてやる。全部、持ってこい」

ついてきていた家臣に、城から銀をすぐに持ってくるように命じた。交換してみると、俵にすればひとつ分の灰を手に入れることができた。

「山城守様、これよりいずこへ」

不審な顔をする家老が訊いてくる。

「八百比丘尼《やおびくに》のもとだ。すぐに出立《しゅったつ》じゃ」

多賀山城守が、八百比丘尼と会ったのは三十年も前のことだ。まだ領主ではなく、貧乏侍にすぎなかった。

美しい比丘尼だった。年の頃は二十になったかならぬか。親しくなり、様々なことを教えてもらった。数百年前の英雄豪傑たちの逸話だ。まるで共に生きていたかのように語った。知恵が血肉となった。いつしか、多賀少年は山城守の官位を受領できるほどの男に成長した。

同時に、この女が尋常の比丘尼でないこともわかった。歳をとらないのだ。都に人をやり、様々な学者や陰陽師《おんみょうじ》に問い合わせた。八百比丘尼、人魚の肉を喰らい不老不死になった女の伝説を知った時は、鳥肌が立った。

馬を、八百比丘尼のいる尼寺へ向けつつ考えた。本当に不老不死などあるだろうか。化楽天《けらくてん》の世界の一夜は、人間世界の八百年にあたると聞く。八百比丘尼は化楽天の住人のように、ゆっくりと時が流れているのではないか。

尼寺は、海に面していた。岸壁の上にあり、打ちよせる浪飛沫《なみしぶき》が時折、境内にも散った。

山門の前に、ひとりの比丘尼が立っている。まだ若い。髪の毛は肩の高さで揃えられていた。やはり、この女はゆっくりと歳をとっている。多賀山城守が初めて会った時の髪は、耳の高さしかなかったはずだ。

「八百比丘尼よ、探していたものが見つかったぞ」

俵を地面におろし、封を開けて詰まった灰を見せた。そして、先ほどの奇跡を伝える。眠たげな比丘尼のまぶたが動いた。

「髪の長さから察するに、貴方は不老ではない。きっと老いれば死ぬでしょう」

「それが私の望みです。もう大切な人を見送りたくはありません」

見送る側に、多賀山城守が選ばれたのは幸運だったのだろうか。愛する人が欲するものを愚直に探した結果だ。受け入れるしかない。

「浜へ行きましょう。今なら、その灰をかぶるのにちょうどよい風が吹いています」

静かな足取りで八百比丘尼が歩いていく。多賀山城守は家臣らを山門で待たせて、灰の詰まった俵を担いで後をついていく。風上に立ち、八百比丘尼は風下で佇《たたず》んだ。

「くれぐれも多賀様は灰をかぶらぬように」

八百比丘尼に優しくいわれて、出会った頃のことを思い出した。

「では、参る」

躊躇《ちゅうちょ》なく、俵の封を切った。音を立てて灰が流れる。風と交わり、白煙へと変わる。意志を持つかのように、煙が八百比丘尼の体へとまとわりついた。

七

まさしく玉手箱の煙だった。岸へと泳ぎつかんとしていた亀の目に、間違いなくそれは映っていた。

「急がなくちゃなんねえ」

亀は全力で泳ぐ。すぐに砂浜についた。立ち尽くす武士がひとりいた。身なりがいいので、大きな所領を持つ侍のようだ。

「ば、馬鹿な、こんなことがあるのか」

煙る俵の横で、がくがくと震えている。

「どなたか知らねえが、お武家さん、玉手箱の煙をぶっかけてくださって、感謝感謝」

男はゆっくりとこちらへと目をやる。

「か、亀が、しゃ、しゃべっ……」

「はい、そうです。万年生きる亀ですので、八千年くらいで三カ国語くらいはしゃべれるように大体なります」

亀が目を巡らすと、白煙の中に蹲《うずくま》る影がある。半ば人であって、半ば人でない影だ。

「そ、そんな、なぜだ。この灰を浴びれば、老化するのではなかったのか」

侍は頭を掻《か》き毟《むし》る。そこに横たわるのは、人魚だった。下半身が魚で、上半身は人間の女の裸体だ。

「ベニクラゲって知ってますか」

亀の言葉に、侍は力なく首を横にふる。

「不老不死のクラゲですよ。どんな仕組みになってるかってっと……」

亀は説明する。普通のクラゲはまず雌雄が交尾し、プラヌラという幼生を産む。そのプラヌラが海底などに付着すると、植物のように根を生やしポリプと呼ばれるものになる。ポリプは蜘蛛の巣状に広がり、茎をつけ花開くようにしてクラゲの子を産む。ちなみに、交尾を終えた後、クラゲは水に溶け死んでしまう。が、ベニクラゲだけは不思議な習性がある。寿命が迫ったり命の危機が近づいたりすると、団子状になるのだ。その団子が海底などに付着すると、再びポリプとなり、蜘蛛の巣状に広がり、花を咲かせるようにクラゲを産む。まるで人生をやり直すかのように。

「人魚ってのは、ベニクラゲみたいなもんなんです。色んな生の形がある。命の危険が近づくと——有り体にいうと人間に捕まって食べられたりすると、その人に取り憑く。

人魚なんで、取り憑かれた人はほとんど歳はとりません。実は、少しだけ歳をとってます。普通の人よりも何百倍か長生きするのかな。取り憑いた人の形で寿命がくると、変態するんです。最近、有名になったアマビエって奴ですね。知ってます？　アマビエ。アマビエはポリプみたいなもんなんで、すぐに元の人魚の形に戻ります。今回は、玉手箱の灰をたくさんぶっかけてくれたので、アマビエをすっ飛ばして人魚に変態しちゃったようですね」

亀の懇切丁寧な説明にもかかわらず、侍は全く理解できないようだ。な、な、な、と意味不明の言葉を発し続けている。

「じゃあ、時間ないんで」

亀は、まだ眠っている人魚を甲羅の上へと乗せる。甲羅ごしでもおっぱいの感触は気持ちよく、顔がにやけてくる。

「あ、もし、人魚でなく人の形――つまり両足つきのこの方に未練あるなら、どうにかして竜宮城へ来てくださいな。竜宮城では、海の全ての者が人のなりをしてます。こう見えて、私は八等身のナイスガイなんですよ」

ただし、かなり胴が長いことは伏せておいた。海へと向かおうとして――

「そうだ。玉手箱の灰も持って帰んないと。最近、灰が少なくなってきたから困ってたんだ。こればっかりは、私たちもどうやってできているかが不思議でねえ。まあ、過去に偉い人魚がいて開発したんでしょうねえ。人魚ってのは恋多き生き物で、よく人間と恋をするけど、寿命に差がありすぎる。玉手箱の灰をわざと振りかけて、歳を同じくらいにするって小細工ですよ。中には人間の女にとられないよう、悪用する人魚もいますがね。どうやって悪用するかは、知らない方がいいですよ」

亀は俵の端を口で咥え、玉手箱の灰を引きずる。もうすぐ波打ち際につこうかという時、甲羅の上の人魚の声が聞こえた。

「ひどい悪夢を見ていたような気がする」

目覚めた人魚が甲羅の上で欠伸をした。

「あそこにいたお武家さんが、取り憑いていた人間としての最後の男だったなら、趣味がよくなりましたね」

「生意気いうんじゃないよ、八千年しか生きてない坊やのくせに。ちょっとお待ち」

亀は嫌な予感がした。

「ねえ、あそこ。あの船の向こうにさ、若い男がいるでしょう。投網を直してる男だよ。すっごく好みの横顔してる」

熱い吐息と一緒にそんなことをいう。

「ちょっと調べてきな」

「えー、やですよ。せめて、竜宮城で一回休ませてくださいよ」

「竜宮城の一日は人の世の何十年なんだよ。一日ぐうたらしてる間に、あんないい男もしわくちゃになっちゃう」

人魚が尾鰭《おびれ》で亀の頭をはたく。

「へいへい、わかりましたよ」

亀は人魚を下ろし、のろのろと漁船へと近づいていく。確かにいい男だ。

「おーい、浦島太郎。今日はここまでにしよう。今夜は村の寄合もあるしな」

「わかった。今すぐに上がるよ」

浦島太郎なる若者は投網を丁寧に畳む。さて、この若者をどうやって竜宮城へ引っ張りこむか。亀はいつも不思議に思うのだ。このやりとりを過去に何百回、何千回としなかったかと。

まあ、いいさと首を振った。背後を見ると人魚が——竜宮城で乙姫と呼ばれる女が波の陰からこちらを睨《にら》んでいる。あの女は、働きの悪い亀や魚に容赦なく玉手箱の灰をぶっかける悪女だ。だけでなく、誘惑した男が人間界に帰った後に他の女と遊ばないよう、玉手箱の灰を悪用したことも一度や二度ではない。罪な罠である。男たるもの女に開けるなといわれて、そのままにできるはずがない。

「寄合って、どんな話するんだい」

「なんだ初めてか」と、村人が浦島太郎に訊く。

「ああ、先月、成人の儀がすんだとこだからな」

「まあ大した話はしない。どんな娘を嫁にほしいかとかだな。お前はどんな女が好みだ」

「人魚みたいなすげえ別嬪《べっぴん》がいいなあ」

「やめとけ、人魚はおっかねえって言い伝えがある」

村の寄合へ向かう若者の背中が小さくなっていく。その様子を、亀はじっと見つめつづけていた。

壱へ戻る

# しおかぜ

櫻木みわ

櫻木みわ（さくらき・みわ）
作家。『うつくしい繭』。

　慓《さとる》は列車に乗っていた。陽射しがかがやき、潮のにおいがした。停車駅で女が乗ってきた。遠くからの帰還者だった。おかえりといったら、女もおかえりといった。静かな声で、この駅はなんでしょうという。今年あたらしくできた駅ですと慓は教えた。ネーミングがへんだって叩かれたりもしてたけど、駅舎のデザインに力を入れてて、清掃や警備もロボットがするらしいです。そう話したら、女は、近未来的ですねとうつむいた。あんまり長いこと離れていたので、こんな駅ができたことも知りませんでした。なにかいおうとしたとき、自分がずっと乗ってきたこの列車が、不潔なことに気がついた。床にはゴミが散らばり、優先席の椅子は破損し、座席のあちこちに青黒い黴《かび》が付着していた。それだけはピカピカした嵌《は》めこみ式の液晶ディスプレイから、見慣れた消費者金融の広告が3D映像でながれている。座席をひとつあけたとなりにすわっていた男がこちらに手を伸ばし、無言で袋菓子を勧めてくれた。油で揚げた菓子だった。手指の消毒ができていないことを気にかけながら受けとろうとしたら、車掌があらわれて、「密!」といった。やけに寒いと思ったら窓の外はいちめんの氷河、白いかすみがながれているが、朝もやなのか夜霧なのかもわからない。

＊

出前の配達先は、初めて行く雑居ビルだった。飯田橋駅のそば、エレベーターはない。ミルクを入れすぎた紅茶のような色の階段を三階までのぼると、無塗装の鉄のドアがあった。shiokazeと印字された、青いステッカーが貼ってあった。憬はポケットに突っ込んでいたティッシュを出し、指が直接触れないようにしてインターホンを押した。こういう雑居ビルのテナントではたまにあることだが、だれも出てこない。ティッシュをあててドアノブをまわし、すみませーんと声をかけてからなかに入った。入ってすぐ左にパーテーションで区切ったスペースがあり、スチールの本棚と長机、椅子が四脚あった。右手はおそらく給湯室、前方に伸びたせまい廊下を塞ぐようにしてコピー機が置かれていた。本棚にぎっしりならんだ本に目をやると、「検死ハンドブック」、「暗号技術入門」、「海図の読み方」、「取調べの心理学」、「捜査全書」、「失踪」、「死体の本」、「DNA鑑定」、「自殺願望」、「死にたくなる人の深層心理」。なんだここ、と思う。あやしいかよ。

「すみません」

廊下の奥のドアがひらき、白髪の、六十代くらいの男性が顔を出した。

「いま収録中で。数分お待ちいただけますか」

収録。ますます意味不明だったが、憬はうなずいた。うなずくしかない。すこしすると、三十代くらいの男女がドアから出てきた。顔立ちも服装も地味な感じのふたりだった。男はマスクをしているが、女のほうはしていない。憬に気がつくと伏し目がちになり、ついっとかくれるように廊下の脇に入ってしまう。

「お待たせしました」

先ほどの白髪の男性が出てきた。物腰はていねいだが、マスクからのぞく眼光がするどかった。憬はアルミ製の岡持ちから、炒飯の皿を三つと、プラスティックの蓋つき容器に入れてしっかり密閉したスープを出し、机にならべた。男性は伝票を確認すると財布から金を出して憬にわたしした。二千七百円。釣り銭のいらない、丁度の額だった。憬は外置き用の袋をみせた。

「食べおわった皿はそのままこれに入れて、外に出してもらえますか。あした取りに来ますんで」

「わかりました」

「ありがとうございました」

視線を感じて目をあげると、さっきの女が、廊下の奥から顔だけ出してこちらをみていた。覗き見とか子どもか、と思いながら部屋を出て、軽くなった箱を提げて階段を駆けおりた。女の顔が、頭のなかでちらちらとした。マスクをしていない女の顔を久々にみたんだと気がついた。生身の女の唇を久しぶりにみた。女は赤い口紅を塗っていた。

「あー、東口のあそこか。おれも一回配達したことあるよ」

店の裏で、熱消毒した大量の布巾をつぎつぎと干しながら末永さんはいった。正方形の布地を左右に引っぱり、角形ハンガーの洗濯バサミでばちばちばちととめてゆく。その手ぎわのよさはあざやかで、ちょっとみとれるほどだった。神楽坂の路地にあるこの中華食堂で働いて十年以上になるという末永さんは、店の看板メニューの、刻み葱と自家製チャーシューがたっぷり入った香味炒飯も、店長と遜色なくうまく作ることができるのだ。憬がそういうと末永さんはいつも、や、やっぱり店長の作るやつは特別だよ、と応えるのだったが。

「あそこの事務所はたしかによくわからんよな」

末永さんはそういって、記憶をたどるようにうなずいた。出前は基本的にアルバイトの学生がするのだが、その日は偶々《たまたま》学生がだれもいなくて、末永さんが配達に出たのだという。部屋にはサングラスをかけたこわもての男と、みるからにエリート然としたスーツ姿の欧米人の男がいたらしい。

「サングラスの男とスーツの欧米人ですか……。それも謎っすね」

「おれが行ったときもだれも出てこなくて、それで中に入って奥の部屋をノックしたんだよ。あの奥の部屋は、たぶん防音室みたいになってんだな。ちらっとみえただけだけど、なんか機材がいろいろあったよ。なにかのスタジオじゃないかな」

「収録中だっていってたのは、そこで収録してたんですかね。死体とか捜査とかの本がいっぱいあったから、探偵事務所か何かかと思ったんですけど」

「憬は就活どうなってるの」

急に訊かれて、え、と言葉に詰まった。

「こんな状況になっていろいろ大変だろうけど、興味あるとこは全部受けといたほうがいいよ。後悔ないようにさ」

「あ。はい」

「余計なこといってわるいわ。これ老婆心ってやつだな」

憬の肩をぽんとたたくと、末永さんは布巾を入れてあったボウルを抱え、勝手口から厨房へ入って行った。後悔ないように、という言葉が耳にのこった。末永さんが自分と同じ大学の卒業生で、院にまで行っていたことを、憬はここでバイトを始めて半年くらいしたころに偶然知った。遅いランチに来た女性客が末永さんの同窓生だったらしく、

「えっ！　末永くん？」

と驚いたように話しかけ、そのときふたりがみじかい会話をかわすのを聞いたのだ。いまの子たちはいいよね。女性がそういっていたのを覚えている。うちらのときはほんと氷河期だったけど、いまは売り手市場だよ。売り手市場。今年のはじめまで、憬も確かにその市場に立っていた。大学のひとつ上の先輩たちは、憬からみてどうなんだと思うひとも余裕で内定をもらっていた。求人は潤沢にあったし、企業の対応もていねいだった。憬は自分の就活に、それほど不安を抱いていなかった。不安を抱かずに済むくらいには、勉強もバイトもまじめにやってきたつもりでもあった。それが、この春の新型ウイルスの騒ぎで一変してしまった。

昨夜、実家の岡山にいる母から、

「ちょっと、こっち帰って来《こ》られんえ」

と電話がかかってきた。

「大学ずっと休みなんじゃろ。ひとりで東京におる意味なかろう。心配じゃわ」

「帰れんよ。じいちゃんたちもおるし」

祖父のことを思いうかべていったら、母も、そうなんじゃけどなあ、とあわいため息をついた。実家には、年末もその前の夏休みも帰っていなかった。その代わり五月の連休には帰省して、曽祖父母の墓がある四国の島に、久しぶりに家族旅行に出かける計画だったのだ。子どものころは春と夏の休みのたびに訪れていた瀬戸内の、まぶしい海がなつかしかった。島に行く途中に寄る道の駅で、母がかならず買う八朔、甘夏、夏みかん。潮騒と風、波が押し寄せる砂の上をはだしであるいてゆく感触。

東京にいる意味がないと母はいった。感染症の媒介者になってしまうのを避けてのことなのだから、憬はこれに意味がないとは思わない。それでも、大学が閉ざされ、友だちに会えず、人生において重要な局面であるはずの就活も、オンラインでの作業以外はできないでいるいま、ひとりで東京にいることに、経験したことのない閉塞感が募っているのは事実だった。準備していたTOEICの公開テストは、三月からこっち行われていなくて六月も中止、多くの企業の試験や説明会が延期になった。憬の第一志望の会社はウェブ面接だけの採用に消極的で、今年はインターンをしていた学生にしぼった採用を検討しているといううわさも出ている。バイトをする必要がなく、報酬の有無にこだわらず自由にインターンをしていた実家住みの同級生たちがうらやましかった。それと同時に、故郷や実家のことがやたらと思い出された。いままでそんなふうになったことはないのに、実家の家族や祖父母、高校のときから大学の途中まで付きあっていた湯瀬のことまでが思われて、これがホームシックというやつか、と考える。

ふと、さっき配達に行った雑居ビルの、謎めいた事務所のことが頭をよぎった。眼光するどい白髪の男。廊下から顔だけ出してこちらを覗きみていた女。死体や暗号、秘密捜査についての大量の本。あの事務所はマジでなんなんだろう、と思う。謎すぎる。あした皿の回収に行ったときに、外からでもよく観察してみるか。ただの思いつきだったが、こんな小さすぎる計画でも、決めたらすこし気持ちが回復する。目の前の路地一面に、夏へと向かう午後の陽射しが注いでいる。せまい道を挟んだ向かいの家の庭先に、白い芍薬《しゃくやく》の花が咲いていた。

鉄扉の隅、shiokazeという文字が入った青いステッカーの上に、組織名を印字したテプラがひっそりと貼られていた。特定失踪者問題調査会。あとからスマホで検索するために、憬は頭のなかでその名まえを復唱した。食器の入った返却袋をつかみ、階段をおりかけたとき、

「おや、どうも」

ふいに下から声をかけられてはっとした。昨日の白髪の男性が、階段を上がってくるところだった。せまい階段だから、ふたりが通ることはできない。憬は踊り場の端に寄り、男性が上がってくるのを待った。

「すみませんね」

男性はドアの前まで来ると、憬の持っている返却袋に目をとめた。

「炒飯ごちそうさまでした。また頼みます」

マスクからのぞく目はするどいが、最初の印象とたがわず、やはりていねいな物腰だった。

「ありがとうございます」

憬は頭をさげ、とっさに、あの、といっていた。男性のていねいさに無意識に乗じてしまったかもしれない。

「ここってなんの会社なんですか」

男性は、ふりかえって憬をみた。

「見学しますか？」

「いいんですか」

ためらったが、

「お急ぎでなければどうぞ。丁度これから収録があります」

そういわれて、好奇心が勝った。男性はコピー機で塞がれた廊下を通って奥へと進むと、昨日出て来た小部屋のドアをあけた。思いがけないことに、せまい部屋のなかには、ガラス張りのブースがあるのだった。田舎の国道の脇でみたことのある、電話ボックスくらいの大きさのやつだ。ブースの外には、ガラス面を隔ててL字型に机が配され、可動式の椅子がデスクと壁に挟みこまれるようにして置いてある。壁にはたくさんのひとの顔写真がならんだ大判の青いポスター、机の上には固定マイク、ヘッドフォン、ボタンや目盛りが整列した操作盤に、ラップトップのパソコンが二台。脇にはとうめいのケースに入ったDVD-Rが積まれ、のど飴の缶がころがっていた。

「スタジオです」

換気を気にしてか、部屋の窓をあけながら男性はいった。窓の外はすぐとなりの建物の外壁で、景色もくそもないが、それでも五月の風が流れこむ。

「ここから、北朝鮮に向けたラジオ放送をしています」

「えっ」

意外すぎた。ガチだった。やばい話じゃないかと思う。男性は淡々と説明する。

「前は一度に収録して編集作業もその場でしていたんですが、新型ウイルスのことがあってから、時間をずらして作業をするようにしています。きょうもこれからひとり収録に来ます」

この方たちに向けて放送をしているんです。男性は右手をあげて、顔写真がならんだポスターを示した。何百もの顔写真の上に、拉致疑惑特定失踪者、と書いてあった。

「北朝鮮に拉致された方たちのことは、聞いたことがあるでしょう。七〇年代の後半をピークに、二〇〇〇年代初めまで続いたといわれる事件です。日本政府が認定しているのは十七人で、そのうち五人が二〇〇二年に帰国しています」

二〇〇二年、九八年生まれの憬は四歳だったはずで、その報道をリアルタイムでみた記憶はない。それでも中学生のときに社会科の授業で習ったのは覚えているし、飛行機のタラップを降りてくる五人の男女のニュース映像も目にしたことはあった。たぶん平成を振りかえるとか、そういう特番的なやつでみたんだと思う。

「五人が帰国し、では北朝鮮に残っている日本人拉致被害者は十二人だけか、というと、そうではありません。政府としては慎重さをとって認定できないが、拉致の可能性を排除できないとされる失踪者がかなりの数存在します。そのひとたちを特定失踪者といって、警察が把握しているだけでも約八八〇人います。ここは民間団体ですが、失踪者の調査をしつつ、拉致された日本人たちに向けてラジオ放送をしているんです」

二〇〇二年の拉致被害者帰国の報を受け、自分の家族の失踪についても調査をしてほしいという問い合わせが全国から殺到した。そのときにこの調査会が立ちあげられ、自分と、きょうは来ていないもうひとりの男性とふたりで、ラジオを始めることにしたのだと彼は話した。当初はロンドンの委託会社に音声データを送ってモスクワ経由で、いまでは総務省から免許をもらって短波放送の周波をわりあてられ、国内の通信所から発信をしている。向こうにいる人たちが知ることができないでいるだろう日本や世界のニュースをはじめ、家族からのメッセージや日本の音楽なんかも流している。まったくの手さぐりからスタートし、十五年ちかく、ふたりのチームでやってきた。政府への働きかけや一般のひとたちに向けた講演活動などもして、有志のカンパと政府からの支援金、多くのひとたちの尽力で、なんとか続けることができている。

「昨日いたひとたちは」

「かれらは脱北者で、昨日は呼びかけを手伝ってくれました」

「脱北者……」

「日本語だけでなく、朝鮮語や英語でも放送をしてるんです。きょうはこれから、特定失踪者の家族の方が来ます。失踪者の家族は高齢化も進んでますし、こんなときだから収録はしていないのですが、もうすぐお嬢さんの誕生日だからどうしても呼びかけられたいと」

そのとき、七十代後半の男性が部屋に入って来た。ポロシャツにスラックスという格好、マスクをし、山にのぼるひとなのか、モンベルのマークの入ったベージュ色の帽子をかぶっていた。感染症のことを考慮し、会話はしないとあらかじめ決めてあったんだろうか。老人は黙礼し、ひとことも発さずブースのなかに入って行った。

「毎年、この時期に来られます」

男性が教えた。

「今年は、ウイルスのことがあるから本当はことわったんです。でも、どうしても来られたいと」

憬はブースに入った老人をみつめた。老人は椅子にすわると、帽子を脱ぎ、マスクをはずした。台に置いてある消毒液のボトルを押し、手指にすりこんだ。干し柿みたいな色の小ぶりのショルダーバッグから、便箋を取りだした。便箋はていねいに折りたたまれている。うつむいて、それをひろげる。指が痙攣《けいれん》するようにふるえている。憬はこれまで、北朝鮮にたいしてとくべつの注意や関心を払ったことはなかった。朝鮮半島の分断や現在進行形の世界情勢が、日本の歴史や自分自身と無関係だとは思っていない。それでも、憬にとって北朝鮮は遠かった。脱北者も拉致被害者も遠かった。急にその存在を身近に知らされ、不意打ちされたような驚きがあった。

「……」

ガラス張りのブースのなかで、老人が娘の名まえを呼ぶのが聞こえた。

「五十一歳の誕生日おめでとう。……がいなくなってしまってから、三十年が経ってしまったね。この三十年間、お父さんもお母さんも、……のことを思い出さないことは、一日たりともありません。……の誕生日の六月が来るたびに、そして……がいなくなった七月が来るたびに、涙がながれ、止めることができません」

老人はそこで読むのをやめた。手のふるえが激しくなっていた。便箋を置くと、バッグからハンカチを出した。うすいグレーの、糊づけされているかのように端まできちんとアイロンがかけられたハンカチだった。たたんだままのそれを顔に押しあてた。数分が無言のうちに過ぎた。ふるえがおさまると、大きくひとつ息を吸って、ハンカチをしまった。こちらは一度もみなかった。便箋を手に取り、再び読みはじめた。
「……が連れ去られた七月二十三日は、今年は海の日になりました。……は、小さなころから海がすきだったね。でも、海の日ができたことも知らないでしょう。海の日は、一九九六年から始まったんだよ。最初は七月二十日だったけど、途中から第三月曜になりました。そして今年は、東京オリンピック開催にあわせて、初めて、二十三日が海の日になったのです。そのオリンピックは、コロナウイルスで延期になりました。北朝鮮にいる……にはどうでもいいことでしょう。お父さんとお母さんにも、どうでもいいです。みんなが北朝鮮をこわい国だといいます。本当に、そう思います。でも、お父さんは、だれにもいえないけど、こうも思う。日本も、こわい国ではないかと。だって、こんなに長いあいだ、……たちをほったらかしにしています。最初は隠していて、いままでも当たり前みたいにしています。……がさらわれた日も祝日にして、平気な顔でいるからです。……、くれぐれも気をつけて、元気でいてください。きっと、元気でいてください」

夜、取り込みわすれていた洗濯物をしまうために、憬はベランダに出た。マスクをしていない鼻に外気がふれて、わかい新芽とつつじの花が混ざりあったようなにおいがした。久しぶりに嗅ぐ、初夏の夜の香気だった。取り込んだバスタオルやらティーシャツやらをたたみもせずにかごにほうりこむと、クローゼットをあけた。パソコンのケーブルや先輩からもらったゲーム機などが入れてある段ボールのなかを探し、小型のポータブルラジオを取り出した。上京するとき、祖父がくれたラジオだった。ラジオはたまに聴くけど、スマホでもパソコンでも聴けるからいらんよ。そういったら、東京は地震が多いんじゃけえ持っていけえ、とむりやり渡されたのだった。

引っ張り出したラジオは、電源を押しても反応しなかった。手回し充電用のハンドルも付いているが、ひとまず入っていた乾電池を取り出した。エアコンのリモコンの裏蓋をあけ、そこに入っていた電池を出して、代わりに入れる。AMを指していたスイッチを、短波放送のSWに切り替える。目盛りをまわし、周波数をあわせると、雑音の向こうから立ちあがってくるように、ピアノの音が聞こえた。知っている曲。「故郷《ふるさと》」だった。鍵盤のひとつひとつを確かめながら押すような、ゆっくりとした演奏だった。憬は音量をあげると、ダイブするみたいにベッドに飛びのって、あおむけになった。

「JSR、こちらはしおかぜです……」

北朝鮮で、市井のひとびとが自由にラジオを受信するのはむずかしい。この放送も、呼びかけているひとたちに聴かれているのかわからない。ただ、毎晩こちらが発信する周波数にあわせて、平壌《ピョンヤン》の軍事施設から、妨害電波が飛んで来る。周波数を変えてもすぐにそれを追いかけて、こちらの発信にかぶさってくる。それによって逆に、この放送があちらに届いていることがわかる。供給が不安定な電力の、小さな町一ヶ月分の総量をかけて、毎夜、放送は妨げられる。そうまでしてもこのラジオを聴かせたくないのだ、ということがわかる。妨害電波の発信がなかったのは、当時ナンバーツーだった国防委員会の副委員長が処刑され、政局が混乱したとみられる二〇一三年末の真冬の二週間だけだった。そのとき以外、夏も冬も、休むことなくこのみえないイタチごっこは続いている。きょう聞いたそんな話を思い出しながら、とぎれる音声に耳を澄ました。

「こちらはしおかぜです。東京から、北朝鮮におられる拉致被害者のみなさん、さまざまな事情で……戻れなくなったみなさんへ、放送を通じて呼びかけをおこなっています……この番組は、日本の民間団体である特定失踪者問題調査会が、多くの方々のご支援を受け、お送りしています」

思っていたより、自分は疲れていたらしいと憬は思う。このまま聴いていようと思うのに、頭とからだが眠りの泥のほうへと引っぱられてゆく。

「……拉致被害者のみなさんには、これまで……してきたことをお詫び申しあげます。かならず、助けだします。それ以外の方々も、自由に日本に戻ることができるように努力しています。もうすこしのあいだ……がんばってください」

ラジオのノイズが大きくなる。

「……日本語のニュース……〈日本海に架ける橋〉をお送りします」

憬は目を閉じる。かき消されそうな声のなかに、故郷の海の音が聞こえる。母の声、祖父の声、末永さんの声、何年も会っていない湯瀬の声までもがまぎれていく。どこからか、列車の走る音がする。いやちがう。自分はもうずっと、列車に乗っていた。これまでも乗っていたし、たったいまも乗っている。時刻も目的地もわからないまま進みつづける、あの列車のなかに。

※この作品は特定失踪者問題調査会のラジオ放送「しおかぜ」と、その活動に着想を得て、二〇二〇年春に書かれました。同調査会の荒木和博さんと村尾建兒さんに取材のご協力をいただきました。また、作中に登場する老人は架空の人物ですが、「日本も、こわい国ではないか」という記述は、村尾さんと「しおかぜ」を取りあげたドキュメンタリー番組「ザ・ノンフィクション」(「オレがやらなきゃ誰がやる！　北朝鮮へ送るラジオ放送『しおかぜ』」フジテレビ、二〇一七年八月二十日放送)で紹介された特定失踪者のご家族の言葉(「日本が北朝鮮より怖いんじゃないか。だってこんなにほったらかされて。当たり前みたいに知らん顔してやっていける日本の国自体が」)に強い印象を受けたものです。記してお礼申しあげます。

# 通話時間
# 4時間49分3秒

島本理生

島本理生（しまもと・りお）

83年生まれ。作家。『Ｒｅｄ』『夏の裁断』『ファーストラヴ』『あなたの愛人の名前は』『夜はおしまい』。

手繰り寄せていた集中力は、なだれ込む雨音にかき消された。

ベランダの扉を開けて、干していたタオルや下着を浴室に移し、浴室乾燥のスイッチを押す。

冷たい外気とコーヒーの残り香が混ざるキッチンで、濡れた手を拭いた。シンクに置いた薬袋の中には、先日、処方してもらった睡眠薬がまだ三錠ほど残っている。

日中の大半を自宅で過ごしているから仕方ないと思いつつも、一人暮らしの身には、最近、異様に夜が長かった。

冷蔵庫を開けて、缶ビールを取り出す。白ワインのボトルも日本酒の四合瓶も冷えている。

死ぬまで飲んでしまおう、と私は比喩ではなくふと思いつき、そんなことを考えた自分に数秒遅れで戸惑った。

浴室乾燥の音にかぶさるように、また、いちだん、雨が強くなった。

作業場兼リビングに戻ると、ワントーン暗くなった室内で、天井まで高さのあるカーテンだけがうっすら発光していた。

私は長い髪を一つに束ねてから、パソコンに向かった。缶ビール片手に、最近、撮った写真を順番に確認していく。これといって決定的には悪くない。過去に撮影したものと比べても、さほど遜色はなかった。私はなにも変わっておらず、そのことに、ぞっとした。

新しいことなど、もう、ひとつもできないような気がして、それはこの世界の停滞とどれだけ関係しているのか分からないが、おそろしかった。

そのとき、電話が鳴った。仕事相手のAさんからだった。

「はい」

酔いを隠して整えた声を出すと、先ほどお電話をいただきまして、と言われて、きょとんとする。

「あの、ほかの方と間違えていませんか?」

数秒の間ののち、すみませんっ、同姓の方からの着信だったみたいです、と恐縮したような言葉が返ってきた。

ちょうど仕事の話もあったので、いえいえ、と笑って、こちらから切り出す。

「来月号の休刊の件ですけど、そうすると再来月は、来月に予定していた写真ではなく、またべつのものを使うということで、大丈夫ですか？」

「はい。あらかじめ三か月分いただいていたお写真があるので、そちらから、再来月用のものを使わせていただけたらと思っているのですが」

分かりました、と相槌を打つ。ありがたいことに昔からお世話になっているデザイナーの指名で、彼が編集している雑誌の表紙に、一年間、私の写真が使われることになっていた。

「来月号のお写真、僕はすごく好きだったので、本当に残念なんですけど。ちょうど今の時期に、祈りのようなものが感じられて、ぴったりだったと思いますし」

それは昨年の夏、長崎の外海のほうを旅したときに、村に代々伝わるマリア観音を撮影させてもらったものだった。宗教色が出るのでどうかと思ったが、彼がとても気に入って、いい、と推してくれたのだった。

「最近はお仕事はいかがですか？」

とAさんが訊くので

「うーん。ちょっと、大変ですね」

と私は苦笑した。

「広告の仕事が一本飛んだので、それは痛いです」

「うわ、それは、本当に大変ですね」

「まあ、ここ数年忙しくしていた蓄えがあるので、しばらくは困らないとは思うんですけど。せっかくなので、この機会に、作品作りに集中しようかな、と思っています」

写真家は、アートか商業か、という方向性で二分することも多い。そんな中では、私はどちらかといえば商業寄りである。少なくとも、本当に個人的な作品以外では、扱いづらいものは避けてきた。

それなのに、昨年の夏は奇妙なくらいに祈りや死について考えていた。

「作品のテーマは、もう決まっているんですか？」

「最近だと、感情や個人的な物語はどこまで物理的に写真に写すことができるのか、ということについて考えています。たとえば恋をしている顔って、本当に明確にあるんですけど、それをどこまで意図的に写真にできるか、とか。ああ、それこそ、家にいるようになってから、テレビに出ている人の顔をよく見ているんですけど、スタジオのときとはあきらかに顔が違うので、面白いな、と」

「そんなに違うものですか」

「はい。どんなに緊張感を保とうとしても、やっぱり、わずかなプライベート感が滲むんですよね。そういうときの顔って、生身の人間としての情報量がすごいんです」

「物理的に、感情を写す、て面白そうで、見てみたい気がしますね」

「ただ、あまりにコンセプトありきだと生身がなくなりますし、即物的すぎると表現じゃなくて、ほとんど記録になっちゃうので、難しいですけどね」

自分の声がやけに響くと気付く。いつの間にか雨がやんでいた。まだ電話が続きそうだったので、念のために確認する。

「私は一段落して軽く飲んでいただけですけど、Aさんはお時間は大丈夫ですか?」

付き合わせているなら悪いかと思ったが

「はい、もう、今日は仕事もないので、全然、大丈夫です」

という返事だったので、私は少し待ってくれるように伝えて、そっと台所に白ワインとグラスを取りに行った。

戻ってきてスピーカーフォンに切り替えると、電話の向こうから、夜風や、氷のとける音がかすかに聴こえてきた。

「もしかして、そちらもなにか飲まれてますか?」

何度か打ち合わせで食事したときに、相手もお酒を飲んでいたことを思い出して、尋ねてみた。

「あっ、すみません。聞こえましたか。ちょっと、焼酎の水割りを」

電話中に自然と飲む流れになるのは、こんな時期ならではだな、と実感する。

「いいですね。なんだか、春というより、初夏みたいな晩ですしね」

言い終えたとき、頭の中が、白くなった。

風のない部屋の中で、風の音を聴く。

それは本当に唐突に、電話の向こう側で人が生きている、という強烈な実感を私にもたらした。

永遠に繰り返される輪廻の、尻尾にほんの一時触れたような、遠い想いがした。

潜めた息を吐いて体を伸ばしたら、卓上のカレンダーが目に飛び込んできて、２０２０年５月４日という日付に、あ、と声にならない声を漏らす。数日前から浅くなった眠り。唐突に、飲むことと死を結び付けた。昨年の夏の、あてもなく海岸線をたどっていくような旅。

そうか、とようやく納得した。

いつしか私はデスクを離れて、白ワインのボトルを床に置き、ソファーでくつろぎながら喋っていた。

仕事の話が尽きると、だんだん趣味や他愛ない世間話も混ざり、しまいには、なぜか途中からＡさんの兄の失恋話になって、紹介で知り合った十三歳年下の女性に三回も告白してすべて断られて怖がられた末にメールも拒否されてしまい、「もう、恋愛には疲れた。女性の気持ちは分からない」という愚痴をＡさんにこぼすので
「身内として非常に心配なんです」

と漏らした彼に、思わず
「そもそもフラれただけですから、女性側にしたら、恋愛してもいないですしね」

と私が指摘したら、彼は砕けたように笑ったが、一方で将来的なことを考えれば単純ではない話でもあり、中年の孤独と自己責任論、という思いのほか切実なテーマに移行して会話は続いた。

やがて眠気が瞼に溜まり始めて、そういえばトイレにも行きたいし、喋り疲れて頭がまわらなくなってきたので、おやすみなさい、でしめくくって切った。

仰天したのは、通話時間を見たときだった。五時間近く経っていたのだ。こんなことは女子高校生以来だ。

意味のあることも、どうでもいいことも、とりとめなく話して、おおらかに時間を無駄遣いしたあとの、すこんと詰まりが取れたような軽さを覚えた。それは不思議な達成感だった。

トイレから戻ってソファーでひざ掛けに包《くる》まると、眠ってしまった。

夢の中で、私は広いシャワー室にいた。タイルも洗面台も真っ白で、水が流れていた。私はなぜか砂だらけになった金のブレスレットを洗っていた。だけど水圧が強すぎて、ブレスレットは滑って指先をすり抜けると、排水口に流されていった。

慌てて追いかけて手を伸ばすと、ぎりぎりのところで指に絡まり、すくい上げることができた。じっと見つめれば、見つめるほど、華奢な鎖は、綺麗な金色をしていた。

ひざ掛けを抱きしめたまま目を開けると、なんの余韻もないほど室内は明るくなっていて、朝だった。

なんとなく九時半くらいかと思ってスマートフォンを見たら、まだ六時前だったので、びっくりする。もう日が長くなり始めていたのか。人は動けなくても、季節は勝手にめぐる。

ちょうど一年前に、知り合いだった「彼女」が自殺したと知ったときのショックを、私の体は覚えていたのだ。

仕事を通して、出会った「彼女」は、水彩画のように淡く細い肉体に、ところどころ、とても強い骨を内包している。初対面のときには、そんな印象を持った。亡くなる二週間前にやりとりしたメールが、私のスマートフォンには未だに残っていた。

日付を記憶しておくほどには深い間柄ではなくて、そんなことは傲慢だとさえ頭では考えていた。でも、この肉体の痛みが表現ではなく記録ならば、僭越でも、覚えていることを許されるのだろうか。

私は浴室の扉を開けて、角ハンガーからタオルや下着を外した。今日は誰とも話さなくていいと思った。

# 終電過ぎのシンデレラ

新庄耕

新庄耕（しんじょう・こう）

83年生まれ。作家。『狭小邸宅』『サーラレーオ』『カトク 過重労働撲滅特別対策班』『ニューカルマ』『地面師たち』。

鼻腔《びこう》からもれた暖かな呼気がマスクの中でひろがる。頭上の電光掲示板の時計に目をやると、定刻より数分遅れている。

洋平《ようへい》は、かじかんだ手で制帽をかぶりなおし、階段のそばに立った。履き慣れない革靴を踏みしめつづけた足裏がしびれ、貸与されたコートの隙間《すきま》から寒気がしのびこんでくる。

構内にアナウンスが流れると、階段下に見えるプラットフォームから、レールの継ぎ目を踏み鳴らす車輪の連続音が聞こえてきた。しだいにその音が大きくなる。間もなく構内全体に反響しはじめて、車輛《しゃりょう》の列がプラットフォームにあらわれた。

階段下から吹き上がった冷たい風が、洋平の乾燥した首筋をなでていく。ブレーキ音が高くひびきわたり、入れ替わるようにモーターの低音が徐々にうなりをあげる。車窓からこぼれる光の明滅が間遠になり、やがて車列の流れは止まった。規則的なチャイム音とともに各ドアが開き、降客が一斉にプラットフォームに吐きだされた。階段とエスカレーターをつたってあがってきた降客が、無数の足音を残して洋平のかたわらを通り過ぎていく。金曜日や週末とはちがい、あからさまに目元を赤らめた酔客は見当たらない。この時間まで働いていたのだろうか。マスクからのぞくいずれの顔も、今日一日だけでなく、何年分もの疲労を溜めこんでいるように映った。

洋平は後方の改札を見渡しながら、マスク越しに声をはった。

「最終電車、発車します」

人影のまばらな構内にこちらを目指してくる者は見当たらない。やがて下りの最終電車が出発し、洋平は階段を下った。

森閑とした島式のプラットフォームに降り立つと、上屋《うわや》の天井につらなる照明が無人のベンチを照らしていた。光にうかびあがったプラットフォームの両縁が、遠ざかるにつれ互いに接近し、突端で合流して闇夜に消失している。ラッシュアワーの喧騒《けんそう》はむろん、気怠《けだる》げな社員のアナウンスも聞こえてこない。営業中はいつだって感じられた人の気配が絶え、神秘的な空気すらただよっていた。

清掃作業をしていると、二本の鉄路をはさんだ上りのプラットフォームから彼を呼ぶ声がする。

「ヤバい。こっち手伝って」

白井《しらい》が彼にむかって手招きしていた。

上りのプラットフォームへ行くと、白井が顔をゆがめながらベンチ下にひろがった誰かの吐瀉物《としゃぶつ》に薬剤をまいていた。派手にやったらしく、ところかまわず吐き散らかした跡がある。洋平も道具をもって清掃にとりかかった。

「このクソ寒い日にマジでありえねえよ。吐いたやつ呼びだして掃除させてえわ」

マスクを顎《あご》にかけたかたわらの白井が口をとがらせて足踏みしている。洋平は、汚れたチリトリをベンチ横の水道で流しながら苦笑した。

「こないだの人身のミンチになったやつも、線路に散乱しまくってるとか言ってあやうく手伝わされそうになったし。ほんと割にあわねえわ、このバイト」

「ホームドア設置されたら変わりますよ」

洋平は、さかしらな口調で返した。

青いスチール製のチリトリに点々と貼りついた汚物をねらって、順に水流を当てていく。コバルトブルーの底に少しずつ水がたまり、水面に波紋がひろがっている。

「お前、マジでここ受けるつもりなの」

白井がいくぶん非難めいた目で彼を見ていた。

「受けますよ。やっぱり鉄道みたいなインフラは潰れないんで。また大不況になっても、黙ってやってれば食いっぱぐれないですし。それに、出世競争とか、会社のために過労死とか一番くだらないですからね」

洋平がこの学生アルバイトをはじめたのも、割高な時給や指定区間で自由に乗り降りできる乗車証といった待遇より、入社試験が有利にすすむのを見越してのことだった。

「つったって、一生こんな駅員なんかつまんなくね。やること変わんねえじゃん」

白井が挑発的な口ぶりで言う。横で洋平の作業をながめながら、寒さをまぎらわすように左右に体を揺らしている。就職留年組の白井が冷え切った就職市場に嫌気がさし、卒業後は沖縄にわたってリゾート施設でアルバイト生活を考えているらしいと噂していたのは誰だったか。

「鉄道事業に配属になるかはわからないですよ。ホテルとか不動産とかの事業もありますし。それに、仕事なんてどれもそんなもんじゃないですか。みんな夢とかやりがいとか、変に期待しすぎなんですよ」

彼は蛇口の水を止め、チリトリの水気を切った。

頭をもたげると、プラットフォームのむこうに雪がちらついていた。初雪だった。あられにも見えなくもない白い粒が上屋の照明をあび、夜陰の一角でひるがえっている。

翌朝の路面を凍結させかねない厄介ものにちがいなかった。

二人は清掃道具を片付けてから、隅々まで暖房のきいている階上の駅員室へむかった。

「今日もいるぞ」

ならんで階段をのぼる白井が思わせぶりな口調でつぶやいた。

「いるって、なにがですか」

「シンデレラ」

相手の顔に揶揄《やゆ》するような微笑がうかんでいる。洋平は合点し、ああ、と声に出さずに小さく口を動かした。

「終電後もずっと構内にいますよね。駅長とかなんも言わないのかな。迷惑だし、駅のイメージも悪くなるのに」

それらしく彼は話を合わせたものの、誰かに働きかけたり、自分が動いてどうこうする気は毛頭なかった。女性のそれは珍しいとはいえ、素性不明のホームレスなど知ったことではなかった。

「無理だろ。あれでも一応はお客様なんだから」

白井のくぐもった引き笑いが、真新しいガム跡が残る階段の踊り場に反響する。

「昼間とかどこにいるんでしょうね、あのひと」

「知らね。図書館とか、そこらへんのビルとかじゃねえの。どっか暖房きいてるところ。よく寝てるやついんじゃん、臭くて汚え格好した」

相手はすでに興味をうしなったらしく、あくびを嚙み殺していた。

残務を片付けた洋平は、先に仮眠室に入った白井を残し、制服のまま構内の外れにある自動販売機へむかった。

改札を出ると、すでに営業を終えた構内のコンビニエンスストアの前にシンデレラがいるのが見えた。いつものようにマスクもせず、やや腰を曲げて大きなショッピングカートを押している。上下二段に分かれたカートにはそれぞれカゴが置かれ、そこにゴミかなにかが詰まったレジのポリ袋が満載されている。載りきらない袋は持ち手の部分に吊るしてあった。

洋平は、歩をすすめつつ、さりげなくシンデレラの姿に視線をおくった。チャコールグレーの膝丈のコートの下からマリンブルーにつやめくドレスの裾《すそ》がのぞき、黒いニット帽をかぶった頭には、遠目にもわかるほどの光輝をはなつ例のティアラをいただいている。ドレスの下に黒いタイツと厚手のショートブーツを履いているところを見ると、老婆と言うにはいくらか若く見える女も、この寒さには勝てないのかもしれない。シンデレラは、ほとんどその場に停止しているような遅さでカートを押し、時折、口元に弛緩《しかん》した笑みをうかべながらなにかつぶやいていた。

いけないものを見てしまった気がし、彼は急いでその場を離れた。

自動販売機にICカードをかざし、温かい黒豆茶を買う。カフェインがふくまれておらず、床に就く前に飲むと寝つきがいい。明日は大学の授業はないものの、朝の業務を済ませた午後に、都内で実施される電力会社の入社試験がひかえている。なるべく睡眠時間を確保しておきたかった。

駅員室へもどる途中、整然とタイルがしかれた構内の路面になにかが転がっていることに気づき、彼は足を止めた。近づいてみると、ポリ袋だった。全体に使い古された感があり、口はしばられ、丸みを帯びるほど中身が詰まっている。シンデレラのものにちがいなかった。

「それ、返してあげた方がいいよ」

とつぜんの声に、洋平は振りむいた。

コンビニエンスストアのシャッターをおろしていた初老の店員が手を止め、彼の方を見ていた。駅員がゴミを処分しようとしているように映ったのかもしれない。目元ぎりぎりまでおおう大きなマスクのせいで、親切に忠告してくれているのか、それとも彼の非をとがめているのか、表情からは判断がつかなかった。

「勝手に捨てると面倒だから」

いかにも事情を知っているような言い方に聞こえた。

「なにが入ってるんですか」

「さあ……私にはただのゴミにしか見えないけどね」

両腕をいだいた店員が皺《しわ》のきざまれた眉根《まゆね》をしかめる。

「服とか、生活用品とかかな」

外からでは、角ばったものは入っていないということぐらいしかわからなかった。

「いや、そういうのじゃないと思うよ」

意外にも断定的な声が返ってくる。洋平は、かじかんだ手で黒豆茶のペットボトルを握り直し、その根拠を求めるように相手の顔を見つめた。

「ちゃんと家はあるからね」

「ホームレスじゃないんですか」

まさか、と店員はつぶやき、そんなことも知らないのかといった口ぶりでつづけた。

「駅前のでっかい屋敷にひとりで住んでるよ。たぶん、金もたんまりあるんだろ。何年か前に旦那が出てったか死んだかしたみたいだから、そっからなんかおかしくなっちゃったんだろうな。ずっとあんな感じさ」

店員は余計なことを話してしまったとでも言いたげに目を伏せ、両腕をさすりながら店の中へ去っていった。

洋平もその場を離れようとしたが、なんとなくその気になれなかった。すぐそこのポリ袋に視線が引き寄せられる。あたりを見回しても、シンデレラの姿はない。駅ビルの居酒屋から出てきたらしい勤め人風の三人組が連れ立って歩き、彼らの発する明るい話し声が構内にひびいていた。

洋平は、ややためらって袋を拾いあげた。思っていたよりもずっと軽い。中になにが入っているのだろう。放っておけば、風に飛ばされかねないほどの軽さだった。駅員室にはもどらず、改札前を通り過ぎる。探してみると、シンデレラは駅舎の反対側へつづく連絡通路のベンチに座っていた。

シンデレラの姿を目にしたとたん、あわい後悔が彼の胸をひたしはじめた。自分のしようとしていることがなんだかひどく馬鹿げた真似に思えてくる。今夜の業務はもう終わったのだ。ゴミ同然の袋など適当に捨てて、さっさと仮眠室のベッドで体を休めた方がいい。洋平は、頭の中で合理的な理由を見つけては反芻《はんすう》し、それでもどうしてか引き返せずにいた。

そばまで近寄ると、シンデレラは前かがみの姿勢で、コートの裾からあふれる、何層にも薄い生地を重ねたドレスの皺を両手でのばしていた。手の動きに合わせて女の頭部が小刻みに揺れ、ティアラにちりばめられたいくつもの宝石が複雑にきらめいている。ポリ袋が山積みとなったカートの脇で、一心不乱に虱《しらみ》をつぶしているようなその異様さに、彼は立ちつくした。

構外から、かすかだが風の吹きわたる音が聞こえてくる。ドレスの生地がこすれる微音がやたらと大きく彼の耳朶《じだ》にひびいていた。

シンデレラが、なにかに気づいたかのように唐突に動きを止めた。おもむろに頭をもたげ、迷いなく彼の方へ顔をむける。血色の悪そうな肌はシミが目立ち、ニット帽からはみだした銀髪が乾燥して縮れている。瞬きもせずじっと洋平をとらえる細い目は、喜色とも怯《おび》えともつかない気配をただよわせ、にもかかわらず、そこからいかなる感情も読み取ることはできなかった。

「あの……これ、落としてませんか」

彼は心を決めて声をかけた。

シンデレラが、視線をぶつけたまま口をつぐんでいる。長い沈黙が流れた気がし、彼の額に汗がにじんだ。

「なんで盗んだんだ」

ようやく発せられた声は、思いがけず男性のそれのように低かった。体の奥底から絞りだしたようにしわがれている。

「違います。盗んだんじゃないんです。あっちに落ちてたから、それで」

「……それで?」

「いや、だから、落とされたのかなと思ってとどけに」

洋平は弁解しながら、仮眠室へ直行しなかった自分をうらんだ。

「どうしてそういうことするんだよ。馬鹿にするんじゃないよ。ひとの大事にしているものをそうやって、あんたはなんでもかんでも勝手に」

歯をむいたシンデレラが、怒気をみなぎらせるようにファイティングポーズさながら両の拳《こぶし》をにぎりしめている。いまにも飛びかかってきそうだった。

「開けてませんよ。中はなにも見てません。開けてませんからね」

間違っていた。見かけどおり、最初から関わってはならない相手にちがいなかった。

今夜の自分はきっとどうかしていた。

手にさげた袋を持て余し、彼が、ポリ袋が山となったカートの上にそれを置こうとしたときだった。

「さわるな」

激しい剣幕におののき、彼は身をすくめた。

「九月九日のやつだ」

シンデレラが口元に不敵な薄笑いをうかべながら、彼の手にした袋に目をこらしている。

「去年の。九月九日午前一時五十二分。むこうの広場のところで、見つけたやつ。とっても運がよかった」

クックックとシンデレラが少女さながらに笑い、洋平の袋に片手をのばす。彼がおそるおそる手渡すと、女は大事そうにそれを膝の上にかかえて、結び目をほどいた。

「そうだ。これだった、これ。ほとんどなくなっちゃってるけど、ちょっぴり残ってる。すごく似てるけど、でも、やっぱりアレのとはちがう」

シンデレラが目をつむり、袋の中に恍惚《こうこつ》とした表情をむけている。匂いをかいでいるようにも、耳を澄ませているようにも映った。

洋平は首をのばし、そっと袋の中をのぞきこんでみた。中には、同じようなどこにでもある白いポリ袋がいくつか丸まって入っているだけだった。

「見えるもんじゃない」

シンデレラが突き放すような目を彼にすえていた。威圧的だったが、不思議と恐怖は感じなかった。

「見えない。聞こえない。触れない」

シンデレラは、独特の節回しでおどけるようにつづけた。満足そうにふたたび屈託のない少女の笑みをうかべている。

「……それって、僕にもわかるものなんですか」

わだかまりのうすれた自分の声を耳にしつつ、どうしてそんなことを訊ねているのだろうと思った。

「みんなわかる」

彼は、その確信めいた言葉を黙って聞いていた。腑に落ちたわけではない。だからといって女に合わせたわけでもなかった。

「アレのはすごかった。遠くからでもすぐわかる。そこにいなくても、アレが少し前にいればわかった。ほんのちょっとでも、誰もいなきゃわかる」

シンデレラがポリ袋の口をしばりながらあっさりとした調子で語っている。それが彼には誇らしくも寂しげに聞こえた。

「誰もいない夜はいい」

シンデレラの安らいだ声が昼白色の光で満たされた通路にひびく。

「……雪みたい。触ると溶けちゃって」

ベンチ脇に雁行《がんこう》する出窓のむこうでは、いぜん雪が降りしきっている。雪はいつか牡《ぼ》丹《たん》の花のごとく大粒となっていた。シンデレラは、闇の中で音もなく落ちる白い花の群れを静かにながめていた。その眼差しは、はかなげな光をたたえ、そこにはない遠くのなにかを見つめているようだった。

「それでいつも……」

洋平は、心におりてきた思いを言葉にしていた。

「見つかるといいですね」

もう一度同情をこめて言うと、相手の表情が曇ったように見えた。

シンデレラから言葉が返ってこない。もとの無感情の目は、すでに彼を見ていなかった。うつむき、彼には聞き取れない声でなにかささやいている。ふたたびドレスの皺をのばす女の仕草に、拒絶の意志がはっきりとあらわれていた。

洋平は唇をひらいた。うすくひらいたまま、言葉がでてこなかった。遠くの茫漠《ぼうばく》とした車の走行音が物音のたえた構内の空気をふるわせている。儀礼的に制帽をとり、駆けだしたくなる衝動をおさえながら駅員室へもどった。

コートと制服を脱いだだけで、わずかに残っていた体力のすべてを奪われてしまったような気がする。シャワーも浴びぬまま薄暗い仮眠室にそっと入り、蚕棚《かいこだな》状にならんだベッドのひとつに身を横たえた。上段のベッドから、白井ののんびりした寝息がかすかに聞こえてくる。ペットボトルの黒豆茶はとうにぬくもりを失っていたが、氷のように冷たくなったシーツが心地よく感じられるほど全身が火照っていた。

首元まで布団を引きあげ、目を閉じた。早いところ眠ってしまいたかった。

寝返りを打つたび、荒々しい鼓動が胸内をたたく。朝まで一睡もできないだろうなと思った。洋平は、自然と頰がゆるんでくるのを意識しながら、瞼《まぶた》の裏でいつまでも乱舞を繰り返すおびただしいほどの雪片をながめていた。

# 旅の熱

高山羽根子

高山羽根子（たかやま・はねこ）
75年生まれ。作家。『オブジェクタム』『居た場所』『カム・ギャザー・ラウンド・ピープル』『如何様』『首里の馬』。

子どものころ必ずといっていいほど、旅をしているあいだ一度は熱を出していた。けっこうな大人になってからも、旅の途中で熱を出すその癖――というか体質は続いていた。楽しくてついふだんより余計に無理をしてしまうせいなのか、博物館や美術館といった文化施設のたぐいを観た知恵熱か、ほかの要素に行動を合わせることが多く時差もあることで時間感覚が狂うのか、それともひょっとしたら、その土地の食べもの、水、風土に、自分の体に合わないなにかが混ざりこんででもいたのだろうか。好きなものを好きなだけ取っていい朝食を食べすぎてしまっていたのも、体調不良の原因だった気がする。水差しに入ったオレンジジュースと牛乳、珍しい種類の冷えた果物や生野菜、大きくて甘いデニッシュ、金属の四角い蓋つき容器に並ぶ、水っぽいスクランブルエッグとソーセージ、固いベーコン。どれも朝ご飯としてふだん食べなれていないものばかりだった。

ようは旅しているあいだの一時期はかならず、熱でふらふらしながら連れられるままに観光していたわけで、今にして思えば、記憶があいまいな部分が存在するのも無理のないことだった。旅先で見た細かいものごとをいちいち覚えている能力には自信があるつもりなのに、あとで家族や友達が撮った写真の風景と、自分の覚えている旅の景色に明らかなちがいがあるとわかる。熱を出していたときの記憶が変に混ざって混乱を起こしてしまっていたのかもしれない。

大学に入りひとりで旅をするようになって、無理をしない、変わったものを食べない、電車やタクシーを使いやすい駅前の宿に泊まって、朝ご飯は軽めに、常備薬を用意して……と気をつかっていても、どうしても旅のうち半日とか一晩くらいは熱を出してしまう。もう最終的に、旅というものは人が自然ではありえないくらいの速度で別の場所に行くのだから、体の中の細胞がどうにかなって、どう慎重にしていたってしばらくは熱が出てしまうものだ、とあきらめるようになった。

早朝の空港というのは、よるべのなさが楽しかった。ガラス張りの天井の高い空間は明るいのに、みんながぼんやりくたっと席に深く座って足を投げ出し、マスクをしたり、フードを深くかぶったりしているので、見ていてもだれがどこの国の人かはっきりしない。ベンチの合間にある充電ブースからコードを伸ばしてきて、めいめいの端末に見入っている。荷物は預けてしまっているためか、せいぜいでも小型のキャリーカート程度のもので、多くの人は小さなショルダーバッグかデイパックひとつの身軽さだった。空港は妙に安全で、だからかえって怖かった。ほんの小さな刃物やライター、液体さえ一瞬のあいだ奪われる空間は、暑くもなく、寒くもない。大嵐でも濡れることはなく、あちこちにトイレがあり、あらゆるところから電源が取れてWi-Fiが隅々まで利用できた。清潔で安心感に満ちた、にもかかわらずいたたまれない空気が、出国手続き済みの空港には流れている。世のなかのほとんどの場所が空港みたいだったら、お金や家のない人も安心なのだろうか、とふと考えて、そんなつくりの世界はかなり怖いかもしれないと思い直す。移動までの数時間、長くてもせいぜい一日くらいだからこの空間が居心地いいだけなのかもしれない。

　初めて自分の生まれた国以外の場所に行ったのは、十歳になる前、夏休みの旅行だった。出発した空港と到着した空港はどちらもとても大きくて、どちらにも、あちこちに変わった形のオブジェが飾ってあった。太い柱のそばに自分の身長くらいのアクリルボックスがあって、両替するまでもない少額の硬貨や紙幣の募金箱になっていた。いろんな国のお金がぐちゃぐちゃに混ざって入っているのが当時とても珍しくて面白かったのだろう。似たような構図で撮った写真が何枚も残っていて、その時の絵日記にも描かれていた。イミグレーションの列は出国も入国もなかなか進まなくて、日が暮れて旅が終わってしまうんじゃないかと思うくらいに待った。家にいるときから、観光です。四日間です。という英語を繰り返し練習していたのに、結局ほとんど日本語だけで済ますことができた。着いた空港で手続きを終えて大きな自動ドアが開いた瞬間、めいめいパックツアーのロゴがついたウェルカム看板を掲げ、柄シャツを着たガイドさんたちが浅黒い笑顔を見せているのが目に飛びこんできた。担当のガイドさんはたしか、その国で生まれた人と結婚をして移り住んだという日本人の女の人だったと思う。ツアー客に掛けられた首飾りは、小さな貝殻を糸でつないで作られたものだった。使われていた小さな貝は、その島の昔の文化でお金として使われていたものだったらしい。首飾りは旅から帰ってしばらく大切にしていたけれど、たしかクズクズになってどこかにいってしまった。

あのころ、ツアー観光客の行列をパンパンに詰めこんでいた出国審査待ちの広い空間には、いま外国人用のふたつだけ開いたゲートの前にそれぞれ十人弱の列があるくらいで、がらんとしている。案内の札を下げた年老いた日本人の男性が、日本のパスポートをお持ちの方はこちらの電子出国手続きが便利です、と繰り返している。ああ、もうスタンプとか押さないでいいんだ。だからこんなに空いているんだな、朝早いというのもあるだろうけど……と思いながらパスポートを開いてスキャナーのガラス面に角を合わせて伏せる。正面の液晶画面に表示される「しばらくお待ちください」という日本語と、飛行機のイラストを見ていると、いつの間にかゲートが開いていた。通路沿いに開いている店はまだまばらで、カフェスタンドを兼ねた売店、小さな書店、簡単なばんそうこうやのど飴が売られているようなドラッグストア、絵葉書やマグネットを並べたささやかな土産物店みたいなもの。どれも店員がひとりで、居心地悪げに店番をしている。通路の壁には、私みたいな人間にはあまり関係なさそうな聞いたこともない日本のメーカー、測量機の部品のシェアナンバーワンだとか、物流の倉庫の最大手だとかいった作り付けの広告看板が並んでいて、その間に模造品だかなんだかわからない観葉植物、ステンレスの清潔な水飲み場、トイレなどがぽつぽつとある。たまに業務用の電動掃除機カートが、ぴぃぴぃというささやかな音と橙色《だいだいいろ》のパトランプの光を発しながらのろのろ通っていく。出国手続きをしてから先にもＡＴＭがあった。以前は旅先の国に着いたらすぐに両替のブースに向かっていた。たぶん私の親世代は、旅行前に銀行でドル紙幣やトラベラーズチェックを用意していただろう。今は、日本でも海外でも同じように、ちょっとしたものでもクレジットカードで済ませられる。空港は、どこの通貨を使うこともできるけれど、どこの通貨を持っていなくてもいい場所だった。軽食のスタンドで、ミネラルウォーターのボトルをカードで買う。

子どものころ、四角いプラスチック製のトレイにぴったりむだなく収まった飛行機内の食事が宇宙食みたいに思えた。あとになって、実際の宇宙食はこんなふうにテーブルに並べられるようなものではなく、真空パックやチューブに入っていて、手で持って食べるのだと知って、ちょっとがっかりした。ミックスベジタブルというものを家ではあまり出された経験がなかったので、機内食のチキンの下に敷き詰められていたそれがカラフルで甘くて、「未来の食べ物だ」と思ったのを覚えている。だから今でもミックスベジタブルが好きなのかもしれない。ピラフのほかにも袋に入った丸いパンがついてきて、四角いカップに入ったデザートも菓子パンみたいなものだった。冷たいサラダと、食後のコーヒーを入れるためのカップに収まった、丸い容器に入った冷水、それとは別に配られるオレンジジュース。紙パックや氷を積んだカートを運んで注いで回る女性から、おもちゃじみた瓶のウイスキーを、笑顔の大人が受け取っていた。

飛行機に乗りこむと、飛び立つまでは滑走路の周囲をもたつきながら回り続けてすごく長く感じるのに、飛び立つときはあっけなかった。雲の上に出てすぐ、飲み物が配られて、すぐに食事が出された。昔のように肉か魚か、ヌードルかライスか選ぶことはめったになくなった。ミックスベジタブルが使われていることもほとんどない。長方形のアルミ箔に包まれた主菜と、正方形のカップに入ったマカロニサラダと、丸いパン。コーヒーカップに入った容器入りの水。肘を小さくたたんで狭々《せばせば》しく食べ、入国用のカードに記入をし終えるくらいには、ほとんど到着寸前になってしまう。飛行機が飛んでいる間じゅう、乗務員さんは狭い通路とギャレーを行き来しながら絶えず働いていて落ち着かなかった。

飛行機が止まった後、なんとなくせわしなくするのが億劫《おっくう》で、席に座ったまま周囲の人が降りるまでぼんやりしてしまう。後部の降りていくグループと目が合うのが気まずく、窓の外のカーゴカートをのんびり見ていた。

あの当時、旅に持って行ったもので覚えているのは、学校で使うのとは別の黄色の水着と、駅前のショッピングモール二階にあるおもちゃ売り場で買ってもらったシュノーケル、どちらもサイズが合わなくて肌が擦《こす》れ、旅から帰ったあともずっと痛かった。あといくつかのお菓子。海外のお菓子は甘すぎておいしくないと脅されていたからだった。あいちばん気合を入れて用意したノートと色鉛筆は、結局、旅のあいだじゅう使うことがなかった。

実際、いま旅に出るときに持っていくものも、水着がTシャツに、ノートと色鉛筆がタブレットとバッテリーになったくらいで、当時のものとほとんど変わらない。なんならTシャツもお菓子も歯ブラシも、現地で調達すればいいので省くことさえある。目の前に香水の匂いのする免税店と、ハイブランドのブースが広がる場所にたどり着くと、いつものことなのに決まってサンダルにワンピース、パーカーという適当な格好をちょっと恥ずかしく思う。タバコも酒も詳しくないし、化粧品にもあまり興味がないのに、免税店のそういった場所を眺めるのは楽しい。見たことのない現地風デザインの箱に入ったタバコ、妙な形の限定の瓶、商品が並んだ棚の上にある光源の入った横長の看板には、漢方の使われた強壮薬の広告が入っている。どこの名産なのかも不明なシルクのスカーフショップだとか、名所の写真が印刷された箱のマカダミアナッツチョコレートが積まれた一角。ビニールバッグに入ったリップグロスやハンドクリームのセット、子どものころにはソニプラでしか売られていなかった、三角柱のチョコバーや透明のケースに入った外国製のミント。その国の代表的な、特徴的な動物のぬいぐるみ、デフォルメされた飛行機のおもちゃ。

軽食のブースにはサンドイッチのほかにも、日本ではまだ珍しい外国資本のハンバーガーチェーンがある。その国独自の伝統料理風ではあるものの食べやすい味付けの工夫をしてある汁麺の店は、そこそこ混んでいた。考えてみると日本の空港でも、そういった蕎麦屋やうどん屋がいつも混んでいる。

以前使って取っておいたこの国のICカードに、空港のコンビニエンスストアでチャージすれば、あとはクレジットカードでホテルまではなんとでもなる。前の残りの紙幣やコインも、念のため持って行ったって、使うことはほとんどなかった。到着したらまず行くのは通信会社のブースで、クレジットカードとパスポートを出してSIMカードを買う。

申しこみを済ませて待っていると、通信会社のカウンターにいた男性がちょっと困った顔で、申しこんだプランに齟齬《そご》があって、ほんのわずかな返金が生じてしまいました。クレジットカードの口座に振りこむと手数料のほうが高くなってしまいます、コインでお戻ししていいですか、ときれいな英語でたずねてきた。むしろこちらの申しこみの手ちがいな可能性もあるし、嫌だというなんの理由もないので承諾すると、ものすごく小さな、おもちゃみたいにピカピカした硬貨を数枚差し出してきた。こういう場所には、なにかのときのために新品の少額硬貨の用意があるのかもしれない。ここしばらく海外の硬貨を持ち歩くことがなかったので、見たことのない硬貨を受けとり、ゲームの主人公にでもなったような気持ちになった。

初めて海外で買ったお土産は、たしかその国の硬貨をたたいて伸ばし、穴をあけてキーホルダーにしたものだった。日本ではお金を加工することは犯罪なので、珍しいお土産になりますよ。とガイドさんに教わった。どんな絵柄の硬貨だったか、額面が日本円でいくらくらいのものだったか、そのあたりはよく覚えていない。おそらくいま受け取った小さい硬貨のような、取るに足らない手数料以下の金額のものだったんだろう。それも、小さな貝の首飾りと同じように、大事にしていた記憶はあるけれど、いつのまにかどこかにやってしまった。

SIMカードを差し替えて空港の公衆Wi-Fiから設定を変更する。問題なくつながれば、もうどうしたって大きな失敗はないと安心する。時刻表も乗り場番号も、地図アプリで国内とほとんど同じようにして探すことができた。

液晶をつついていると、背後が急にざわざわしはじめた。集まっている人々のうち数人が、スマートフォンを掲げて動画を撮っている。人ごみの隙間から視線の集中してい る先を見ると、空港用の大きな金属製カートに乗せられた黒く立派なケージの中に、顔の細長い、おそらくかなり大型の犬が入って運ばれていくのと目が合った。この騒ぎようから考えると、この国にしかいない珍しい種類の犬なのかもしれないと思って、スマートフォンや視線の集まる先をたどると、周囲の人たちは、私の見ていたケージの中の犬ではなくて、カートを運んでいる人間のほうに注目している。どうやらそちらのほうが有名な人物だったのだろう。ケージの中にいる黒くて大きな犬は、その有名人の飼っているペットなのかもしれない。それにしても大きな犬だった。いや、本当に犬なんだろうか。私の知っている犬とは、家ネコとチーターぐらい大きさのちがいがあった。あんな犬は日本でもめったに見ない。スマートフォンのブラウザに大きい犬、ペット、有名人と入れて検索をためしてみたけれども、それから先どうやって調べたらいいのかわからなくなってすぐにあきらめた。いままで、空港のなかで何度か使役犬を見かけたことはあったけれど、人間以外の生き物が飛行機に乗るために空港にいるのを見たのは、たぶん初めてだった。危険物を取りあげられる、どんな通貨を持っていても許される、たくさんの約束に満ちた場所で、暑くも寒くもない、雨にも濡れない空間で、大きな犬は顔の前に揃えた足を不安そうにもじもじさせている。目はケージの暗い奥で薄緑に光って、視線を忙しくあちこちに漂わせていた。

たとえば、あの犬も熱を出すのだろうか、子どものときの私みたいに。

ここ最近は、同じくらいの距離を移動しても、旅先で熱を出すことはなくなった。自分のペースで好き勝手にあちこち行ったり、休みたいときにホテルに戻れるからだろうか。それとも博物館や美術館で知恵熱を出すことがないほど鈍くなったのか。体の大きさと移動距離が適正なものになったのか。あるいはあちこちの食べものや水、風土への抗体ができたのかもしれない。まだその理由はよくわからないけれど、今回も、おそらくさほど高い熱は出さないだろう。行けるぶんだけの博物館を見て、歩けるぶんの場所を歩いて、食べられるぶんだけの食べものを食べたい。スマートフォンをパーカーのポケットにしまった。

# 非美人

月村了衛

月村了衛（つきむら・りょうえ）
63年生まれ。作家。「機龍警察」シリーズ、『土漠の花』『黒警』『黒涙』『暗鬼夜行』『欺す衆生』『奈落で踊れ』など。

前に話したかもしれないけれど、十五、六年くらい前、僕は小さなデザイン事務所に勤めていた。大した実力もないくせに、自分はいつまでもこんなところで燻《くすぶ》ってるような人材じゃない、今に独立するんだって常に思っているような、それでいて一日に十回は、ああ自分はダメだ、才能がないと頭を抱える、本当にどこにでもいる若僧の一人だった。

結果的に独立の希望は叶《かな》えられたわけだが、それでよかったのか悪かったのか、実は今でもよく分からない。

でも、今日言おうと思ったのはそんなことじゃない。その頃僕は、同じ事務所にいたKさんのことが気になっていた。営業担当だった彼女はとても仕事のできる人で、職場でも人気があったし、得意先の評判もいいと聞いていた。年齢は僕より一つ上で、いつも服装に隙《すき》がなく、流行にも敏感だった。笑わないでくれ。僕だって商業デザイナーの端くれだ。ファッションについても少しは分かる。業界の最新情報についてもKさんはよく勉強しているようだった。

知っての通り、僕は人見知りする上に付き合い下手ときている。一日中机にへばりついているような冴えない下っ端デザイナーと、颯爽《さっそう》と活躍する彼女とでは、いくらなんでも釣り合いが取れない。それくらいは当時の僕にだって分かる。

それでも何かの拍子に視界の隅に彼女の姿を捉えると、わけもなく嬉しくなって、心が弾むような気がしたものだ。

人に好かれるだけあって、Kさんは誰にも優しく接していて、僕に対しても例外ではなかった。と言っても、何かについて語り合ったりしたわけではもちろんなくて、単純な挨拶であったり、ごく短い世間話であったり、当たり障りのない仕事の愚痴であったりだが、それだけでも他の人達との違いは歴然としていた。事務所の他の連中は、明らかに僕を見下していたからだ。

女性に関してあまりいい思い出を持たない僕には、Kさんの存在自体が驚きであり、羨望《せんぼう》の対象でもあった。

独立の暁にはなんとか彼女を引き抜くことができないかなんて、そんな空想を巡らせたりもしていた。この歳になったからよく分かるんだけど、空想とか夢とか希望とか、そういう類いのものは、ただ頭の中で弄《もてあそ》んでいるときが一番楽しいわけで、そのためにだけ存在するとさえ言っていい。

ともかく僕は、Kさんに好感を抱いていた。それが愛情に近い好意であったかどうかまでは分からない。そしてそのことは同僚の誰にも言わなかった。理由は言うまでもない。僕という人間の性格を考えれば当然じゃないか。

Kさんのプライベートについてはよく知らなかった。正直に言えば知りたいと思わないでもなかったが、本人を含め、誰かに訊《き》けるようなら苦労はしない。とは言え小さい事務所だから、聞きたくなくても耳に入ってくる噂もある。

それによると、Kさんには現在付き合っている男性はいないらしい。それどころか、結婚のお相手を募集中ということだった。とても意外に感じたのを覚えている。彼女なら引く手あまたに思えたからだ。もしかしたら、職場の同僚に対して本心を打ち明けず、適当に謙遜《けんそん》してみせただけなのかもしれない。そんなふうに考えたりもした。

給料がいいとはとても言えない職場だったので毎日が不平だらけだったが、こうしてみると、結構楽しかったような気がしてくるからいいかげんなものだ。あの頃に戻りたいとは決して思わないが、あの頃にしかなかったものも確かにある。それをなんと呼べばいいのか、胸をよぎる言葉もあるが、恥ずかしいので口にはしない。

僕の勤めていた事務所はターミナル駅の近くにあって、徒歩圏内に大手チェーンの有名書店が入っている商業ビルが建っていた。駅とは反対方向になるため、同僚達は滅多に行かないようだった。

だけど僕にはそれがよかった。仕事が一段落したときなど、一人でふらりとその書店を覗《のぞ》くのが好きだった。

仕事柄、まずチェックするのが美術書のコーナーだ。デザイン関係、画集、写真集。全部買えるわけではもちろんないが、手に取ったり眺めたりしているだけで、大いに刺激を受けたものだ。それから文芸書や話題の新刊コーナーなんかも見たりする。文学や実用書もいいが、僕にはやっぱり、ノンフィクション系が合うようだった。

その日、仕事帰りに店内を一回りした僕は、尊敬するイラストレーターの画集を見つけ、大喜びでレジに向かった。

大手だけあってその店は店舗面積が広かった。レジは一カ所にまとめられており、細長いカウンターにレジ係の店員が八人ばかりずらりと並んでいる。客の並ぶ位置も決められていた。レジが一つ空くごとに先頭の客がそちらへ向かう「フォーク並び」というやつだ。

普段はすぐにどれかのレジが空くので、待たされることはそんなにない。だがその日に限って、行列はとても長く延びていた。カウンターに対して垂直の列を作っている書棚の合間を蛇のようにのたくりながら続いている。

僕は最後尾に立って、順番が来るのをじっと待っていた。時間はじりじりと過ぎていくにもかかわらず、列は一向に進まない。今さら隠すつもりもないが、僕はどちらかというと気の短い方だ。それでもこういうときは黙って待つより仕方のないものじゃないか。

列がわずかに動き、僕は書棚の一つを曲がった角の先に出た。

そのとき、列の前方に並んでいるKさんの姿が目に入った。僕は斜め後方にいるので、僕の位置からはKさんの横顔が見えるが、彼女には後ろに僕がいることなど知る由もない。

会社に近い大きい書店だったから、考えてみれば今まで出くわさなかったのが不思議なくらいだ。しかしそんな場所で、大声を出して呼びかけるわけにもいかず、僕は黙ってKさんの様子を眺めていた。

Kさんの立ち姿は、いつもは背筋がすっと伸びていてとてもきれいだ。デザイナーは仕事に熱中してくるとどうしても前のめりになる。僕などその典型で、みっともない猫背になったから、Kさんのように姿勢の正しい人はそれだけで尊敬する。でもそのときのKさんは、両手で本を抱えていて、少し前屈《まえかが》みになっていた。

よく見ると、Kさんの持っているのは本ではなかった。雑誌だった。冊数は四、五冊だったか。しかしどれも付録が挟まっていて、倍くらいに膨れ上がり、紐《ひも》でくくられていた。

それらが女性誌であるというのは遠目にもはっきりと分かった。不勉強ながら、女性誌がそんなにかさばる付録を付けているなんて、そのときまで想像したこともなかった。細かいジャンルは分からないが女性誌を何誌も買っているということは、Kさんはそれだけ研究熱心なのだろうと、なんとなく思ったりした。

それにしても、列はいつまで経《た》っても動かない。他の客達も、いいかげん苛《いら》ついているようだった。

カウンターの方を見ると、店員達は懸命に応対しているが、閉められたままのレジも五つ六つくらいある。店内には立ち話をしている店員の姿も見えるから、手が足りないというわけでもないだろう。これだけ客が並んでいるのに、どうして誰もレジに入ろうとしないのか。僕はとても疑問に思った。他の客達も、閉められたままのレジと背後の店員達とを交互に見ては舌打ちしたりしていたので、きっと僕と同じように感じていたのだと思う。

せめてレジがフル稼働していれば、客達も納得したに違いない。

こうしている間にも、店員が一人でもレジに駆け込んで、「先頭でお待ちの方、どうぞー」とでも言ってくれたら。

だがそうなる気配は一向になかった。客達のフラストレーションがじりじりと高まっていく気配がはっきりと伝わってきた。

僕自身がそうだったし、Kさんもまた、全身から苛立ちの波動を放出しているようだった。

こんなとき、僕の位置がKさんのすぐ後ろだったら、いくら小心者の僕であっても、ためらわずに声をかけたことだろう。他愛のない話題でもいい、二人で並びながらあれこれと会話できたら、このちょっとした試練のような待ち時間も、ここまで苦にはならなかったに違いない。

だけどそうはならなかった。僕はKさんのずっと後方で、ただ彼女の微妙な表情の変化を観察することしかできなかった。

もちろん、ずっと彼女だけを見つめていたわけではない。それこそ失礼極まりない、単なる不審者というものだ。僕は近くの書棚に並ぶ本に目をやったり、わざとらしく時計を見たり、近くにいる店員に（レジに入れ）と念を送ったりしていた。

こうして挙げているとどうにも大人げないというか、ずいぶん落ち着きのない人間のような気が自分でもしてきたが、つまりはそういう状況であったということだ。

そうこうするうちに当然ながら少しずつ列が動いて、正面のレジの様子が目に入った。応対しているのは「研修中」の名札を付けた若い女性で、その背後に指導役らしい太った中年女性が付いていた。ベテランらしい指導役の店員は、尊大な態度で新人店員にいちいち何か小言らしきことを言っている。

僕はちょっとむっとした。確かに新人の指導は大事だろう。しかし今は客がこれだけ立て込んでいるのだ。新人の女の子だって一人でできないわけではないのだから、一旦指導は中断して、レジの一つでもよけいに開けるべきじゃないか——と、まあ、素人ながらに思ったのだ。

それが現場の状況判断というものだろうと一人勝手に憤慨しながら、僕は画集を手に並び続けた。店内は少し蒸し暑く、汗ばんだ手のせいで画集の帯がふやけてずれてきた感触まで覚えている。

太ったおばさんの店員は、依然として客の列には目もくれず、ひたすら小言を言い続けている。稼働中のレジの店員達はみな懸命に接客しているのだが、どういうわけか列は遅々として動かない。

そのときだった。

Kさんが持っていた雑誌の束を、すぐ横の平台の上にこれ見よがしに叩きつけ、そのまま列を離れヒールの靴音も高く去っていった。

特に声を発する者も、顔を見合わせたりする者もいない。Kさんのいた位置にはすぐ後ろの客が詰め、何事もなかったかのように列は続いた。

そのうち僕はKさんがいた位置に達した。平台の上には、Kさんが投げ捨てていったの台だ。雑誌が乱雑に散らばっている。雑誌の平台ではない。女性誌とはなんの関係もない書籍の台だ。

　それぞれの雑誌の表紙では、モデル達が蠱惑《こわく》的な笑みを浮かべている。

［美しくなるメイクとマナー］

［魅力的なアナタにこのお店］

［カレをとらえる今年のオシャレ］

　そんなコピーも目に入った。

　しかし片付ける者もなく放置された雑誌類は、どうにも物悲しく見えてしようがなかった。愛らしい誌名やコピーの数々も、ひたすら空疎に思えるばかりだった。

　そして何より、雑誌を投げ捨てたときのKさんの姿だ。

　美しくなかった。

　いくら苛立ちが頂点に達していたとしても、それはやっぱり美しくなかった。

　少なくとも、僕が抱いていたKさんのイメージとはかけ離れたものだった。

　やがて、僕は右端のレジから呼びかけられた。

「お待ちの方、どうぞ」

　僕はどうもぼんやりしていたらしい。後ろに並んでいた老婦人から「あっちが空きましたよ」と言われ、慌てて右端のレジに駆け寄った。

僕が事務所を辞めて独立したのは、それから半年くらい経ってからだった。Kさんが辞めたのは、その前だったか、後だったか、はっきりとは覚えていない。辞めた理由も。どこかに移ったのかどうかさえ。記憶なんて本当に役に立たない。どうでもいいことばかり覚えている。

その後の僕については、改めて話すまでもないだろう。こうして小さな事務所を開き、コツコツと今日までやってきた。明日も同じことをやっているはずだ。

世間では不景気がずっと続いているから、なんとか食えている僕はついていたとも言えるし、そうでなかったとも言える。独立するときには、野望と言うと大げさだけど、それなりの野心があったからね。それからすると、現状はずいぶん慎ましいものだ。

事務所は僕が辞めた数年後に潰《つぶ》れたから、僕はやっぱりついていたのだろう。あの書店が入っていた商業ビルも再開発で跡形もなく消えてしまった。

Kさんが今どこでどうしているのか、僕は知らない。

噂に聞いた結婚願望が本当だったとしたら、幸せな結婚生活を送っていてほしいと心から願う。

でも僕がKさんについて真っ先に思い出すのは、あんなに溌剌《はつらつ》としていた日々の姿などではなく、偶然見てしまったあの書店での光景だ。
それこそどうでもいい記憶と言うよりないが、なぜか時折思い返してしまう。
Kさんが美しくなかったということを。

# 水曜日の山

津村記久子

津村記久子（つむら・きくこ）
78年生まれ。作家。『ウエストウイング』『エヴリシング・フロウズ』『この世にたやすい仕事はない』『浮遊霊ブラジル』『ディス・イズ・ザ・デイ』『サキの忘れ物』。

何あの子最悪、と姪《めい》の玖実子《くみこ》が眉間にしわを寄せて歩道を振り返る様子がルームミラーに映っていた。自転車に乗った男の子が、自転車にしてはものすごいスピードで走っていた。たぶん小学六年ぐらいだろう。マスクをしていない。

数秒前、妹の家に向かう交差点の横断歩道の左折で、右斜め後方から車に突っ込んできた彼を、私は間一髪のところで避《よ》けた。左右確認をした後、私から見て右手の、交差点の直進側の山が目に入って、あ、山、と思いながら、また右手を見て左折のスピードをさらに落としたところ、走ってきた彼が派手にハンドルを操ってボンネットを避け、走り去っていった。彼から見た横断歩道の信号は赤だったはずだが、町にあまりにも人も車もいないので、信号無視が普通になっているのかもしれない。もしかしたら、このご時世だけれども、ありえないほど急いで何かに間に合おうとしていたのかもしれない。山が目に入って、山を視界に入れなければ、私は彼を轢《ひ》いていたのではないかと思う。

ほんの〇コンマ数秒、私が車の速度をゆるめなければ。同時に、もうこの界隈では信号を守らない子供が出てきているから、交差点の右折左折では歩道の人の動きをこれまで以上に目を凝らして見なければならない、と心に決める。

「ああいう子嫌い。あの年ぐらいからずっと嫌いだった」

「ははは」

「学校に行けないのをああやって発散してるのかな」

「そうなんだろうね」

「めちゃくちゃ頭悪いんだろうな」

「そうかもしれない」

私は慎重に言葉を選びながら答える。発信者の姪も、聞き手の私もただでさえ疲れているから、姪の怒りを助長するような言葉はやめたほうがいいけれども、ちゃんと聞いてやらないのも良くない。姪は自宅で誰も話を聞いてくれないから、私を頼って家に来たのだ。私の甥《おい》にあたる玖実子の兄の爽太《そうた》は、高級老人ホームの施設管理人で、毎日外に働きに出ているのにもかかわらず、家の中のそこらじゅうを素手でさわって回り、消毒液を思いついた時に大量に使い、マスクは少し使用しただけでも洗って使い回したりはせず捨てる。私の年の離れた妹である玖実子の母親は、そのことに完全に迎合していて何も言わない。姪が、ドアノブの消毒と衛生用品の残りについてたずねようとすると、こんな時にうるさくしないで、気になるならあんたが買えば、と高校一年の姪に投げやりに言うだけだという。

宗教の違う人とは一緒に住めない、と姪は言っていた。姪は新しい規律と恐怖の狂信者で、甥と私の妹は感染について鷹揚にしていても勝てないことはないギャンブルのようにとらえているふしがある。ウイルスを体に入れるも入れないも射幸心の対象なのかもしれない。母親、兄、妹の三人家族の中でいちばん若い姪がもっとも過敏になっているというのも不思議な話だったが、若いということは何かを強く信じられるということでもあると考え直すと、彼女の態度にも納得がいった。

疫病下の世界で家族と宗教が違ってしまった姪は、小学校高学年以来ほとんど行き来がなくなっていた私に電話をかけてきて、伯母さんの家にいさせてくれないか、と相談してきた。三月の終わりのことだった。一人暮らしのほうがリスクが少ないことはわかってるからすごく悪いんだけれども。私は二月から家にいても一日八回手を洗ってるし、友達とも動画の通話でしか話していないし、いつも自分の部屋にいるから感染はしていないと思う。でも症状が出ないやつだったらごめん。その時は……。

姪は自分の言っていることにだんだん振り回され始めた。その時は何なのだろう、と私は思ったけれども、口にはしなかった。その時は五十歳を超えている私も感染するのだろう。重い症状ならもうそこで姪ができることは何もない。死ぬほどではなくても後遺症が出るような症状なら、姪は私の面倒を見たりするんだろうか。ぜひそうしてくれ、と私は言えないような気がした。

私にとって一方的に分が悪い相談だということを、姪もわかっていた。それでも私は、姪が声をかけてきたことがうれしかったのかもしれない。いいよ、来たら、と答えた。それで姪は私の家にやってきた。

今日は、姪は私の出勤の車に乗っていったん家に戻り、私の家に持ち込みたいものを用意してから部屋にこもって過ごし、また私の退勤の時に私の車に乗って帰る予定だった。私の職場である観光案内所は、さっきの交差点の手前にあるのだが、今日は姪が家に戻るので一度職場を通り過ぎて交差点を左折した。母親である私の妹には黙って出てきたので、顔を合わせるかもしれないのが憂鬱だ、と姪は言っていた。私自身には妹から「娘を家に戻してよ」という連絡があった。私は「学校も休みなんだし本人のしたいようにさせれば」と返信した。

私としては、疫病に支配される世間よりも、妹の家族のすれ違いよりも、さっき山を見たことで自転車の男の子と衝突せずに済んだことに今はとらわれていた。それほど怖い出来事だったし、不思議なことでもあった。

「さっき自転車の男の子とぶつからなかったのは、一瞬だけ山が目に入って、あ、山と思ったからなんだけど」

「なんだろ、一回左右を確認した後、山だな、と思ってもう一回確認するとあの子が突っ込んできてるのが目に入って、速度を落とせたんだよ」

「何？　よそ見？」

「毎朝、出勤の時にあの山に向かって運転するし、職場の窓を開けて北を向くと必ず見えるから、憂鬱な眺めではあるんだけどね」

「そうなの。偶然だ」

帰り道であの山に向かって運転するのであれば、どれだけ印象が違っていただろうと思う。

「小学生の時、遠足で何回か登ったな。まあそれだけだけど」

「けっこう大変だよね。見た目と違って」

「そうかな。山としては普通じゃないの」

今度は妹の家に寄るために右折する。左にも右にも左前方にも右前方にも猛スピードで突っ込んでくる自転車はない様子でほっとした。

「まあ嫌いじゃないけど。そこにあるだけって感じだよね。今日も明日も変わらない。何もしてくれない。病気を治してもくれない」

姫の言うこともっともだけれども、私は少しだけ反論したくなって、まあそれもそうね、と調子を合わせた後に続ける。

「ただ さっきはそこにいるだけで役に立ったのよね」

「それもそうか」

私の言葉に姪は、構えていたのがばからしくなるほどあっさりと同意した。

じゃあ退勤の時に迎えに来るから、と言って家の前でおろすと、荷物を取ったらバスで伯母さんの家に戻ることにするよ、と姪は言った。

「公共の交通機関も怖いんじゃないの？」

「それより家族が信頼できないことのほうが怖い」

姪はそう言って肩をすくめて、いったん自分の家に戻っていった。

＊

印南《いなみ》先生ね、陽性だったらしい、と塾の経営者の真野先生は五日前の電話で言っていた。だから当然仕事は休んでもらうんですけど、僕も実は咳をしていたり、ものの味がわからないことがあってね。それで奥田先生、僕も申し訳ないけど大事をとって……。

三人で回している中学生向けの小さな学習塾に、私は勤務している。給料は高くはないけれども、この町は家賃が安いし、子供たちを教えることはやりがいがあるので、悪くはない仕事だった。職場は自宅から近くて徒歩圏内だった。ただ、経営者の真野先生には、ちょっと適当というか、面倒な仕事は雇っている講師に押しつけて、自習室で個別指導と言いつつ生徒と雑談ばかりしているようなところがあって、お金を払っている立場だからそれは仕方がないのだが、かなりここぞという事態で突然仕事を降りたりするのが一緒に働いていて戸惑うところだった。だからといって厳しく結果を求められたりするわけでもないので、私と同僚の印南先生はなんとかそれをこなしていた。

印南先生は私の先輩で、悪い人ではないけれども、酔うと絡むのが合わなかった。私もそうだけど独身で、週に何度か行っている居酒屋のうちの片方が休業したということを、教室を隔てたウェブ通話でやりとりをするたびに愚痴っていた。四月からこの塾の三人の講師は、同じフロアの教室と自習室と職員室という三か所に分散してウェブ通話で話すことで社会的距離を保っていた。職員室はかなり狭くて、二人入ると危機感を覚えるので、私が提案した。授業もすべてウェブ通話で実施している。

もう片方は開いてるんですか？

そうだな。建物が壊れたわけじゃないし、呑んで騒いでしゃべってたら辛気臭いことは忘れちゃうよ。手は洗うけどな。感染したらその時はその時だ。

私は、笑っているふりをして顔を背けた。その話をした一週間後、印南先生は熱を出して塾を休み、十日後である一週間前、真野先生から感染したらしいという連絡があった。

印南先生が熱を出してからは、私と真野先生で印南先生の持っている授業を手分けして受け持っていたのだが、ただでさえあまり授業をやらない真野先生が通常よりも多く授業を受け持つのは面倒だったらしく、誰か代わってくれないかなあ、とタブレット越しに呟いているのを何度か耳にした。

そして私の携帯に、印南先生の感染の報告と、自分も休むと言ってきたのは五日前のことだった。奥田先生には全科目を受け持ってもらうことになるけど、まだこの時期はどの科目も滑り出しで簡単だから、運が良かった、と真野先生は言った。

授業をさ、十分ほど短縮してもいいよ。三人の講師のうち二人が休んでいると言ったら保護者もわかってくれるだろう。手当ては出すよ。

それで私は、月曜から土曜まで、三人分の授業をするために一人で学習塾に出勤している。一年と二年は週に四コマで各一二〇分、三年は週に五コマで各一五〇分の授業を、すべて一人でやっている。

やってみると、授業そのものはできないことはない。でも、受け持ちの数学と理科に加えて、国語と社会と英語の予習をしなければいけないことはつらかった。自宅でもほとんどの時間、深夜までどう教えるかについてのレジュメを作っている。真野先生がやっていた仕事を加算されても知れていたが、印南先生は私と同じだけ仕事をしていたので、単純に仕事量は二・五倍になった。自分の時間はないに等しかった。

人生でそういう時期もある、と考えるようにはしている。自分自身が受験生だった頃は、もっと余裕がなかったしきつかったとも思う。ただ、印南先生は自分の感染に関して大きなヒントを残していったし、真野先生の「大事をとって」がどこまで本気かわからないのがつらかった。

実態はどうであれ、疑わせない、というのも一つの礼儀だと思う。しかし、私が一緒に働いている二人に関してはその限りではない。

十六時半から始まる中学二年の国語と英語の授業の準備をしないといけないのに、私は、一人でいるには広い教室で急に居心地が悪くなって、窓際に寄って通りを見下ろしてみる。もともと、向かいの観光案内所に観光客が入っていくぐらいしか目立った人通りはない通りなのだけど、四月に入ってからは自動車の交通量も減って静まりかえっている。人間はいったいどこへ行ったのだろうという具合に。

塾に来ているすべての生徒の授業を受け持っているという以上に、他の二人が戻ってきた時に自分がまともに働いていられるだろうかということが不安だった。一言で言うと、自分が何か暴言を吐いてしまわないだろうかということに関して、自信が持てなかった。

ここ最近、私は窓際で通りを見下ろすことばかりしている。昨日も、休日出勤した一昨日も、その前の日も、さらにその前の日も、通りは静まりかえっていた。

まだこういう生活になって数日なので、身を投げたりはしないと思う。もっと長引いても、私はそんなことはしないかもしれない。それでも道路のアスファルトは濁った暗い川のように見えた。赤い車でも通らないかとしばらく見つめていたけれども、私が見下ろしていた信号が三回赤になるまでの間、車は一台も通過せず、自転車の男の子が一人、異常なスピードで歩道を走っていっただけだった。

＊

朝にスコーンを食べ、昼もスコーンを食べたけれども、まだ余っていた。三時のおやつにも食べられる。家に帰ったらまだあるので、夜の食後のおやつにも食べられる。姪の玖実子が作ったのだった。自宅から買い置きしていたホットケーキミックスを持ち帰り、それさえ持ち込めばできるだけ自室から出なくて済むように、家族と顔を合わせないように夜中の台所で作れるだけ作る、という分量で私の家でも作ってしまったので、二人で二日ほどで食べるには大量になった。明け方、山盛りのスコーンを前に驚いていると、そうか、家じゃなかったんだ、と姪は呟いていた。私が食べるかもしれないので、ということで、マスクをつけて作っていた。スコーン自体は普通においしい。玖実子は作ったスコーンをトングを使ってフリーザーバッグに手早く小分けにして、そのまま眠りに行った。

母親や兄と遭遇して言い争いになることを避けるため、姪はすっかり夜型になっていた。それで学校に戻れそう？　とたずねると、学校が始まる二日前に徹夜をする、と姪は言っていた。二日前というのがポイントなのだという。そしたら一日前の夜にちゃんと眠くなるそうだ。勉強はよくしている。

私の勤めている観光案内所は建物の二階にあって、今は完全に足が止まっている観光客以外に目指してやって来る人が少ない施設とはいえ、午前は五人、午後になって二時間過ぎてからは三人の訪問があった。地元の人たちのようだった。ここは食料品を取り扱っているため一応開けていてくれとのことなので出勤している。一緒に働いている二人の後輩は電車通勤、私は自動車通勤なので、後輩たちは自宅待機で、私一人が通勤することになっている。今はどのみち暇なので一人で間に合っている。

乾燥しいたけや切り干し大根、地元の食材が入ったフリーズドライの味噌汁のパック、同じようなコンセプトのお茶漬けの素、炊き込みご飯の素のレトルトなどがけっこう売れているため、今は追加注文の伝票を作っている。

私は、お茶を淹れ直して、パソコンの隣に置いているフリーザーバッグに入ったスコーンを眺める。子供の握り拳大のが三つ入っている。姪が「三時のおやつに」とくれたものだが、喉が渇くから今日はいつもよりたくさんお茶を淹れないとなあと思い始めた。

それはそれでトイレに行く回数が増えるし困ったなと思った。というか三時のおやつは職場では食べない。

家に帰っても食べることを考えると、今は誰かにあげてしまってもいいという気分だけれども、出勤しているのは私一人だし、この建物に入っている店舗や事務所などはすべて閉まっている。小さな税理士事務所と音楽教室、整骨院、民芸品や地元の作家の作品を売る雑貨屋などが入っている。整骨院の院長の女性は、高齢のためこれを機に院自体を閉めるということで、雑貨屋の店主は、今は自宅でウェブ通販の仕事に力を入れているそうだ。彼女の最後の出勤日に、草木染めのガーゼで作ったマスクカバーをたくさんもらった。姪にも数枚あげたのだが、事務所にある分だけでも十枚あった。どうせお客さんも来ないし、と最後の出勤の数日は店にあるミシンで一日中作っていたのだという。できれば彼女にスコーンを分けたかったのだが、彼女が店を閉めたのは姪が私の家にやってくる一日前のことだった。

地元の乾燥食品を卸す商社に注文票をＦＡＸで送ると暇になったので、三か月に一度発行している、近隣の駅や公共施設に置いてもらう観光パンフレットの中身を作る作業にとりかかる。次の発行は六月だけど、七月の大きなお祭りも、八月のちょっとした音楽フェスも、今年は中止が発表された。もともと観光客は少ない場所で、この案内所の存続も毎年危ぶまれているぐらいであるため、逆に今回の国全体にわたる観光客の減少の影響が少なく済んだことが、なんだか間抜けだけどありがたかった。

今はしいたけなんだけどな、夏はしいたけじゃないんだよな、でも秋に向けて無理矢理推すか、と完全に空になってしまった乾燥しいたけの売場を眺めながら思う。最近、店頭でもウェブでもとてもよく出ている。しいたけは山で作っている。私が昨日の朝、交差点で見たあの山だ。そのおかげで、自転車の男の子を轢かずにすんだ。

そういえばおととし、しいたけの栽培農家の人に小さな原木をもらって、自宅で育てたのは楽しかった。商品化はしていないのだけど、このさい考えてみてくださいよと持ちかけるのはどうか。

私は、椅子から立ち上がって窓を開け、北側を向いてみる。やはり山があった。季節柄、鮮やかな緑色で、意外と登ると厳しいんだけど見た目にはなだらかで、動かなかった。空はものすごく晴れていた。

道路を隔てた向かいのビルの方から、同じように窓を開ける音がしたので、そちらを見ると、若い女性が窓枠に両腕を置いてうつむいていた。自分と同じように山を見るつもりなんだろうかとも思ったのだけれど、彼女はいつも以上に交通量の少ない道路をずっと見つめていた。

周りにまったく人がいなかったし、まだ高校生の姪にたずねてもちょっとあてにならないから、彼女に「自宅で育てられるしいたけの原木は欲しいか？」ということをたずねたかったのだが、そんなことをしてもあやしまれるだけだと思い直して、私は別の言葉を口にした。

＊

山が今日もきれいですね！　と道路の向こう側で窓を開けていた女性が言った。二階の観光案内所の人だと思う。知らない人だった。小さな町なので、見かけたことぐらいはあるかもしれない。

私は驚いて、驚いた勢いで頭を上げて北を向いた。確かに、よく晴れた空の下に山があった。「あった」というのもおかしい具合に、当然のように隆起していた。塾の生徒たちが小学校の遠足で必ず登るのだということを聞いたことがある。遠足のゴール地点には小さな滝があって、水をさわると冷たくて気持ちがよいそうだ。

感染拡大の収束はまだ見えないけれども、少し落ち着いたら登りに行ってもいいかもしれない、と私は思った。

あの！　と観光案内所の人はさらに声をかけてきた。スコーンいりますか⁉　手作りの！　と突拍子もないことを言ってくる。私は、この世相で手作りの食品をくれようとするの？　と疑問を感じつつ考えていると、家にいて一日八回手を洗う女の子が、マスクをして作ったやつです！　と観光案内所の人は続ける。そう言われると心が動く。今もっともつらいのは、ウイルスの蔓延以上に他人が信用できないことであるような気がする。経営者と同僚にそれを思い知らされたことが、長い時間塾のために働いている以上の苦しみだった。

誰にでも良いところがあるのは知っている。安全な世界では、印南先生だって真野先生だって普通のいい人だ。そのことまで否定する気はなかった。でも今は。

それくださいー！　と私は叫んだ。

気持ち悪かったら捨ててくださっていいんで！　と観光案内所の人は大声で言う。

よく加熱します！　気持ち悪くないです！　と私は答える。

じゃあ、二十分後にそちらの建物のドアの入り口に掛けておきますね！　と観光案内所の人は言って、大きく手を振った。私も大きく手を振り、それぞれに窓を閉めた。

よく考えたら、マスクをせずにじかに人としゃべったのは久しぶりだということに気が付いて少し驚いた。

私は、中学一年の理科の授業のために予習をしていた教室の机に戻って、時計を見る。植物の茎にはそれぞれ師管と道管が通っている。師管を通じて葉で作られた栄養分が植物の各部位に運ばれ、道管には水や水に溶けている養分が通る。師管と道管がまとまった部分は維管束といって……。

他の二人が戻ってくるとして、ひどいことを言わない自信はまだなかった。でも、ないことをとにかく今は自分に許そうと思った。仕事そのものの量に関しては、人生ではこんな時期もある、という見方が固まってきた。これを乗り越えるのも挑戦の一つかもしれない、とも思える。そして、本当にもう限界を迎えそうになったら、自分はやれるだけのことはやりました、と真野先生にちゃんと言おうと思う。

二十分後、私は教室から出て建物の入り口に行き、観光案内所の紙袋がドアに掛けられているのを見つけた。ハンカチで取っ手を覆ってロビーに持って入り、慎重に開けてみる。フリーザーバッグに入ったスコーンと、薄紙に包まれた四角い布の何かが五つ、そして巨大で黒々としたゴシック体で印刷されたコピー用紙が、紙袋の内側にしっかり貼ってあった。取り出してさわって眺めなくてもいいように。

『フリーザーバッグは一応食器用洗剤で拭いたんですが、不安ならそちらでも拭いてください。布はうちのビルの雑貨屋さんがくれたマスクカバーです。包んである紙はどの程度安全かはわかりませんが、表面を内側にして捨ててください。紙袋の底に新品のビニール袋があります。底の方しかさわってないので、よかったら持ち運びに使ってください。紙袋はビルの前に置いといてもらえたら回収に行きます』

私は、そのメモの言うとおり、ビニール袋を取り出して開き、スコーンの入ったフリーザーバッグとマスクカバーをハンカチで持って中にしまう。そして紙袋をビルの外に出す。道路の向こうの観光案内所は、他の建物の部屋と同じように静まりかえっていた。私はビニール袋をぶらさげて、誰もいない教室に帰った。スコーンは自宅に持って帰って食べようと思った。

十六時半から、理科と数学の授業が始まった。タブレットをスタンドにセットして、私は生徒たちに挨拶をする。少し咳払いをすると、「先生大丈夫？　熱出てない？」と男子の誰かが言う。たぶん水田君だと思う。

「塾へ来て測りましたが、熱はないです」

「ならよかった」

他にちらほら、よかった、という声が聞こえる。それから空気をなでるような同意のささやきがタブレット越しに伝わってくる。

「どの人も気をつけて。でもたぶん長いことこういうのは続くだろうから、ときどきは山でも見てぼーっとして」

山はいやだー、べつのものがいいー、という不満の声が聞こえる。じゃあ特急しなの前面展望の動画とかね、緑のきれいな季節の！　と言うと、マニアックすぎ、と小さい笑いが起きる。ちょっとうけた、と私はほっとする。

「先生と話してると落ち着く。もっとしゃべってよ」

「授業をしないといけないんで」私はできるだけ毅然とした態度を装って、タブレットに向かって肩を張ってみる。「でも私もです」

そう言って、私は黒板に巨大な円を描き、中にもう一つ円を描いた。それから中の円の線をまたぐような小さめの楕円《だえん》をいくつか描く。維管束だ。双子葉類の断面を描き終わると、私はその右に単子葉類の断面を描き始めた。

# それからの家族

早見和真

早見和真（はやみ・かずまさ）
77年生まれ。作家。『小説王』『ぼくたちの家族』『イノセント・デイズ』『店長がバカすぎて』。

もう十年近く前の出来事だ。

中枢神経系悪性リンパ腫という脳の病に冒された母が、突然「余命」を宣告された。そのとき、山のような借金に夫婦仲、表層的な親子関係など、長く見て見ぬフリをし続けてきたいくつもの家族の問題が吐き出されるように噴出した。

母の存在を中心になんとか回っていた歯車だ。それが前触れもなく動きを止めようとしていることに、家族はみんな気づいていた。

だからあのとき、僕たちは結託するより他なかった。ずっと距離感をつかみあぐねていた父と、人間的に合わないと思っていた弟と手を取り合うことで、軋《きし》む歯車をなんとか回し続けようとしたのだった。

振り返れば、ひどく類型的で、古い家族の姿だったと思う。寡黙な父と、すぐに責任を負いがちな長男である自分、何を考えているかさっぱりつかめない飄々とした弟。そして、いまにも息が詰まりそうで、会話など成立したことのない三人の男の中心でいつもキラキラと笑っていた、太陽のような母。

その太陽がいまにも沈もうとしていたあの時期、次々と難題に直面する僕に寄り添い、頼りになったのはむしろ弟の俊平《しゅんぺい》だった。物事を重く捉えようとしない軽薄さが当時はなぜか頼もしさに転換して、何度俊平に救われたかわからない。

一方の父は一人おろおろし続けた。旧態依然とした家族を作り上げていながら、期待した「俺に任せておけ」といった勇ましい言葉は最後まで聞くことができず、病院代の工面もままならなければ、間断なく迫られる判断も二人の息子に任せきり。

呆れる気持ちを押し殺して何かを頼めばそそくさと動くものの、それさえも失敗し、さらに問題を上乗せして帰ってくる。

それまでかろうじて抱いていた父に対する、あるいは父性といったものに対する僕の幻想はあの頃完全に消え失せた。

いや、それこそがずっと見て見ぬフリをしてきたことの正体だったのかもしれない。旧態依然を批判する権利は自分にはないのだろう。

それでも、僕はやっぱり父に期待していたかった。もっと言うなら、父を尊敬していたかった。

大家族の末っ子として育ち、周囲から愛されるのも、手を差しのべてもらうのも当たり前のように感じている節があり、いつもニコニコ笑っていて、決して敵は作らない。見た目も悪くないし、小さい頃はクラスの女子に「浩介《こうすけ》くんのお父さんって俳優みたいでカッコいいね」と言われ、気分が良くなったこともある。

友だちとしてなら、僕はきっと父を好きになれた。でも、当然ながら「俳優みたいでカッコいい」ことで母を守ることはできないし、家族のピンチは救えない。子どもたちの尊敬は勝ち取れない。

「母のために」という一心で三人のふがいない男が結託し、なんとか「余命」の窮地を脱したあの頃、ほんの一瞬、僕たちの関係に変化の兆しが見えた気がした。自分の弱さを平然と認められる父を少しだけ許すことができたし、物事と柔軟に向き合える俊平を素直にうらやましいと思えたからだ。

しかし、それは勘違いだった。僕たちは突然投げ込まれたお祭りにただ浮かれていただけだった。祭りが終わったあとは元の木阿弥。抗がん剤治療を終え、母が自宅に戻ってきた頃には、すでに息の詰まる関係に戻っていた。

当初告げられた余命は優に乗り越えてくれたものの、母はゆっくりと衰弱していった。計五回にわたって再発した脳腫瘍。四回目の治療を終えてアパートに帰ってきたときには、母はもう元の人間性を失っていた。

目の焦点はほとんど合わず、言葉も滅多に口にしない。かろうじて歩くことはできたが家事などできるはずもなく、そもそも火を扱わせるのがこわかった。

仕事は多忙を極めていたが、僕は折を見ては実家に帰った。妻の深雪《みゆき》もまだ幼かった息子の健太《けんた》を連れてしょっちゅう様子を見にいってくれたし、俊平もたびたび二人を訪ねては何日か泊まっていったりもしていたようだ。

そんなときも、俊平は報告のメール一つ寄越さなかった。こちらから二人の様子を尋ねてみて、二、三日後にようやく『親父、はりきってて超ウケたわ』などという要領を得ない返信が来る程度だ。

父と僕、僕と俊平、あるいは父と俊平や、母や妻子を含めた家族みんなという形で顔を合わせることは何度もあったものの、きっとそんな機会が増えるだろうと期待していた男三人での食事などは結局ほとんど実現しなかった。

数少ないそのうちの一回は、母が四度目の治療を終えて退院して間もない頃だ。僕から父にこんなメールを送った直後だった。

『今日、俊平と話しました。もし次にまたお母さんが再発したとしても、僕たちはもう治療させたくないと思っています。これ以上、お母さんの人間性が失われるのがこわいから。でも、これを決断できるのはお父さんだけとも思っています。もしお父さんがそれでも治療を続けていきたいと思うなら、もちろん僕たちは賛成します』

丁寧語と普通語の入り乱れた、あいかわらず距離を取りあぐねたメールだった。父の反応は想像できなかったし、返信の仕方もまた想定外のものだった。

母が病気した直後はメールに対しても電話でしか応じられない人だったのに、僕と俊平の二人に宛てるという離れ業で返事を寄越してきたのである。

『その件に関してはきちんとお前たちと話し合いたいと思っている。近々一緒に帰ってこられないか？　三人で話せたら嬉しいです』

そうして久しぶりに会った父は、とても精悍な顔をしていた。母と二人きりの生活でさすがに逞しさを身につけたのか。そう思わせるほど力の漲《みなぎ》った表情を浮かべていたし、俊平も父の姿を見て茶化すように口をすぼめた。

実家のすぐそばの中華料理屋で三人で卓を囲んだ。父が自分で席を予約してくれていた。そんな些細なことでさえ、成長といっていいのかはわからないけれど、父の変化を感じずにはいられなかった。

沈黙に身を委ねる僕と、平然とタバコの煙をくゆらせる俊平。注文したビールで乾杯し、僕たちを交互に見やってから、父は宣言するように言い放った。

「俺も二人の意見に賛成だ。お母さんを、お母さんのまま見送れたらと思ってる。だから俺は悔いのないようにこれからの時間を過ごしたい。お母さんにもいい時間を過ごさせてあげたいと思っている」

その日の帰り、一緒に最寄りの駅に向かう途中で、俊平はあっけらかんと口を開いた。歩きタバコを注意した僕を無視してまで口にしたのは、いつかのメールの『超ウケた』についての説明だ。

「あの日、親父のやつ、食べ物をこぼしたオフクロを目の色変えて叱ったんだよね。『お前、もう少ししっかりしてくれよ』『もっとシャキッとしてくれよ』って、一生懸命オフクロの洋服を拭きながら真剣に怒ってたんだ。俺、あのときはマジで自分の耳を疑ったよ。シャキッとなんてできないに決まってるじゃん。四回も頭にがんができて、四回も治療してきてさ。髪の毛もほとんど抜けちゃって、肌はしわくちゃだし、何を見てるのかもわからないし、会話だってあんまり成立しない。昔のオフクロとはもう全然違う人なのに、親父の中ではいまでも明るく溌剌《はつらつ》としたオフクロのままなんだって。驚いたのを通り越して感動したくらいだったよ」

「どういう意味だよ？」

「だって、俺も兄貴もほとんど諦めちゃってたわけじゃない？　もう以前のオフクロは戻ってこない、もう俺たちの知っているお母さんとは別人なんだって、勝手に決めつけて諦めちゃってた。でも、親父はそうじゃなかったんだ。っていうか、親父にはいまも昔もない。あの人にあるのは、いつまでもかわいいお母さんであってほしいっていう願いだけ。それってちょっとすごくない？　なんかめちゃくちゃ愛だなって」

正直、僕にはよくわからなかった。俊平が感動したという理由も、父の振るまいが正しいのかも、それが愛によるものなのかも、何もかもわからなかった。

「お父さん、少しは変わったと思うか？」

しばらくの沈黙のあと口をついた質問に、俊平はおどけたように首を振った。

「さぁね。そもそも俺は変わってほしいとなんて思ったことないし」

「そうなの？　なんで？」

「なんでって、俺べつに親父のこと嫌いじゃないもん」

「好きとか、嫌いとか、そんな話はしてないだろう。じゃあ、お前はお父さんのこと尊敬できるのかよ」

「はぁ？　尊敬ってなんだよ？　兄貴ってあいかわらずおもしろいこと言うよな。俺は親父を尊敬したいと思ったことなんて一度もない。尊敬とかしないでいい父親で良かったなぁって思うくらいだ」

「なんだよ、それ」

「何が？」

「なんていうか。すごくお前らしいっていうか……」

「いやいや、兄貴の方が兄貴らしいんだって。親父を尊敬って、いつの時代の話だよ。俺はむしろそんなこと言ってる兄貴の方を尊敬するよ」

さすがにポイ捨てまでしたら説教しようと思っていたが、俊平はバッグから携帯灰皿を取り出し、入念に火を揉み消した。

次に俊平と二人きりで話をしたのは、その半年後、母が息を引き取った日の夜だった。「家族みんなで海のそばに住んでみたい」「大きい家で暮らしたい」という夢を叶えてやることはできなかったが、病気をしたあとにできた新しい家族にも見守られて、最期は微笑むようにして眠りに就いた。発病から六年半後のことだった。

通夜の晩は嵐のような雨風が吹き荒れていた。変化を望んだ僕と、望まなかった俊平。兄弟の間に正反対の二つの願いがあったのだとしたら、父が叶えたのは弟のものだった。

重苦しい空気が充満する真夏の葬儀場で、喪主としてマイクの前に立った父は、涙を堪えることができなかった。

用意していた紙を手にし、なんとか口を開こうとするものの、言葉が出てこない。孫の健太の「じいちゃん！　がんばれ！　がんばれ！」のかけ声もむなしく、ついにみんなの前で号泣し始めた父は、「浩介、すまん。あとは頼む」という一言を残して、逃げるように奥の部屋へ引っ込んでしまった。

「兄貴はこれからも大変そうだな。引き続き若菜《わかな》家をよろしく頼むな」という小馬鹿にした俊平の声が、いまも耳に残っている。

別室から聞こえてきた情けない父の泣き声も、あの日の強烈な雨音とともにあざやかに心に残っている。

☆

二年前の雨がウソのように、空には雲一つ浮かんでいない。母の三回忌は、通夜で経を唱えてくれた僧侶の寺で行うことになった。

母の友人を中心に、たくさんの人が来てくれた。嵐で参列できない人もいた通夜の日より多いくらいだ。

法事が始まるまで、まだ二十分くらい時間があった。みんなが和気藹々《わきあいあい》としている寺の境内に、健太の姿が見当たらない。どちらかと言うと内向的な僕や妻の深雪に似ず、小学校四年生になった健太はどういうわけか活発だ。

探していた姿は本堂の裏にあった。そこに設置された喫煙所で、健太は叔父である俊平とじゃれ合っていた。「もう、煙たいからタバコやめなよ！」などと鼻をつまみながらも、健太は昔から俊平になついている。

「ねぇねぇ、俊平おじちゃんって昔はモテたの？」

俊平が新しいタバコに火をつけようとしたときだ。想定外の健太からの質問に、俊平は「おっ」という表情を浮かべる。

「昔はってなんだよ。俺はいまでも普通にモテるぞ」

「ううん、それはウソだよ。お母さんが言ってたもん」

「なんて?」

「あの兄弟はモテないって。性格は全然違うけど、そこだけは一緒だって」

僕がいることに気づかずに、健太はずいぶんなことを言っている。さすがの俊平もやりづらそうに鼻をかいたが、僕を見つけるといたずらっぽく微笑んだ。

「いやいや、健太の父ちゃんだって昔は結構モテてたぞ。なんだよ、お前。好きな子でもできたのか?」

「べつに。そんなんじゃないけど」と、健太は頰を赤らめた。俊平の目もとが意地悪そうに歪む。

「ま、どっちでもいいんだけど、お前がモテないのを俺たちのせいにするなよな。お前がモテないのはお前のせいだ。DNAのせいじゃない」

健太が口をとがらせて俊平のすねを蹴ったとき、見たことのない壮年の男性が汗を垂らしながら喫煙所にやって来た。

健太はあわてて僕の背中に身を隠す。気に入った人間にはよくなつくけれど、基本的には人見知りだ。そんなところは親に似た。

「ああ、今日は暑いねぇ」と言いながら、男性はシャツの襟元をパタパタと扇《あお》ぎ、ポケットからシガーケースを取り出した。

「今日はわざわざありがとうございます。あの――」と丁寧に頭を下げ、名前を聞こうとするより一瞬早く、男性は楽しそうに肩をすくめた。

「君たちのお父さんはよくモテたよ。僕のおじいちゃんだね。学生時代、それはもう信じられないくらいモテたんだ」

「え……？」と、健太が目をパチクリさせる。

「すまないね。さっきの君たちの会話が聞こえてしまって。邪魔するつもりはなかったんだけど――」

父の高校時代の同級生なのだという。高畑《たかはた》と名乗った男性は好々爺然《こうこうや》と目を細め、おいしそうに煙を吐き出した。

思わず俊平と目を見合わせた。本音を言えば、どうでも良かった。自分の父親が高校時代によくモテた話になんて興味はない。

俊平も同じなのだろう。すぐに退屈したように身体を揺らし始め、僕の背後の健太にちょっかいを出す。

高畑さんは僕たちの気持ちを察してくれなかった。真っ青な空をまぶしそうに見上げながら、淡々と続ける。

「あれはいつだったたっけなぁ。たしか高二の頃だったと思う。うん、夏だった。君たちのお父さんをめぐって二人の女性が取っ組み合いのケンカを始めたんだ」

「え、なんですか？」

「音楽の教師と、歴史の教師。二人ともそれはキレイな人でね。学校中の男たちの憧れの的だった。その二人が、君らのお父さんをめぐって大ゲンカを始めた。あれはすごかったなぁ。すごすぎて若菜をやっかむ気にもなれなかったよ」

ふと見た俊平は大口を開《あ》けていた。「あんぐり」という表現がふさわしい、はじめて見るような顔をしている。

「な、なんだよ、そのAVみたいなエピソード。すげぇな」

思わずといったふうにこぼした俊平に釣られて、健太も「じいちゃん、超スゲー！」と、瞳を爛々《らんらん》と輝かせた。

僕も無意識に口を開いた。

「あ、あの、そのとき父はどうしたんですか？」

「うん？」と首をひねった高畑さんに、今度は気持ちを鎮めながら問いかける。

「いや、二人の女の先生が父をめぐってケンカをしたんですよね？　そのとき、当の本人は何をしていたのかなって」

「ああ、それはね――」と、高畑さんは静かにタバコを揉み消し、ただでさえ細い目をますます細めた。

「二人でジーパンを洗ってたよ」

「どうしても色の落ち具合が気に入らないとか言って、校庭の水飲み場で一心不乱にジーパンを洗ってたんだ。校舎の窓から見たその光景を僕は忘れられないよ。そのあとにあいつが先生たちのケンカのことを知ったのか、知ったとしたらどうしたのか、そのへんのことはさっぱり覚えてないけどね。ジーパンを洗っていたことだけは絶対だ」

再び俊平と目が合った。互いの顔にじわじわと笑みが滲《にじ》んでいく。一瞬のズレもなく、今度は二人そろって吹き出した。

「はぁ？」

僕たちと一緒に笑いながら、「俺、ちょっとじいちゃん探してくる！」と、健太が駆け足で去っていく。

そのうしろ姿を見送りながら、僕は高畑さんに頭を下げた。

「いやぁ、ちょっとホントにすごかったです。おもしろいエピソードを聞かせていただきました。ありがとうございます。なんて言うんでしょう。僕、はじめて父のことを――」

「尊敬した？」と満足そうに微笑む高畑さんに、僕は苦笑しながらうなずいた。

「そうですね。悔しいですけど」

「そうか。それは良かった。これは若菜に貸し一だな」と言って、高畑さんが新しいタバコをくわえようとしたとき、父が一人でやって来た。

「おお、高畑。ここにいたのか。今日は遠いところを悪かったな」

「なんの、なんの。嵐で電車が止まっちゃって、玲子《れいこ》ちゃんの通夜には参列できなかったからな。ずっと気に病んでたんだ」

「とんでもない。こうして来てくれただけで嬉しいよ。それよりお前、まだタバコなんて吸ってるのか」

「ん？　ああ、これか。わりと長い間やめてたんだけどな。また最近……。なんかちょっと自棄《やけ》になっちゃって」

「自棄？」

「うん。春からの一連の騒動で、俺は結局店を畳むことに決めたから」

「ああ、そうか。そう言ってたな。でも、だからって自棄になっていいことなんて一つもないぞ。気持ちはわかるけど、俺たちももう七十だ。身体も労《いたわ》ってやらなきゃ」

「まぁ、そうだよな。わかってはいるんだよ。でもな……」とつぶやき、一度は口を閉ざそうとした高畑さんだったが、さびしげな目をゆっくりと父に戻した。

「なぁ、若菜さ。また元の世界に戻る日って来ると思うか」

「うん？　どういう意味だ？」

「俺たちはもう以前とはまったく違う世界を生きているんだよなって、ついそんなことを考えてしまうんだ。空の色は何も変わらないのにって思うと、なんとなく感傷的な気持ちになっちゃってな」

そのまま視線を上げた高畑さんに釣られるように、父も青い空を見上げた。僕はボンヤリととなりの俊平に目を向ける。

つい数日前、お互いの家族を伴って実家に行ったときのことだ。なぜかそれぞれの妻子と父だけが買い物に行くという流れになって、俊平と二人で家に残された。

気まずいわけではなかったけれど、いつも通り会話は弾まなかった。なんとなくつけていたテレビではワイドショーをやっていて、それを睨むように見つめていた俊平が独り言のようにつぶやいた。

「そんなに元の世界が良かったのかよ」

ふっと我に返る気がして、僕もテレビに集中した。画面には有名な小説家という人が映っていて、その人がどこかしたり顔で『私たちはもう元いた世界に戻ることはできないんです』というようなことを言っていた。

まるで目の前に小説家がいるかのように、俊平は毒づき続けた。

「なんでテメーは元の世界をまるっと肯定してるんだよ。一年に二万も、三万も人が自殺してた社会が本当に正常だったのか？　感傷に浸る前に何か変えろよ。もっといい世界にするための努力をしろよ」

父は空を見上げながら満面に笑みを浮かべた。そして古い友人に向け、あの日の俊平とよく似たことを口にした。

「戻るに決まってるよ。いや、元の世界なんかよりずっと良くなるに決まってる」

風がやみ、誰の話し声も聞こえなかった。不意に立ち込めた静寂を拒むように、父はその理由を説明した。

意外と理屈っぽく、大上段に構えがちな俊平とは違い、父が語った理由はとてもシンプルで、父らしいものだった。

「悪夢を見たあとはいい夢が見られるし、大雨のあとは必ず快晴が待ってる。そういうふうにできてるんだ。俺たちがまさにそう。玲子の闘病はもちろん大変だったけど、あの苦しい時期を乗り越えてきて俺たちの家族はいまが最強だ」

「最強？」

「ああ。いまでは玲子が置いていってくれたプレゼントだったとさえ思ってるよ」

呆れたように苦笑する高畑さんの背中を父が叩いて、二人は先に本堂へ向かった。ぽつんと取り残された喫煙所で、俊平がおどけたように尋ねてきた。

「そうだったの？　最強なの？　俺たち？」

「さぁね、どうなんだろう」

「いやいや、全然違うでしょ。っていうか、俺たちこそ何も変わってなくない？　オフクロの病気があったからって、俺たちの関係は何一つ変わってないじゃん。親父のあの溢れんばかりの自信はいったいどこから来るんだよ」

「それはよく知らないけどさ。でも、意外と『俳優みたいでカッコいいこと』が理由じゃなかったのかもしれないな」

「はぁ？　なんだよ、急に」

「あの人がモテたっていう理由だよ。いまのお父さんはなかなか良かったもん。いまのは少しだけ感動した」

僕の顔をマジマジと見つめ、俊平は本気でバカにするように鼻を鳴らした。そのとき、健太が血相を変えてやって来た。

「ねぇ、二人とも何してるの！　もうそろそろ始まるって、お母さんたち怒ってるよ」

「ああ、わかった。すぐ行く」

「早くしてね！」

あの悪夢のような出来事を経て僕たちは生まれ変わったのか、母の闘病生活を乗り越えて家族が最強になったのか、正直、僕にはわからない。

ただ、わかることが一つだけある。まだ物語は途中であるということだ。たとえ誰かが去ったとしても、また新しい誰かが輪の中に入ってきて、ぼくたちの家族の物語はこれからも続いていく。あの日、歯車を必死に回し続けた先にあったのは間違いなく希望だった。それだけは、きっと正解だ。

そういえばワイドショーを見ていたとき、俊平が一ついいことを言っていた。その物語がより良いものになるためのことなら、僕も努力を惜しまない。

「近々、お父さんと三人でメシでも行くか」

空はますます青色の度を増している。

「はぁ？　今度はなんだよ」

「たまにはいいだろ。お父さんから〝女教師取っ組み合い事件〟の顚末がどうだったか聞いてみようぜ」

ほんの一瞬、俊平は興味をひかれた顔をした。

でも、振り払うように言い放った「いや、俺はいいよ。面倒くさい」という言葉は、不思議と耳に心地よかった。

# イッツ・プリティ・ニューヨーク

東山彰良

東山彰良（ひがしやま・あきら）

68年生まれ。作家。『流』『僕が殺した人と僕を殺した人』『夜汐』『越境《ユエジン》』『小さな場所』。

カメはむかしからどこか狂っていた。

中学から高校にかけて、ぼくたちは同じ団地に住んでいた。そもそも亀山亀《かめやますすむ》という名前からして、狂った両親がつけた狂った名前だとしか思えなかった。そんなチェックのシャツにチェックのジャケットを合わせたような名前をつける親がこの世にいるなんて、ぼくには到底信じ難いことだった。でも、亀山亀は間違いなくカメの本当の名前だった。亀をすすむと読ませるそのネーミングセンスに知性を感じるようになるには、ぼくはまだ幼すぎた。あのころぼくたちのクラスには愛理と書いてらぶりと読ませたり、風と書いてじゅうと読ませたりするやつもいたから、それはそれでありなんだろうなくらいにしか思っていなかった。

ぼくの考えでは、カメの名前をつけたのはカメの母親ではありえない。カメの母親は痩せぎすの筋張ったおばさんで、週二回のゴミ出し日にはいつもよその家のゴミを漁《あさ》っていたけれど、じつのところそれはゴミ漁りをしているわけではなく、自分の家で出た生ゴミをよその家のゴミ袋に紛れ込ませて捨てていたのだった。ぼくたちが暮らしていた街では、自治体の定めた一枚五十円のゴミ袋を使わないとゴミを回収してもらえない。その五十円惜しさに、そんな恥知らずなまねが平気でできる母親に亀をすすむと読ませる知性が備わっているとは思えなかったので、彼女がじつは東京の早稲田大学を出ていて、しかもニューヨーク市立大学で映画の勉強をしていたことがあると知ったときはびっくり仰天して開いた口がふさがらなかった。まさにぼくが早稲田大学の受験に二度失敗し、親に土下座してもう一年浪人させてくれとお願いしているときに、母が溜息混じりにそう漏らしたのだ。だからね、と母はぼやいた。そんなに早稲田にこだわることはないんじゃないの？　ぼくはそのことについて三日三晩考え抜いて、それもそうだなという結論に達し、そのとき受かっていた首都圏の私大に通うことに決めたのである。

カメの父親は小柄な無口な男で、団地の住人に会えばかならず頭を下げて挨拶をする好人物なのだが、どうやら若いころに刑務所に入っていたことがあるみたいだった。父によれば、亀山氏はそのころ三十歳をひとつふたつ過ぎたばかりの男盛りで、すでにカメの母親とは結婚していたのだが、妻が不埒《ふらち》にもよそに男をつくったものだから、その間男の右手の小指を盆栽の剪定《せんてい》バサミでちょん切ってやったという話だった。そういうところに人間が出るんだ、と父は言った。おれなら浮気した奥さんのほうをぶっ飛ばすだろうな。そのうしろでは、母が不信感のこもった冷たい目で父を見下ろしていた。浮気をされた男が採るべき道がどうであれ、亀山氏は奥さんのことをとても大切にしていて、ふたりで散歩しているところをよく見かけた。とりわけ奥さんのほうが交通事故で脚をやられてからは、亀山氏はやさしく彼女の手を取り、春ならば桜、秋ならば銀杏《いちょう》の樹々の下を、どこまでもよたよたと歩いていくのだった。

カメにはお姉さんがひとりいて、これがとんでもないアバズレだった。鳥と書いてう、たと読むのだが、亀山鳥は同級生だけでなく、父親の同僚とも金銭を介した肉体関係を持っているというもっぱらの噂だった。買い物帰りの母がたしかにこの目で見たと言うことには、亀山氏が勤める印刷会社の車のなかで、亀山鳥が中年男を相手に口にするのもおぞましい行為に耽《ふけ》っていたとのことだった。そうかといって化粧が濃いとか、服装が派手だというわけでもない。どちらかといえば地味で、いつもぼうっとしていて、鼻歌ばかり歌っているので、もしかしたら亀山鳥にはなにか病名がついているのかもしれないとぼくたちは秘かに思っていた。

カメに対するぼくの第一印象はあまり良いとはいえない。

父の仕事の都合でその小さな街の団地に越してきたまさに初日に、ぼくはカメを知った。三月も終わりがけの金曜日の午後だった。団地の桜は満開で、薄桃色の花びらがゆるゆると舞っていた。カメはぎゅうぎゅうに詰まった自転車置き場から自転車をひっぱり出そうとして、よくあることではあるけれど、勢い余ってほかの自転車をドミノ倒しにしてしまった。一台が次の一台を巻き込み、途中でひっかかることも過去をふり返ることもなく、まるで倒されるために配置されていたかのように滞りなくバタバタと倒れていった。カメは苦悶《くもん》の呻《うめ》き声をあげた。ぼくは同じ年恰好の子供が困っているのを見て、これはさっそく新しい友達をつくる好機だと心得、急いで自転車を起こすのを手伝ってやった。頭のなかではどうやって声をかけるかまで考えていた。やあ、きみもここに住んでるの、今度越してきた岡田《おかだ》です。カメは自転車をひっぱり起こすぼくをしばらくぼうっと眺め、それからまるでこの惨事を引き起こしたのがほかの誰でもなくこのぼくであるかのように鼻をふんと鳴らし、さっさと自分の自転車に乗って口笛を吹きながら行ってしまった。ぼくは愕然とし、次に腹が立った。やってられるか。そう思って立ち去りかけたとき、団地の窓からじっとこちらを見下ろしている年寄りの視線に気がついた。その非難がましい目に耐えかねたぼくは、けっきょくひとりで倒れた自転車をすべて元どおりにせねばならなかった。

そして、転入した新しい学校でカメと同じクラスになった（もちろんだ）。ぼくたちは中学二年生で、カメはクラスでのけ者にされていた。決定的な理由はなく、小さな理由が積み重なってみんなにばい菌のように扱われていた。給食のパンを机のなかに入れっぱなしにして白カビをびっしり生やした、トイレに行っても手を洗わない、口がくさい、どこそこのスーパーで試食品を食べまくっている、母親が気色悪い、頭のおかしいお姉さんがいるなどなど、たとえどれもが本当のことだとしてもそこまで非難されるいわれはないのだが、ところがどっこい相手がカメとなると、不思議と弁護してやろうという気が失せてしまう。当のカメ本人が馬耳東風なのも、みんなの気に入らなかった。トイレのあとに手を洗わない人って十五パーセントくらいいるってネットに出てたぜ、口のにおいは歯が悪いせいで、歯が悪いのは親のせいなんだぞ、そうそうそう、あのスーパーの唐揚げがめっちゃ美味いんだよな！

わかってもらえるだろうか。尊大にして鈍感、吝嗇《けち》にして大胆、不潔にして理詰め、とどのつまり亀山亀という人間は現代の日本ではなにかと生きづらくできているのだった。ぼくにしたところで、こんなやつにはなんの同情も覚えなかったし、あえて周囲との調和を乱してまで仲良くしようなどとは毫《ごう》も思わなかった。カメが馬鹿にされ、嘲笑《あざわら》われているときは、みんなの尻馬に乗って馬鹿にしたり嘲笑ったりした。そうすることで、いささかなりとも良心の呵責《かしやく》を感じることもなかった。言ってしまえば、カメは完全にイジメの負のスパイラルに陥っていて、もしも教師がイジメられるほうにも問題があるなどと発言しようものならこれはもうポリティカルコレクトネス的に大問題だけど、ことカメに関して言えば、すくなくともぼくは教師のほうに同情せずにはいられなかっただろう。この嘘だらけの世界には、あきらかに相手が悪いのにそれを言い立てることができない状況が存在する。そのころの担任がカメの問題にさほど悩まされずに済んだのは、ひとえにカメ自身にイジメられているという自覚がなかったからだ。クラスメートにからかわれても、LINEの仲間に入れてもらえなくても、飛び蹴りを食らっても、それがいったいどうした、馬鹿め、おまえらの人生だってそれほどご大層なものじゃないだろという諦観《ていかん》を滲ませて、小馬鹿にしたように鼻で笑うだけだった。そんなわけでカメは悪癖を改めることもなく、つねに自分らしくふるまっていた。いつだったか、クラスの園芸委員が丹精して育てた草花が斑点病にやられて全滅したことがあった。そのときもカメのやつは薄汚いブツブツの噴いた葉っぱを見て、すっげえ、まるで草間彌生《くさまやよい》のカボチャみたいじゃんと言って園芸委員の女子を号泣させたのである。

ぼくとカメは同じ団地に住んでいたので、学校帰りに期せずして同道することがあった。憶えているかぎり、ぼくのほうから話しかけたことはない。けれど、カメのほうが出し抜けに声をかけてくることがあった。春先にツバメが八百屋の軒下に巣をかけると、カメはその巣に雛鳥が何羽いるか教えてくれた。夏草が茂るころにカエルの鳴き声がやかましくなってくると、その声に負けじと子供の時分にそのへんで蛇がカエルを呑むところを見たことがあると叫んだ。秋虫のすだく声を聞きながら、どこそこのペットショップでは魚の餌用にコオロギを買い取ってくれるからいっしょに捕りに行こうと誘われたし、寒さで呼気が白く凝《こご》るようになると、やつは見えない煙草を吸っている体《てい》で白い息をぷかぷか吐きながら、もうあそこの毛は生えたのかなどと訊いてきたりした。大きなお世話だ、殴られたいのかとぼくが言い返すと、こないだ姉ちゃんの脱毛シートをこっそり腋毛に使ってみた、貼ってビリッと剥がすだけなんだけど、それが痛いの痛くないのとぼやきながら、制服をたくしあげて真っ赤に腫れあがった腋の下を見せてくれるものだから、ぼくは愉快になって腹を抱えて大笑いした。つい油断して、どうやら自分は発育が遅いみたいで、まだヒゲも剃ったことがないし、あそこの毛もまだ生えてないんだと打ち明けたところ、翌日にはそのことがクラスじゅうに知れ渡っていた。男子はぼくを見てにやにやし、ツルツル、ツルツル、とささやきあった。女子はぼくと目を合わせようとしなかった。怒り心頭に発したぼくは、しかし、ここでカメをぶっ飛ばしては我と我が身が余計憐れになるし、迂闊《うかつ》なまねをすればイジメの矛先がこっちに向きかねないとも危ぶんだので、どうにか耐え難きを耐えた。カメはなぜこんなことになったのかまるでわかっていないどころか、それ以前にぼくの苦境にまったく気づいてもいないようだった。うらやましいよな、と口を尖らせて言い立てた。あんなもん、べつにあってもいいことないもんな。平生どおり落ち着きなくきびきび動き回り、他人の顰蹙《ひんしゅく》や罵詈雑言など聞く耳を持たないくせに自分の考えばかりを機関銃のようにまくしたて、たとえ天が落ちてこようがいっこうに動じることなく周囲を不愉快にさせていた。それを見ているうちになにもかもが馬鹿らしくなって、いずれこいつをぶん殴るにしてもそれは今日じゃなくてもいいやと思い定め、いつしかそれも忘れてしまった。

中学を卒業すると、ぼくは進学し、カメは団地からバスで二停先の博多ラーメンのスープ工場で働きだした。

そのラーメン店は東京にも店を出していて、東南アジアにも進出していた。カメはああいうやつだから工場でもやはり煙たがられ、そしてああいうやつだからそのことにまったく気づいていなかった。本人でさえ気づいていないことをぼくが知っているのは、ひとえに亀山鳥が教えてくれたからだ。亀《すすむ》のやつ、こないだも工場用のゴム長をどぶ川に捨てられてんの、マジうける。高校二年生くらいから、ぼくは親に隠れて煙草を吸うようになっていた。煙草を吸いに団地の屋上へ行くと、やはり一服しに上がってきた亀山鳥とたまさか顔を合わせることがあった。ぼくたちはすぐに火を貸し借りする仲になった。

そのころ亀山鳥は、鳥原詩《とりはらうた》という源氏名でAVに何本か出ていて羽振りがよかった。化粧を覚え、髪を染め、いつ死んでもかまわないという空気を身につけていた。なのに不思議と荒《すさ》んだ感じはなく、それどころかほかの誰も知らない大事なことを知っているような雰囲気があった。彼女の話では、一本あたりの出演料はだいたい八十万円くらいで、人気女優になると百万円も稼げるらしかった。百万円で百本に出たら一億円になるからね、と彼女は言った。普通に生きてるのがアホらしくなっちゃうよ。ぼくたちは手すりに寄りかかり、灰色の街並みを眺めながら煙を吹き流した。見ていて楽しくなるものといえば、煙をもくもく噴いている風呂屋の煙突くらいだった。お母さんが言ってたんだけど、あの煙突ってこの街の龍脈《りゅうみゃく》に突き刺さっているんだって。鳥が言った。いい気が流れ込まないから、これから寂れていく一方なんだよね。その話を聞きながら、ぼくは亀山夫人はやっぱり狂っていると思った。だから話を変えて、一億円あったらどうするかと訊いてみた。無人島とか欲しいけど、一億くらいじゃ買えないだろうね。ぼくは頷いた。それにさ、と鳥がつづけた。そんなに楽でもないんだよね、男優がぜんぜん勃《た》たないときは手を貸してやんなきゃいけないし。そんなとき、ぼくは顔を赤らめるだけで、なにも言えなくなった。もっと自分に自信があるか、あるいはもっと自信がなかったなら、思い切って彼女にセックスの提案ができたかもしれない。まだ女性の体に触れたこともなく、頭のなかはそのことでいっぱいだった。だけど鳥のような女を口説けるほど面の皮は厚くなかったし、世のなかを儚《はかな》んで破れかぶれになってもいなかった。彼女のほうが気まぐれを起こしてくれることを期待しては、いつも虚しさばかりを舐めさせられていた。

ところがある日、その気まぐれがとうとう上輿《あげごし》に乗ってやってきた。それは烈火の如く暑かった夏が終わり、秋風が立ちはじめたころだった。団地の銀杏が色づきはじめていた。鳥になにがあったのかは知らないし、興味もない。大事なのは彼女の気まぐれの波に、サーファーみたいにうまく乗れるかどうかだけだった。そして、ぼくは知らず知らずのうちにその波に乗っていた。ふたりで煙草を吸っているとき、鳥が出し抜けに性経験の有無を尋ねてきた。まるでコンビニの新しいスイーツをもう食べたかと訊くような感じで。ぼくがもじもじしていると、彼女が悪戯《いたずら》っぽく笑った。見たことある？ その文脈でぼくに思いつくものは、ひとつだけだった。胸が高鳴り、鳩尾《みぞおち》が締め付けられた。見たい？ 酸っぱいものが喉に込み上げてくる。それを何度も呑み下していると、鳥はぼくの手を引いて屋上の貯水槽の陰に誘い、スウェットパンツを膝まで下ろして触ってもいいよと言った。

インターネットで見てなにをどうすればいいのかは知っていたけれど、ネット情報と実物とでは大違いだった。女性器の構造的な複雑さにたじろがずにはいられない。しかし、ぼくだって男だ。敵前逃亡など論外だった。こちらの戸惑いを、むこうは楽しんでいるみたいだった。ぼくは奥歯をぎゅっと嚙みしめた。征服か死か、ふたつにひとつという局面だった。まずは定石どおりクリトリスからだと覚悟を決めて、見よう見まねでそっと弧を描くようにして触ってみると、鳥の体が小刻みに震えた。なんだ、思ったより簡単じゃないか。彼女はぼくの肩につかまり、熱い吐息を耳にかけながら、はじめてじゃないよねとささやいた。そのことに勇気を得たぼくの指先は、探検隊のようにさらなる未知の領域へと分け入った。片脚を持ち上げて絡めてくる鳥のなかは、蠕動《ぜんどう》する熱帯雨林だった。調子に乗ってしばらく押したり引いたりぐるぐる回したりしていると彼女が痛がったので、ぼくは自分の慢心を後悔し、恥じ入り、初心に立ち返ってはじまりの場所へといったん退却した。クリトリスを挑発する指の動きに合わせて彼女の腰が波打ち、やがてぎゅっと首にしがみついてきてだめだめだめだめだめと連呼した。だめだと言うわりにはぜんぜんだめそうじゃなかったので指の動きを速めるとそれが吉と出て、鳥がううっと呻いて膝からくずおれてしまった。地面にぺたりと尻をつき、うつむいた顔に珠《たま》の汗を浮かべていた。顔を上気させ、息を弾ませている鳥を見ていると、体の奥底から力が湧いた。それは原始的なドラムのビートとなって股間から響いてきた。さあ、つぎはぼくの番だ、とうとうこの栄光の瞬間がぼくにも訪れるのだ。十七年間閉ざされていた鉄の扉が、軋《きし》みながら開こうとしている。期待と興奮で、いまにも爆発してしまいそうだった。

だけど、ぼくは鳥がカメのお姉さんだということをすっかり忘れていた。自分だけ満足してしまうと、鳥はさっさとスウェットパンツを穿き直し、煙草に火をつけて美味そうに一服した。そして妙にさばさばした感じで、弟が最近カメラに凝りだしたなどという話をはじめるのだった。ぼくは充血した股間を持て余したまま、仔犬のような憐れっぽい声でくんくん鳴いた。彼女を抱き寄せようとすると、邪険にふり払われてしまった。弟の友達とはそんな気分になれないから、というのが鳥の言い分だった。脳天を巨大なハンマーでぶん殴られたみたいだった。だったら、さっきのあれはなんだったんだ？　そっぽを向いて煙草を味わう鳥を見ていると、彼女がぼくの獅子奮迅の働きに対して報いるつもりなど毛頭ないことがわかった。世界のなんと広く、人間のなんと複雑なことか！　ドラムの音は耐え難いほどで、こんなペテンは到底許せるものではない。もし鳥がＬＩＮＥを交換しようと言い出すのがあと二秒遅かったら、拳骨にものを言わせていただろう。じゃあね、と鳥が言った。うん、とぼくは頷いた。彼女が煙草を踏み消して屋上からいなくなって三秒後に、はじめてのＬＩＮＥがとどいた。そこには〈雨降りそう〉とだけ書かれていた。ぼくは〈ＯＫ〉のスタンプを送り返した。それからもう一本煙草を吸った。雷鳴を呑んだ夕雲が、まるで血に逸《はや》る軍馬みたいに迫ってきていた。雨のにおいのする風に吹かれながら、ぼくはあのとき男であることの哀しみを学んでいた。この原始のドラムの音は、と思った。きっと女を守りもするし、殺しもするんだろうな。

それからも鳥に誘われれば犬のようにほいほい屋上へ駆け上がり、何度か指で彼女を慰めてやった。だけど、彼女はけっしてぼくとセックスしようとはしなかった。キスすらさせてくれなかった。ぼくがどんなに切ない声で懇願しても、彼女は笑って取り合わなかった。やだ、うける。そのくせ芸能人の誰某《だれそれ》と合コンをして、アイドルの誰某とやっちゃったみたいな話を平気でしてくる。ほら、ああいう人たちって世間の目があるからさ、マネージャーが女の子をあてがってやらなきゃだめなんだよね。じゃあ、おれにもやらせてよとすがりつくと、軽蔑したような目であたしはそんな女じゃないと言う。いったいどんな女なんだ！　肩を揺さぶって、横っ面のひとつも張ってやりたかった。おまえはそんな女なんだ、わからないのか、そんな女以外の何者でもないんだぞ！　もしかしたら、鳥はエイズかなにかに罹っているのかもしれない。そうだとしたら、すべては納得がいく。だけど、それを知るすべはなかった。八方塞がりだった。カメとはたまに道ですれちがうことがあったけど、まさかおまえの姉ちゃんってエイズなのと訊くわけにもいかない（まあ、カメならなんの屈託もなく教えてくれそうではあるけれど）。もしエイズじゃないとしたら、これはいったいどういうことだろう？　人間は誰しも誰かを踏みつけにして、どうにか自分を保っているのかもしれない。マスターベーションのあとに訪れるあの沈み込むような明晰さのなかで、ぼくはそんなふうに考えたりした。とりわけ社会に踏みつけにされっぱなしの人間はいつも誰かを踏みつける機会を探していて、見つけたが最後、踏んで踏んで踏みぬかずにはいられないのかもしれない。そうやって、本当にやさしくしたい人のためにやさしさを育てているのだ。何度も彼女からのＬＩＮＥを無視しようとしたけど、それは十七歳の健全な男子にとって生易しいことではなかった。マスターベーションによって研ぎ澄まされる決意は腹立たしいほどあっというまに鈍り、気がつけば鳥からの呼び出しを一日千秋の想いで待っているのだった。

愛憎に引き裂かれたそんな蛇の生殺し状態は、しかし、半年ほどつづいたあとで唐突に終わりを迎えた。

ぼくが事の真相を知ったのは、カメが傷害罪で逮捕されて少年院に送られたあとだった。つまり、気がついたときにはもうなにもかもが終わっていた。

事の次第はこうだ。

まず鳥が男に殴られて、鼻とあばら骨を折る重傷を負った。その男はカメの工場で働く二十九歳のペースト調合班の班長だった。鳥とその男の馴れ初《なそ》めや、ふたりがどういう付き合いだったのかは知らない。興味もない。だけど鳥がひどく殴られたと聞いたときは、同情や心配より先に納得して頷いてしまった。むしろ、加害者の男に同情した。神様はちゃんと見ていなさる。もし鳥がぼくを踏みつけていたようなやり方で他人のことも踏みつけていたとしたら、遅かれ早かれ痛い目を見るのは避けられなかったはずだ。

姉が救急車で運ばれた翌日、カメはその男を豚骨スープがぐらぐら煮立っている巨大なタンクに突き落とし、這い出ようとするところをスープ攪拌《かくはん》用のヘラで何度も殴りつけたそうだ。頭をガツンとやられて、男は白濁したスープにぶくぶくと沈んでいった。

カメはその場で同僚たちに取り押さえられ、ぐったりした男はスープの出汁《だし》になってしまうまえに運よく救出されたというわけである。駆けつけた警察は、被害者から立ちのぼるラーメンの濃厚な香りに口のなかが唾でいっぱいになった。彼らは喉をごくりと鳴らし、ふたりまとめてしょっぴいていった。

この一件で鳥を殴った男は執行猶予付きの有罪判決を受け、カメはカメで半年だか九カ月だかを少年院で過ごす破目になった。少年院に行っても前科がつかないことをぼくが学んだのは、このときである。他人の不幸はいつだってぼくたちに大切なことを教えてくれる。鳥を殴ったのがぼくではなく、ほかの誰かで本当によかった。カメとはべつに友達というわけではなかったので、やつの境遇に心を痛めるようなこともなかった。正直言って、小学校のときの友達がオートバイの事故で死んだと風の噂で聞いたときほども気にならなかった。

カメがお勤めをしているあいだも、日々は淡々と過ぎていった。ぼくは学校へ通い、受験勉強に打ち込んだ。カメのことを考えて勉強が手につかないなどということはいっさいなく、勉強に疲れると屋上へ上がって体を伸ばしたり煙草を吸ったりした。もしかすると鳥に会えるかもしれないといつもほのかな期待を抱いたが、そんなことは一度もなかった。貯水槽の陰に棲《す》みついている鳥の亡霊を見るたびに、後悔よりも命拾いをした安堵を嚙みしめずにはいられなかった。亀山鳥のような女は童貞を捧げるぶんにはおあつらえむきだけど、人生を捧げるとなると話はまったくべつである。もしあのまま鳥におあずけを食っていたら、ぼくだってなにをしでかしたかわからない。鳥の狂った弟に豚骨スープに沈められ、人生を棒にふっていたかもしれないのだ。誰にわかる？　何度か屋上から鳥を見かけた。鳥はスウェット姿でだらだら歩いていることもあれば、めかしこんで誰かの車に乗りこむこともあった。

　勉強をしていて不意に胸騒ぎを覚えたある深夜に、そろそろカメは放免されているはずだということに気づいた。だからといって、どうということもなかった。参考書から顔を上げ、しばらく窓の外の夜をぼんやりと眺める。小雪混じりの北風が団地のなかを恨めしげに吹き渡っていた。誰かが耳元でぼそぼそしゃべっているような音が聞こえたが、それは団地に暮らしているとよくあることだった。カメのやつはこれからどうするつもりなのだろう？　そんな答えが出ないどころか、じつは思ってもいないことを考えるともなしに考えた。偽善と言われればそれまでだけど、なんと言っても考えるのは無《た》料《だ》だし、それに自分の人間性に失望せずに済む。ぼくは本気で思うのだが、偽善こそはこの世界を回している重要な歯車のひとつなのだ。だって、それは協調性のもうひとつの名前なのだから。だから、ぼくは考えた。真っ白でなにもない空間について考えているみたいだった。それから、またぞろ参考書の問題を解きにかかった。カメのことを考えたのは、あのときだけである。

季節は移ろい、いろんなことが永遠に変わらないようで、すこしずつ変わっていった。亀山夫人が団地のまえで車に撥《は》ねられて瀕死の重傷を負った。運転していたのは無免許の十七歳の少年で、車は盗難車だった。鳥は順調にAVの出演作を増やしていた。彼女の人生は良くも悪くもなっていないみたいだった。父が東京の本社に呼び戻され、我が家は五年間暮らした街を離れて横浜に引っ越した。カメのことなんて、もうどうでもよかった。ぼくは大学を受験し、志望校に落ち、予備校へ通い、そしてまた受験に失敗した。もしあのままなにもなければ、亀山姉弟のことなどすっかり忘れてしまったことだろう。彼らがいたあの場所と時間は、ぼくの人生にとって大きな意味があったわけではないのだから。

だけど、嗚呼、人生というのはなにがあるかわからないのだ！

二浪して入った第一志望ではない大学を出て、第一志望ではない会社に入り、第一志望ではない赴任地で七年ほど働いたあとで、ぼくは会社を辞め、第一志望ではなかった妻と別れて旅に出た。このまま第一志望ではないもののなかで生きていたくなかった。中国からはじまり、チベット、インド、中東、ヨーロッパ、エジプトとまわってニューヨークにたどり着いたとき、たまたま足を踏み入れたグリニッジ・ヴィレッジのアート・ギャラリーで懐かしき友と再会した。

それは若手のフォトグラファー五人の作品を集めた、こぢんまりとした展示会だった。そのなかに〈Susumu Kameyama〉の作品があった。その瞬間、はじめてカメと出会ったときの記憶が甦《よみがえ》った。あの日、満開の桜の下で、ぼくはカメが倒した自転車をひとりでせっせと起こした。亀山亀はそれこそカメでも見るような憐れみのこもった目でぼくに一瞥をくれ、口笛を吹いて立ち去ってしまった。はじめは同姓同名だろうと思った。珍しい名前ではあるかもしれないが、まったくありえない名前ではない。パンフレットの説明を読むと、ススム・カメヤマの作品は「失敗作の輝きに満ちている」と評されていた。失敗作の輝き？　いったいなんのことだ？　あまりにも茫然としているぼくを見るに見かねたのか、ギャラリーの女性が話しかけてきた。

「ススム・カメヤマの作品はすべて失敗作なんです。絞りも露出もシャッタースピードもみんなでたらめ。写真を撮るときに、ファインダーすら覗かないらしいですよ」

白い眼鏡をかけ、髪をおかっぱに切りそろえ、目を黒々と塗りたくっている。花柄のワンピースにごっついブーツを履き、胸元からは鮮やかな刺青《タトウ》がのぞいていた。

「どういうことですか？」

「彼はなんというか……」それまで会ったどんな人間よりもニューヨークらしいその女性はすこし考えてから、unusual（普通じゃない）という言葉を選んだ。「若いころに少年院に入っていて、そのときに写真の勉強をしたそうです。いろんなフォトグラファーの作品を見たのですが、自分が思い描いていたようなものは見当たらなかったみたいです。はじめのうち彼は露出やらシャッタースピードやらに病的にこだわって……ごめんなさい、言葉が適切じゃなかったかも。でも、わたしの言いたいことはわかりますか？」

ぼくは頷いた。

「とにかく、ススムは一枚の写真を撮るのに最適と思える設定と光線に徹底的にこだわっていました。でも、それって誰もがやってることですよね。最初の失敗作はまったくの偶然なんです。まあ、意図した失敗作なんてないんですけど……あるとき絞りや露出をちゃんと決めてご自宅の窓から外の風景を撮っていたんです。そのとき急に呼ばれて、ふりむきざま一枚撮りました。外の風景を撮るための設定で、そのままお姉さんを撮ったんですよ。もちろん、映っていた写真はひどいものでした。まわりが真っ黒で、露出過多のお姉さんの横顔だけがかろうじてぼんやり映っていたんです。それを見てススムは、これだ！　と思ったそうです。This is what I want!（まさにこれなんだ）」

展示されているモノクロの写真をもう一度とっくりと見た。たしかにまわりが真っ黒に塗りつぶされていて、中央のぼんやりとした光芒《こうぼう》のなかに口を尖らせた女性の横顔が映っていた。長い髪を無造作に垂らし、ほとんど化粧っけがなく、ガラスのような虚ろな目をしている。それはぼくがたしかに知っている時代の亀山鳥だった。そのときの感覚を言葉にするのは難しい。うなじのあたりがちくちくと粟立《あわだ》ち、ずっと忘れていたドラムのビートがまたぞろ鳴りだしたような感じだった。ゆっくりと刻まれるビートのなかには、もうかつてのような切羽詰まった焦燥はない。留まることなく流れる時間の上澄みの下で、そのビートはもどかしいほどに遠く、かすかで、だけどあらゆるものに背を向けているみたいに頼もしく聞こえた。

そして、不意に悟った。たぶん、カメはずっとこの感覚のなかで生きてきたのだ。誰にも理解され得ない感覚を、カメはカメなりにずっと伝えようとしていたのではないか。ぼくは鳥の写真を見つめた。どう贔屓目《ひいきめ》に見ても失敗作以外の何物でもない。それでも、その写真からなにかを素手で摑み出せたような気がした。言葉を超越したある種の感覚を捉える努力を、自分がまったくしてこなかったことをすこし残念に思った。カメに対しても、鳥に対しても、その後の人生で関わったすべての人に対しても。たとえ報われなくとも、そうした努力はなにかを変え得たかもしれないというのに。あの日の曇天の屋上で、ぼくは一億円で島を買うことについてもっと真剣になるべきだった。

He is a permanent shutter bug of failure——それが、ギャラリーの彼女が亀山亀に送った賛辞だった。彼は永遠に失敗のカメラ小僧なんです。It's pretty New York, isn't it?（それってとてもニューヨークっぽいですよね）

「彼はいまこの街にいるんですか？」ぼくは尋ねた。

「いいえ」彼女はかぶりをふった。「彼は日本にいます。筋金入りの旅嫌いなんです。

写真を撮るとき以外は、生まれ育ったアパートメントに引きこもっているらしいですよ」

ぼくは頷き、腕組みをしたその女性としばらくいっしょにススム・カメヤマの作品を見てまわった。まともな構図のものはひとつもなく、ピントも露出もてんでなっちゃいない。けれど、どの写真にもカメの息遣いを感じ取ることができた。まったくカメらしい。成功のかわりに、失敗を狙うなんて。世界はぶれぶれで、フレームに収まりきらず、なにもかも失敗だらけだけど、断固としてこのままでいいのだと叫んでいるみたいだった。

ぼくは女性に礼を言って、ギャラリーをあとにした。亀山亀がいまもあの団地で前科者の父親と、狂った母親と、アバズレのお姉さんと暮らしているのだと想像するだけで、ひとりでに笑みがこぼれた。

外に出ると、雨が降りだしていた。

ぼくは傘を持っていなかった。けれど、そんなことはまったくどうでもいいことだった。第一志望ではない人生？　いいじゃないか！　それだって、It's pretty New York と言えなくもない。

なにも持っていない

右腕

藤野可織

藤野可織（ふじの・かおり）

80年生まれ。作家。『爪と目』『ファイナルガール』『ドレス』『私は幽霊を見ない』『ピエタとトランジ〈完全版〉』『来世の記憶』。

三月のはじめに買ったスプリングコートはあまりにも軽くて薄くて、右のポケットに入れたスマートフォンの重みで生地が非対称に引きつれていた。枝々から噴き出した新緑は蛍光色で、真昼で、空は平たく白くまぶしく、路上の影はすべてきわめて薄かった。通りを行き来する車はまばらだった。歩道橋の階段はコンクリートで、隅っこに枯れた葉が溜まって濡れて乾いたものが小さく堆積している。

さっき横切ってきた公園は、そこだけ異様な人口密度だった。すべての遊具には子どもたちが組み付き、遊具にあぶれた子どもたちは奇声を上げながら駆け回っていた。その隙間を、ベビーカーをあやつる大人たちが、忍びの者のように音もなく行き交っていた。木の根元や柵や壁際には、歩き始めたばかりの子たちと、忍耐をもってそれを見下ろす大人たちがいた。大人のうち女性はほとんどの人が帽子をかぶっていた。立ち話をしている男性たちがいた。腕組みをして、シャツ姿だった。石のベンチでは、下着とみまがうほど生地の薄いTシャツを着た男性ふたりがそれぞれ端と端に距離を取って腰掛け、満面の笑みを浮かべて会話をしていた。大人の中では、彼らだけがマスクをしていなかった。マスクをしていないために、彼らが互いを気遣ってさして長くもないベンチの端と端に座っているのか、それともマスクをしていても、あるいはこんなふうな世の中になっていなくても男の人というものはあんなふうに距離を取って座るものなのか、私にはわからなかった。大学生のとき、大学図書館の入り口周辺は大きくて清潔そうなタイル敷きになっていて、そこで幸福そうに会話しているふたりの男子学生を横目で見ながら図書館に入ったことを、不意に思い出した。彼らのうち一人は足を長々と伸ばして座っていて、もう一人はその太ももに頭を置いて寝そべっていた。それから、たぶんもう少しあとのことだったと思うけれど、デパートでちょっと急いでいてエスカレーターを歩いて降りていたら、ふたり並んで立っていた若い男の子の一人が、相手の腰に手を回して何か言いながら自分のほうに引き寄せ、私を通してくれたことも思い出した。身体を寄せ合っていた彼らは恋人どうしで、離れてベンチに座っている彼らは友人どうしと考えればいいのだろうか？　しかしそうであったとしてもなかったとしても、私には関係のないことだった。彼らが、どの彼らも、なにを言っていたのか私は聞かなかった。

公園をあとにするとき、ここだけが人類が呼吸するのに最適な酸素が供給されているドームかなにかで、一歩でも出たら死ぬ、と考えてみた。一歩出て、はい死んだ、と思った。痛みも苦しみもない、すんなりした死。

歩道橋の階段を上っているあいだも、背後の公園からは子どもたちの歓声や怒号が聞こえていた。感染症が流行して、小学校は休校になっていた。小学校だけじゃなかった。学校と呼べるものはすべて休校だった。図書館も、美術館も、映画館も休館だった。肩を揺すってスプリングコートの平衡を取り戻そうとした。無駄だった。左のポケットにはごく小さな財布と家の鍵を入れていたが、スマートフォンの重みは別格だった。私も、出勤しなくてよくなっていた。出勤しなくなると、毎日のように使っていたセリーヌのトートバッグを使わなくなった。持つのはせいぜいエコバッグくらいで、今みたいに手ぶらで出かけることもできた。コンタクトレンズもつけなくなった。マスクをして、眼鏡で出かける。そうなると化粧も、日焼け止めだけになった。

階段を上り切ると、急に空が開ける。まっすぐに延びる歩道は、ほんのわずかにふっくらと膨らんでやや左右に傾斜していて、それが少しいやだなといつも思った。あまりその膨らみを気にしていると、うっかり手すりのほうへとよろめいてしまいそうだった。傾斜するなら、真ん中に向かってすり鉢状に傾斜しているべきだ。手すりだってもっと高くていいはずだった。これでは、ふつうに歩いていて落ちることはないけれども、落ちようと決断しさえすればかんたんに落ちることができてしまう。

歩道橋の真ん中に子どもがいることは、階段を上り切ったときから見えていた。その子どもは膝をつき、手すりの柵に取りすがっているようだった。男の子か女の子かはわからなかった。歩きながら、ちょっと右後ろを振り返った。その先に、あとにしてきた公園があった。桜はだいたいが終わっていたが、公園には一本だけ、しつこく花をつけている桜があった。花は身を寄せ合って咲いて子どものこぶしほどのかたまりになっていた。それを細い枝が、もったりと差し出していた。花すれすれに走る子どもたちは、見向きもしなかった。その桜は、歩道橋の上からは見えなかった。膝をついている子どもは、公園に背を向け、公園から遠い方の柵に身を預けていた。近づくにつれ、左手で柵の一本をしっかりと握り、右腕は柵のあいだから突き出しているのだということがわかってきた。子どもは、静かに呼吸をしながらそうやっていた。私は声をかけるつもりはなかった。けれど、背後を通り過ぎるとき、子どもは背をこわばらせ、まっすぐ柵の向こうに投げていた視線をちらりと私にやってみせた。それは、合図だった。子どもは私に話しかけてほしがっていた。おそらくは、子どもの最初の目撃者である私に。私は二歩行き過ぎてから、立ち止まった。

「なにやってるの」マスク越しでもちゃんと聞こえるように丁寧に発音すると、下手な演技をしているみたいで自分がいやになった。

近くから見下ろしてみても、男の子なのか女の子なのかはわからなかった。子どもは髪がみじかく、右の目頭をほの白い目やにで光らせていた。マスクはしていたが、顎《あご》までずり下げられていた。公園にいた子どもたちもそうだった。マスクをしていない子も多かったし、している子はほぼ全員が口や鼻ではなく顎を覆っていた。ふざけて額を覆っている子もいた。

子どもは返事をしなかった。訴えかけるように私を見て、また柵の向こうに目をやった。私は服装から性別を判断しようとした。ふくらはぎの真ん中くらいまでの丈のカーキのカーゴパンツにグレーと白のボーダーのTシャツ、白地にクローバーの柄の靴下、薄紫色のスニーカー。わからなかった。私は子どもの隣にしゃがみ込んだ。ポケットのスマートフォンがスプリングコートの布地ごしに通路にぶつかって、ゴッと身体に響く音がした。子どもが空《くう》に差し伸べていた右腕をぎこちなく曲げて柵のこちら側へ戻した。子どもは鎖をてのひらにひっかけて握っていて、余った鎖がこぶしから長く垂れ下がっていた。その先にぶらさがっているチャームが、柵に当たってピン、ピン、と小さな音を立てた。

「それはなに？」わかっていたけど、聞くしかなかった。

「ネックレス」

子どもの声はわずかにひび割れていた。子どもはそれを少し持ち上げて私に見せた。金色の鎖に、金色の小さな鍵のチャームがついていた。チャームの鍵は、持ち手がクローバーのかたちをしていて、歯はアンティークの鍵みたいに片側に四角のでっぱりがあるだけだった。ひと目でおもちゃだとわかったが、自信はなかった。ティファニーなんかにも、そういうデザインのネックレスがあるような気がした。もっとよく見れば、鍵の側面に型の合わせ目なんかがあって、おもちゃだと確信できるかもしれなかった。それにもし渡してもらえれば、感触と重さで瞬時に判断できるだろう。

「いいね。それ」私は言ってみた。

「もらった」子どもは即答した。

「誰に」

「お姉ちゃん。本当はお姉ちゃんがもらったんだけど、ずっとほしくてでもぜんぜんくれなかったんだけど、でももういらなくなったからくれた」

「お姉ちゃんはなんでいらなくなったの」

「彼氏と別れたから」

「ああ」私は相槌《あいづち》を打った。この子どものお姉ちゃんというのはいったいいくつなんだろう。いまどきは小学生でも彼氏がいておもちゃのネックレスをプレゼントしてくれるのかもしれない。そうではなくて、お姉ちゃんはすごく年上で、彼氏も大人で、これはティファニーなのかもしれない。

子どもはまた、それを宙空に浮かすことにしたらしかった。鍵のチャームはまたピン、ピン、と柵と柵のあいだで激しく身をよじりながらあちら側へ差し出された。

私と子どもは並んでまっすぐそれを見ていた。人は来なかった。下の歩道には、犬を散歩させている人がいた。自転車が通った。車道を、車が一台通った。公園からの子どもたちの声は途切れることがなかった。

「なんでそれ、やってるの」

「大事だから」

子どもは真剣だった。大事だから。私はその意味するところを考えてみた。わからなかった。

「大事なんだったら、大事にしたほうがいいよ。そんなことしてて、落としたら悲しくない？」

子どもがぱっと手を開いた。あっと思ったが、鎖はてのひらにひっかけてあるので落ちなかった。子どもが柵を握っていた左手をカーゴパンツの太ももでごしごしと拭《ふ》いて、柵を握り直した。あっちで開いて風を受けている右のてのひらも、汗ばんでいるのだろうとわかった。右のてのひらがそっと握られ、それからまた開かれた。

私は立ち上がった。子どももさっと右手を体にひきつけて立ち上がり、すると、子どもの身長と手すりの高さはあまり変わらなかった。子どもは今度は、背伸びをしてその手すりの向こうに右腕を突き出した。腕は、柵から出していたときのようにまっすぐにはならず、斜め上を向いていた。その先に、チャームの鍵が光って揺れていた。

歩道橋の通路がしんしんと揺れていて、階段のほうからだん、だん、だん、と上がってくる音がしていた。

「じゃあね」と私は言った。子どもは答えなかった。

勢い余って公園から飛び出てしまった子どもたちが通路の端に姿をあらわし、「どぅわー」と言いながら走ってきた。男の子も女の子もいたと思う。私はもう通路を折れて階段にいた。階段を下る私に聞かせるためにわざと大声を出しているのかと疑うほどの声で、「なにしてんのー」と子どもたちのひとりが言った。

ネックレスの子どもが、「ネックレス」と答えるのがはっきりと聞こえた。

「なんでそんなことしてんの」

「大事だから」

「意ー味ーわーかーらーん」

やっぱりな、と私は思った。

でも次の瞬間、「じゃあ私も、家から大事なもの取ってくる」という声が響き渡り、「私も」「おれも」と同調した子どもたちがあっというまに私のうしろに迫った。私は身をよじって脇に避《よ》けた。子どもたちが、「すみません」「さっせん」「すみませーんっ」と口々に、私を見もせずにそう言って、狭い階段を駆け下りていった。

階段を降り切って少し歩いてから、歩道橋を振り返った。ネックレスの子どもがネックレスを掲げているのを見たかった。誰もいなかった。では、さっき駆け下りていった子どもたちの一団の中に、あの子どももいたのか。私は少しも気がつかなかった。

道路沿いに、濃いピンク色のツツジが咲いていた。ツツジの漢字を確かめるだけのために、ポケットからスマートフォンを出した。躑躅《つつじ》。一時期、練習して書けるようになっていたのに、もう無理だった。ピンク色の濃過ぎるツツジは好きではなかった。つぼみをふくらませたタチアオイが、もう少しで横倒しになるというところまで斜めになって、歩道を遮っていた。たぶん、私よりも背が高いタチアオイだった。それを小さく迂《う》回《かい》して、私は進んだ。コンビニの前の街路樹は、ハナミズキだった。かぱっと開いた白い花が、たくさんついていた。スマートフォンを出して写真を撮ろうと構えた。空を覆う雲は発光していて、ハナミズキは逆光で薄汚れて見えたので、撮らなかった。コンビニでカップ麺と炭酸水を買った。炭酸水は、コンビニを出てすぐに開けた。マスクをしたまま飲み口を口に入れようとして、炭酸水がとっくんとこぼれてマスクを濡らした。炭酸水はスプリングコートにも落ちた。スプリングコートは撥水《はっすい》加工されていたので、炭酸水はきれいな玉になって転がり落ちていった。それから、花屋まで足を延ばして、葉っぱみたいな白けた緑色のアジサイを一輪買った。アジサイはいつの季節でもけっこうあって、すごく日持ちがする。花屋は入店制限をしていて、入り口で声をかけると店員が出てきて手にアルコール除菌スプレーをしゅっしゅとやってくれた。客は私ひとりだった。

帰りは、歩道橋を通らない道を歩いた。花屋に寄ったので、そのほうが住んでいるマンションまで近かった。帰り着くころには暑くて、もうこのスプリングコートもいったん着納めになるだろうと思った。帰ってすぐに、下駄箱に外したマスクを置いた。くちもとがさっと涼しくなって、さっきまでマスクのせいで顔まで暑くて不快だったのだとわかった。ベランダの窓は開け放したままで出かけていた。九階だった。テーブルの上の書類は、マグカップを重石《おもし》にしておいたから無事だった。ノートパソコンも開いていて、いったいいつから電源を入れたままになっているのかわからなかった。テレビはなかった。ニュースはネットで読めるし、見たいのはドラマか映画で、それもパソコン一台でじゅうぶんだったから。ポケットのスマートフォンと財布と鍵をテーブルに出して、コートを脱いだ。花切り鋏《ばさみ》で、買ってきたアジサイの茎を削《そ》いで中の白いわたをけずり落とした。それを、ガラスの花瓶に生けた。キッチンで水を入れて、拭かずにテーブルに置くと、テーブルに落ちた水がぷっくりと盛り上がってつやつやしてかわいかった。私はそれを放っておくことにした。すでに世界中で三〇万人以上の人々が死んでいた。日本では八〇〇人ほど。パソコンかスマートフォンのどちらかで、なにもない土の地面に鍵盤《けんばん》みたいに棺が並んでいる写真を見たことがあった。望めば、もっとたくさんの情報を私はいつでも仕入れることができた。コンロの下の棚を開けて、お酢やオリーブオイルや胡麻油《ごまあぶら》の瓶のうしろからはちみつの容器を見つけ出した。やわらかいプラスチックの容器のなかで、はちみつは結晶化してじゃりじゃりだった。私は小鍋に水を張り、はちみつの容器を浸けて火を点けた。昨日までヨーグルトにかけて食べていたジャムは、今朝になってとつぜん黴《か》びていた。りんごのジャムだった。ごく薄いりんごの色の輝くとろみの上に、ふわふわした丸いものがちょんと浮いていた。中身を捨て、ラベルをはがし、洗ってぴかぴかになった瓶が、まだシンクで濡れて光っていた。今朝はヨーグルトはなにもかけずに食べ、食べてしまってからこの家のどこかにはちみつがあったはずだと思い出して、そして今、散歩のあとにこうやって容器ごと湯煎《ゆせん》している。今。今っていつだろう。水が沸きはじめていた。マグカップの下の書類がカサカサ言って、窓から風が入ってきているのがわかった。あとで私は、今をどのような言葉で思い出すのだろう。感染症が流行した春か、あるいはその後何年にもわたって続くことになるあの感染症が流行しはじめた最初の春か。その言葉が思い浮かんでも私は大して動揺しなかった。それはただの言葉だった。私は、ぽこぽこ沸いた湯から突き出ているキャップ部分を指でつまみあげた。傾けると、品質表示の黒く細かな字の向こうで、はちみつも期待通りになめらかに傾いた。私は火を止めた。私は疫病が蔓延《まんえん》していることを信じていないのかもしれなかった。私は知り合いが感染症にかかったとはまだ聞いたことがなかった。私は健康で、一人暮らしで、仕事を失ってはいなかった。私はこうなる前から、大して誰とも会いたくなかったし、特に誰とも触れ合いたくなかった。外に出れば、休校で行く場所を失った子どもたちが力の限り駆け回っていた。今、今ごろは、それぞれ大事なものを手にしたあの子どもたちが歩道橋に戻ってきて、柵のあいだからめいっぱい、腕を脇が柵にひっかかるまで伸ばして伸ばして、冷たい汗がずんずん湧く手に握りしめて宙にかざしているかもしれなかった。私も仲間に入ればよかったと思った。だとしたらなにを持っていく？　ひどい近眼だから、この顔の上に載っている眼鏡？　なかったら仕事ができなくて困るからノートパソコン？　今はこういう時期だから、スムーズに機種変更ができないかもしれないスマートフォン？　それとも三年前、スイスを旅行したときにアンティークショップで買って、Tシャツでぐるぐるまきにして持って帰ったランゲンタールのカップアンドソーサーとか、そういうもののほうがいいのだろうか。私はベランダに出て、手すりに身体を預け、なにも持っていない右腕を伸ばしてみた。その手にはなにか大事なものを持っていて、それは私の不注意とか気まぐれによって台無しになって二度ともとには戻らないのだと考えてみた。分厚い雲が光ではちきれそうになりながらじりじりと動いていた。私は、歩道橋から伸びてゆらめく無数の腕のことを思った。

とつぜん、私は右腕をものすごい速さで引き戻し、汗で冷たくなったにぎりこぶしを胸に強く抱き、自分でやったことのその勢いで跳ね飛ばされたみたいにうしろにころんだ。尻から上を室内のフローリングにつけ、立てた膝下はベランダの床に投げ出して、私はきつくかたく右手を抱きしめた。右手を押しつけ過ぎて痛む胸骨の奥に、激しく鼓動する心臓があった。私は長いことそのままでいた。

# ディア・プルーデンス

星野智幸

星野智幸（ほしの・ともゆき）
65年生まれ。作家。『俺俺』『夜は終わらない』『呪文』『焰』『星野智幸コレクション』。

ぼくは青虫。もとは人間だった。どうやって青虫になったかというと、想像すれば現実になると聞いたから。ずっと自分一人でいるのなら、おまえはおまえ自身が想像したものそのものであるのだ、と言われた。

それで、人間でいたらこのままのたれ死ぬか、発症して腐れ死んでしまうので、ぼくは腐れ病《やまい》に感染しない生き物として、青虫になることにした。

今ぼくは庭に生きていて、草ばかり食べている。ほぼ起きているあいだじゅう、草を食《は》んでいる。

でも草はなくならない。ぼく一人が食べる速さより、草が育って増えていく勢いのほうが強いから。ぼくも動きが鈍《のろ》いので、人間だったときと時間の感覚が違って、草が伸びたり動いたりするのが見える。人間だと、植物の動きはゆっくりすぎて止まっているように見えるけど、ゆっくりすぎるぼくには植物は自分と同じように動いて見える。

その代わり、人間とか他の生き物は、昔のフィルム映画みたいに、早回しで見える。何でそんなにせっかちなのか、可笑《おか》しい。

屋外の庭だから、敵もいる。鳥はやばい。スズメとかムクドリとかカラスは危ない。瞬間移動してるのかってぐらい速いし。カラスなんて、人間の出すゴミが激減したもんだから、それまでは見向きもしなかったぼくら青虫なんかを食い始めた。「なりふりかまわない姿は惨めだな」とぼくはカラスに言ってやったことがある。カラスは、「おまえなんて食おうと思えばいつだって食えるんだ。食わないどいてやってるけど、おまえの命はこっちに握られてる。せいぜい、いつ食われるか気の休まらない日々を過ごすことだな」なんて憎《にく》そいこと言いやがった。

カラスが話すわけない、と思ってるでしょ？ ところがどっこい、その気になれば聞こえてくるんだよ、声が。アーアーとか、カァーとかしか鳴いてないように聞こえるけど、必死で想像してると、意味がだんだんわかってくるんだよ。そのうち、想像しなくても言葉として聞こえるようになる。

ツバメには、ぼくのぶっといピンクのツノを伸ばして威嚇《いかく》し、くっさい柑橘《かんきつ》のにおいを浴びせてやった。ツバメは表情も変えずにぼくをチラリと見ると、「若いっていいよね、粋《いき》がる時期も必要」と言って、気取ったスタイルで飛び去った。粋がってんのはどっちだよ、気障《きざ》ヤロー、とぼくはもう遠くて届かないツバメに毒を吐いた。

シジュウカラとかウグイスとかヒバリとか、鳥には詩人系も多い。あいつら、何でも詩でしゃべるんだぜ。「うつせみばかりの昼下がり　われは飢えて植えて上手《うわて》に羽ばたく　あーそうですか　そうですか」とか。意味わかんねー。

スズメバチなんか、ぼくを嚙み砕いて練り物にして肉団子作って、蜂の子に食わせるらしい。うおー、ムカつく！　ぼくだって食いてえよお、自分の肉団子。うまいに決まってる。くそっ、いつか蜂の子食ってやる、甘くてうまいんだぜ。と、思うものの、ぼくは草しか食べないから青虫なのだ。肉食ったら、肉虫だ。肉虫にはなりたくない。

ぼくについては、気色悪い、触りたくない、ぷにぷにしている、うぶ毛がなければグミ、つぶれると中の液がドス緑で耐えがたい、食い意地が張ってる、奇抜なファッションセンスがある、将来が楽しみ、と人によって評価はまちまちだ。

でも何と言っても、青虫は食いながらあたりかまわずうんちをしていいし、だからってあたり一面が汚れることもないのが、楽チンだ。やっぱり人生、楽に生きたいですよね。人に気を使わずに、人の顔色なんかうかがわずに。したいことを、したいときに、したいように、する。葉っぱヤって、敵とディスり合って、ときところかまわずうんちして脱糞の快感に震えて恍惚《こうこつ》となって、夜は眠りこける。敵も昼しか動けないからね。

そんなルーティーンの中に、もう一つ、ぼくには楽しみがある。それは、庭に面した窓の部屋の子とおしゃべりすること。

その子のことは、見たことはない。何しろ、ずっと部屋の窓も鎧戸《よろいど》も閉めて、閉じこもってるから。

でもぼくはそこにその子がいることを、ずっと知っていた。青虫になる前、ぼくは隣の家の住人だったから。隣の、古い1Kのアパートの二階で一人で暮らしている、六十七歳の女だったから。

ぼくのアパートのちびっこいベランダから、塀越しにその庭は見えた。ぼくはスーパーのレジ打ちのパートがない昼下がりに、その庭のレモンやライムの、黄を帯びた白い小さな花が咲くのを、うっとりと眺めるのが好きだった。そしてその後で、生《な》った実を収穫して、うちでパスタやパエリャやタコスに使って、その香りをかぐのを想像するのが、たまらなく贅沢《ぜいたく》だった。

ぼくがアパートに越してきた約二十年前、その子はすでに部屋に閉じこもっていた。もっとも、その子だけじゃなく、世界中が閉じこもっていた。触るだけでうつる腐れ病が、すでに流行《はや》り始めていたのだ。

感染すると臓器が冒され、最後には皮膚がところどころ溶けて、桃の香りのする甘い水蜜を流して死にいたるこの病は、あたかも触った部分からうつって腐敗していくかのようで、桃皮熱《とうひねつ》と名づけられたけれど、ちまたでは腐れ病と呼ばれてもいた。

感染しないためには家や部屋や路上の物陰に閉じこもるしかなく、閉じこもって他人と長らく会わないでいるうちに、不安と恐怖で脳が腐っていくから、腐れ病。脳が腐って、世界は滅亡しかかって自分もこのまま腐れ死んでいく、あるいは自分だけ無意味に生き残るという終末の姿が、音も光も臭いも伴った幻覚として見えるようになるから、腐れ病。そうして腐れ爛《ただ》れてしまった精神で、自分や自分ではない人間を、オモチャのように壊し始めるから、腐れ病。

暗黒の時代がどれほど続いたのかは、わからない。みんな部屋でじっとして、外をも外からも見えないように窓もカーテンも閉めて、何ごとも起きてはいない、と思い込むようにした。外に一歩出れば、そこには人々が初対面でも手をつないで輪になって踊れるような光景が広がっているにちがいない、でも自分はたまたまうちに居続けてるだけ、と、信じ込むことで正気を保っていた。だから暗黒な歴史は知らないし覚えていない。記憶喪失って、選べるんだよ。

そのうち、触らなければ近くにいても大丈夫ということが徐々に確認されていって、宇宙服みたいな装備がとりどり発明され、大胆な人から順に少しずつ外に出るようになった。ぼくはもう一生、外に出る気なんかなかったけど、青虫になったおかげで出ることになった。

隣の子は、それでも外に出なかった。家の、他の人はみんな死んでしまったという。ご近所同様、ぼくも声をかけたけど、その子は出てこなかった。その子ももう生きてないだろうとか、そもそも部屋には誰もいないとか、いい加減な噂は立ったけれど、警察や役場が調べるわけでもなく、無根だった。何よりも、ぼくはその子と話してるのだから。

また、想像すれば聞こえてくるって話かよ、って思ったでしょう？

当たり。隣のアパートにいたときは無理だったけど、青虫になってから話せるようになった。だって、庭と窓だからね。四六時中、ぼくは話しかけた。

おはよう。今日は元気？　もりもり野菜食べてる？　分けてあげようか。好きなタイプのセミは何？　好みの菊の名前でもいい、参考のために教えてほしいな。あ、大きな声を出そうとしなくていいよ。囁《ささや》くだけでいい。自分だけに聞こえるぐらいの、息だけの囁きで。いや、息の声さえ出さなくていい、頭の中で思うだけで。ぼくに向かって思えば、その感じだけでも伝わってくるから。

でもその子は、なかなか答えてくれなかった。ぼくは毎日、答えやすそうな質問を考えては、問いかけるのをやめなかった。

葱《ねぎ》ぼうずは好き？　浅葱《あさぎ》色と鳥の子色と黄《き》蘗《はだ》色、お茶にするならどれが希望？　今、何考えてたとこ？　ぼくはお菓子の家に住んでるようなもんだって、知ってた？　青虫になるの、案外たやすかったから、ちょっと綿毛にでもなったつもりで出てみたら？

怖いから無理。

なら、いいんだ、無理はよしとこう。

それが初めての会話だった。ぼくは有頂天になって、少し踊った。青虫だって踊る。なかなかのロッカーなんだぜ。上半身を起こして、頭をプリプリと激しく振るんだ。人は嫌がるけどね。

それからまた何日かは、ぼくが問いかけても無言だった。でもぼくは心配しなかった。一度答えてくれたっていうことは、話す気はあるんだとわかっていたから。ただ臆病で慎重なだけなんだ。

それでぼくはその子を、内心でこっそり「しりごみちゃん」と名づけた。「尻ゴミ」じゃなくて「後込み」だぞ、勘違いすんな。

怖がりでためらい屋さんなしりごみちゃんが次に言葉を発してくれたのは、ぼくが脱皮をした後だった。

前日から、胃もたれして食欲がなく、体調も悪いなと思っていた。まさか青虫でも腐れ病に感染するのか、と不安になった。その日は風や日を避けて、穏やかな葉の陰で休んでいた。

一晩寝て目が覚めたら、今度は気力体力が漲《みなぎ》っている。繁殖できるような気さえした。

繁殖って言っても、生殖じゃないよ。もう、生殖で繁殖する時代じゃない。何せ、腐れ病は生殖を不可能にしたから。

触れば感染するから、罹患率《りかん》があれだけ高くなった以上、性交は命がけだった。たくさんの人が生殖で感染して、命を落とした。それで人工授精に雪崩を打ったけれど、出産の際の母体との接触で新生児が感染死する事例が相次いだ。手術で新生児を取り出すことが模索されたり、人工子宮の開発が進められたりもしたけれど、多くの人が疲れきってしまい、生殖から目を背けるようになった。

かくして世界の人口は減り始め、若い人も減っていく。

これが人類の運命だったのかな、ヒトっていう種の寿命が尽きたのかな、と諦めとともに現実を受け入れる風潮が広がっていくなか、にわかには信じがたい風変わりな繁殖例が、同時多発的に広がっていた。

もうおわかりですね。そう、想像すると増えている、というやつ。想像妊娠とかじゃないよ。思い描けば、それは実在してるんだ。

だから、赤ん坊である必要さえない。ぼくが本当に切実に、一緒に並んでレモンの葉を齧《かじ》ってくれるアオスジタテタの青虫を欲したとする。それはもう真剣に、全身全霊で欲しなければならない。すると、そこにはアオスジタテタの青虫がいる。

あくまでもこれは例だよ。ぼくは葉齧り仲間にアオスジタテタの幼虫なんて、一ミリも望んでないから。そもそも、アオスジタテタなんて虫自体、存在していない。

そんなふうに、想像して繁殖する人がぽちぽちと現れたんだ。失った子どもを繁殖する親。先立たれた伴侶を繁殖するパートナー。天寿をまっとうした親をこの世に引き戻す、自己中心的な子。理想的な友達を繁殖する完璧主義者。社員を繁殖する強欲な社長。もちろん、赤ちゃんを繁殖するカップルはたくさん。

誕生した人たちに本物の血と肉が備わっているのか、誰にもわからない。だって、自分にさえ本物の血と肉があるのか、わからないんだから、そんな自分が繁殖させた存在が血と肉を持つかどうかなんて、証明できっこない。

でも、誰もそんなことは気にしていなかった。誕生した存在は誰の目にも映ったし、触《さわ》れたし、会話もできたし、つまり生殖で繁殖した人と変わりない。しかも、腐れ病には罹《かか》らない。

気まぐれで想像しても、それは繁殖にはつながらなかった。何か、やむにやまれぬ、鬼気迫る感覚がないとだめみたい。想像された者のほうが、すでに実在している者よりもよっぽどリアルで存在感があって、想像している側のコントロールがきかないほど自律している、というのかな。そんな怨念というか執念みたいなのが結晶すると、繁殖できる。

話がそれたけど、その朝、ぼくはそのような精力に満ちた状態だったわけ。体じゅうが膨張して、はち切れそうだった。

そして実際、はち切れた。皮がむけた。ぼくはその自分の皮を食べ尽くした。えも言われぬ美味だった。思ってたとおり、自分っておいしい。

新品の皮に包まれたぼくは、艶《つや》やかだった。ひとまわり大きくなって、さらにプルリンとグリーンだった。

艶《あで》やかなぼくを見て、しりごみちゃんは思わず漏らしたのだ、いいなあ、と。ため息をつくように。

なれる、なれる、しりごみちゃんもなれるって。綿毛なら、なれるって。

ぼくはそのとき初めて、発明したニックネームで呼んだ。

えー、無理。と言ったきり、またしりごみちゃんは黙ってしまった。

ここぞとばかり、ぼくは促した。

綿毛になって、ふらりふらふら部屋の窓から漂い出て、ふわあふわあと気球に乗ってるみたいに空高く舞い上がって、フラを踊るようにさざ風に身を任せて揺れるのを想像してごらんよ、気持ちいいよ。パステル水色の空に、クリーム色の太陽がぼんやり光って、ベージュの綿毛の自分が浮いている、温暖な感じ。誰もしりごみちゃんを襲わないし、食べないし、疲れたら音もなく原っぱに着地すればいいだけ。

しりごみちゃんは翌日になってから、考えとく、とつぶやくように返事した。

ぼくはまた力説した。

しりごみちゃんも、もう人でいるのが嫌なんでしょ？　人なんか最低なのに、自分も人であることが耐えられないんでしょ？　ぼくもそうだった。

しりごみちゃんは黙って聞いている。

しりごみちゃんも本当は人を大好きだよね。でも、大好きなのにもう誰も信用できないよね。これ以上裏切られるのはもう無理だから、人に会えなくて、じっとしてるんだよね。暗い部屋で身動き取れないで、そんなじめじめした自分を乗り越えようと努めてるんなら、いっそのこと、人じゃない生き物になったら、すっきりすると思わない？　ぼくはそんな迷いを繰り返して、青虫になったんだ。だから、しりごみちゃんも綿毛が合ってると思うんだよ。

さらに何日かしてから、しりごみちゃんはおもむろに、綿毛にはなれたんだけど、と切り出した。

うんうん、なれたんだけど？　とぼくはその先を待った。

飛べなかった。

あーもう、完璧。ぼくなんか青虫になるのに、季節八十個ぶん、かかったんだから。

今どんな感じ？

頭が綿。

膨らんでる？

うん。

それなら準備オーケーだ。笑ってごらん、毛がプルプル震えるでしょ。

うん。

その髪型、ちょっと見てみたいな。

うまく誘導したつもりだったが、しりごみちゃんはもう警戒して口をつぐんでしまった。まあ仕方ない、焦らずじっくりね。時間はたっぷりあるし、時間はゆっくり進むから。

時間はたっぷりあるって言うけど、のろのろしてたら青虫はサナギになって、成虫になっちゃうんじゃないの？

そんな疑問も湧くかもしれない。事実、街猫のブルーにそう言われた。

街猫のブルーは、太った茶トラのいけ好かない威張《えば》りん坊だけど、人だったときは隣街で「ブルー」という喫茶店をやってたんだそうだ。腐れ病の流行で、誰も店に来なくなって、食えなくなって、でも支援を受けることはプライドが許さなくて、特に、不信だらけの役場に助けてもらうのは死んでも嫌だったので、死んだのだという。でも死んじゃうのも癪《しゃく》だから、独立独歩で生き続けられるならと、街猫に繁殖し直した。

全部、本人談なので、本当かどうかはわからない。青虫の身では、隣街まで行って確かめることもできない。

みんないろいろ、あることないこと吹くんですよ。こないだはハクセキレイが、私は歌唱力と美声で有名な歌謡曲歌手だったたって言ってたけど、そこを縄張りにしてるカラスが、アレは人だったことなどない、人になりたくて懸命に想像しているが、想像力が乏しくて、人への繁殖は永遠に叶わぬだろう、って証言した。

だからぼくも次第に自分の記憶に自信がなくなってくる。本当は二十年間ずっとしがない青虫で、人間のおばさんになりたかっただけなのかな、とか。

でも、おばさんへの憧れなんて、これっしきもないんだよね。だって、望みもしないのに、おばさんやってたから。おばさんであることが嫌なんじゃなくて、おばさん扱いされることにムカついてた。

自分がおばさんだって実感なんか、まるでなかった。今は生活に追われてるけど余裕ができたら自分の本分に取り組む、それまでは腐らずにがんばる、と地道に耐えていたら、いつの間にか四十を過ぎ五十になり還暦も越えた。だから、全っ然、歳を取った自覚がない。へたすると、まだ十代の自分が、自分の中に生々しく居たりする。それどころか、女って実感さえなかった。本分に取り組んだときに初めて、自分らしい女になるんだろう、なんて漠然と思ってた。

青いよね、青い。六十七にもなって、まだ青すぎる。惨め。六十七のおばさんぽく振る舞っていたけど、地が出たら身の置きどころなくなるかんね。

青いから青虫とか、笑えねー。それはたまたまだけど、でもやっぱり意味もあって、ぼくはこのまま青虫でいるかもしれない、とも思うんだよね。

サナギって何？ってなもんだ。成虫が一人前？　どうしてそこが目的地みたいになるの。ぼくは成虫になるためのコマにすぎないわけ？　とりあえずの、仮の姿？　青虫がゴールで、これがすべてじゃいけないの？　ぼくは完全な青虫でありたいんだよ！　途中のステップなんかじゃない、それだけで充足した、まったき青虫でありたいんだよ！

そもそも、自分が成虫になった姿を想像するという行為が、嫌だ。こんな蝶《ちょう》になりたいとか、イメージするのが気分悪い。蝶になるのかもわからないけどさ。蛾《が》かもしれないし、新種の鳥かもしれないし、サナギから発芽して蘭《らん》になるかもしれない。

とにかく、ぼくは何にもならない青虫という種類の生き物をまっとうしたい。あのころの、人の目つきだけでおばさんという成虫にならされる前の、男でも女でもない、その中間地帯をよろよろうろついている、自分のことを「ぼく」と言っている永遠の青娘、青《あお》青年。

これが答えだ、わかったか、ブルー！　オヤジの頭を持つ街猫のおまえには理解できないかもしんないけどよ、耳かっぽじってよーく聞いとけ！

そしたらブルーの野郎、ニヤついた顔で、あー、ほら、オーストラリアだかにいるあの袋動物、何つったけかな、カンガルーの小さいの。そうそう、ワラビーだ。おまえ、ワラビーだ。あ、違った、ワナビーか。

下水臭いオヤジギャグを放り残して、ブルーは逃げて行きやがった。腐れ街猫が！

ぼくだって、一生このままではいられない可能性もあることは理解している。やがて変生だか転生だかしてしまうかもしれない。

でもそれは、今が何かに変わるための過渡期で、何かに変わったらそれが本物、ということを意味しない。今後、何になろうが、今も本物なんだよ。青虫は蝶より上でも下でもない。そして、何かに変わっても、ぼくはそのときのぼくだし、誰かがどんなぼくであるべきかを決められるわけじゃない。

どうしても何かになるんだったら、自分にも誰にも思いもつかないようなものがいい。想像を超えるような、予定なんかしていないもの。

想像すればそれである、という話と違うじゃないか、って今、言い返した人いるでしょ？　誰だ、アライグマか？

ええ、ええ、そのとおりですよ、鋭いよ、アライ君は。

でもね、詭弁《きべん》に聞こえるかもしんないけど、全身全霊で想像するから、想像を超えられるんだよ。想像を超えたいから、一所懸命、想像するんだよ。もし、適当にしか想像しないと、想像したとおりのものしかない。つまりそれは、想像してないってことになる。

思いどおりにならないことばかりだから、それに備えるために、できるだけ考えて準備するわけでしょ。そうすれば、予測できる範囲は広がって、予想外の領域は少なくなる。だから、予想外のことが起きても、こっちも受け止める余裕がある。言い換えれば、想像すればするほど、自分の容量が増える。キャパシティが広がる。包容力が上がる。

青虫だから何日たったらサナギになって蝶になって、この種類の青虫なら何蝶になって、それは決まっていること、ってみんなが思うことが気に食わない。もう還暦越した女ならおばさんで、おばさんは電車の席に割り込んだり、順番を守らなかったり、知らない人にいきなり話しかけたりする最強の人、みたいな目でばかり見られることで、実際にそんなおばさん化させられていくことが、気に入らない。

そんなこと、ないかもしれないんだよ。ぼくのような柑橘を好む青虫が、帆立トンボになるかもしれないし、緑色《りよくしよく》人種の人間になるかもしれないし、月面バッタになるかもしれないし、青虫のままかもしれない。決めつけないでほしいんだ。ぼくも自分のこと、決めつけたくないんだ。

いいんだ、永遠のワナビーで。百歳の爺さんだって、死ぬ瞬間までワナビーなんだから。

すでに今、腹いせ混じりの暴論めいた説明をしている間にも、ぼくは蛾とか新種の鳥とか蘭とか帆立トンボとか緑色人種とか月面バッタになった自分を想像した。だからもう、それらにはならないし、なりたくない。青虫でいたいのかも、もうわからない。

ほらね、空想すればするほど、道は枝分かれして、無数の道の一本一本が具体的に見えてくる。何にでもなれるわけではないけれど、何にでもなれる可能性だけはずっとある。想像するぼくが続いているかぎり。同じ自分でいるつもりでいても、絶えず自分は変化してるんだよ。水の流れみたいに。

しりごみちゃんは、目覚めているあいだじゅう、がんばっているようだった。懸命に綿毛であろうと努めている感じが、能天気に日光浴しながら葉を削り食《は》んでいるぼくのところまで、伝わってきた。ぼくも心の中で応援した。

ファイティン《파이팅》！

ほら、部屋の中にも風が吹いてきた、綿毛の頭がその風に反応してる、そよいでるよ！

さあ、目を開けて、少しずつ窓ににじり寄って、窓を開いてごらん。クリーム色の太陽とパステル水色に輝く空が見えるでしょ、ちぎれ雲が満開の白モクレンみたいだよ。世界がしりごみちゃんの場所を用意して待ってる。ねえ、顔をのぞかせてぼくに挨拶させてよ。

無理。できない。

か細く泣くような声が聞こえてきた。

うん、そのままでいい、そのままでいいから。綿毛はふわふわしてるよね。
抜けてきてる。
大丈夫、また生えてくるから。などと、ぼくも苦しまぎれに適当なことを言っている。
そしてすぐバレる。
嘘。生えてくるわけない。
でも大丈夫。きっともうすぐ、窓を開けられるから。そうしたら、飛び始めるから。
無理。綿毛なのに、重くなって床にめり込んでる。
反動だよ。と、自分でも何を言ってるのやら。
沈んでく。
その姿勢でいいから、窓を開けて外を見てみよう。
無理。人は見れない。
人じゃないよ、ぼくは青虫だよ。
青虫になりきれた人に言われたくない。
なりきれてないって。ぼくも集中して青虫でい続けなきゃ、青虫でいられないんだ。
一秒一秒、ずっと自分が青虫である努力をしてるから。
もうこんなに綿毛なのに、飛べない。
時間が解決してくれるって。

今、根っこが生えてきた。床をぐいぐいつかんでる。

え、そうなの？　ぼくはうろたえた。

頭が痛くて割れそう。

ぼくは間違ってたんじゃないか、無責任なことしかけてしまったんじゃないか、という後悔が迫《せ》り上がってくる。

頭が割れて、芽が出てきた。

マジ？

もう無理。そう言ったきり、しりごみちゃんは沈黙した。

どれだけの時間がたったろう。青虫感覚の時間だから、かなり長かったかもしれない。静まり返っていた鎧戸の向こうで、部屋の中で、何かがゆっくり大きく動いている気配が感じられた。

ぼくは悲しみで萎《しぼ》んでしまいそうになりながら、一方で固唾《かたず》を飲んで見守っている。鎧戸がガタピシと揺れ始めた。誰かが戸を開けようとしているというより、中からの圧力に戸がもちこたえられなくなっている感じ。

鎧戸が、その後ろのガラス窓ごと弾《はじ》け飛んだ。

窓枠より大きな、青磁色したエイリアンの頭が、ヌッと突き出た。そのまま緑の茎を長く伸ばしてぼくの目の前まで到達すると、音楽がいきなり始まるみたいに、エイリアンの頭の形をした蕾《つぼみ》が五つに割れて大きく開いた。

秘色《ひそく》に輝くその巨大なまばゆい花は、蘭にも桔梗《ききょう》にも見えたけれど、どんな既存の花でもなかった。それはしりごみちゃん以外の何者でもなかった。花びらの真ん中には、小さな宇宙人の形をしたしりごみちゃんが縮こまっていて、こっちを見ている。

花びらじゅうから、しりごみちゃんが笑っていることが伝わってきた。世界のすべてを寿《ことほ》ぐように笑い続け、笑えば笑うほど花はオパール色に輝き、中央の宇宙人の頭の銀髪が伸びて広がっていく。

ぼくが見惚《みと》れている間に、銀髪の一つ一つはさらに細かな和毛《にこげ》を広げ、もう花の中央には収まりきらなくなり、花びらは最後のひと笑いを終えると震えて爆《は》ぜ散り、綿毛となった銀髪が無数に空へ弾け飛び、さざ波の音を立てた。

それは笑うような小声の輪唱だった。

飛べたよ、飛べたよ、とぼくに囁きかけて去っていった。

ぼくもサナギが近い予感がした。

# 四半世紀ノスタルジー

町屋良平

町屋良平（まちや・りょうへい）

83年生まれ。作家。『1R1分34秒』『ショパンゾンビ・コンテスタント』『坂下あたると、しじょうの宇宙』。

二十四歳の誕生日に友人から「彼女でもできた？」と聞かれた不快感を反動として浮きあがり、かれはかるい男になった。他人がなにか小物を、クリップやマフラーなどを落とすと大袈裟なほどの瞬発力で近づき、「落としましたよ」という動きにためらいがなくなった。そして微笑んだ。

かれは会社では普通あつかいされていた。無能ではないがこれといった自己主張もない。子どものころからどちらかというと病弱で気力に乏しく、男女ともにモテていた経験もないかれは、その経験を捏造しなければこの先の人生、せちがらいばかりかもしれないと考えたのだった。ひとりで生きていける気がしていたし、自分たちの世代は実際、多くのひとが老人になってもひとりで生きていくのだ。だからこそ、身体が若いうちはそうした人生のゲームというか、恋愛や結婚といったコミュニケーションの制度を自分の身体に無理やりねじ込むように、試してみてもいいだろうという気になった。いまのところはまだ、朝出社して、夜かえってひとりで飯をつくり、風呂を浴びてゲーム実況を眺めつつグミを食べながら寝るだけの毎日。

「新刊のゲラもらった?」

「まだです」

「目次だけでもはやく、サーバーに入れてもらって」

「はい、すぐ聞いてきます」

上司に命令されて編集のフロアに赴くと、着席していた塩見の顔をチラ見し、ははあ、これは相当つかれている、とかれは判断した。来月新刊を入稿する唯一の編集部員が彼女だった。かれはトイレにいって鏡をみ、自分の顔や口のなかに汚れがないかたしかめた。そして下腹におおきく酸素をふくみこむように呼吸して、傷ついてもよいような情緒を準備した。自分から話しかけるということは、とくに二十代前半から中盤にかけての新社会人においては、不意にいつ傷ついてもいいような身体を準備することでもあった。持参していたエンゼルパイを机におくと、「お疲れっす! 塩見さん、目次ってもうできてますか?」とたずねた。

「できてねえよ」

「いつごろできそうです?」

舌打ちが聞こえてきそうな顔でかれをチラ見した塩見は、お菓子でやや表情を和らげ、

「鶴元くん、できそうです？　じゃないの、わたしが営業のためにわざわざ確定してない項目をむりくり仮組してんの」というにとどめた。塩見はエンゼルパイを食べていた。

「勉強になりやす。そこをなんとか」

「あした、あるいは明後日、しあさって」

「先輩には今週中っていっときますね」

月曜日。正方形のフロアの四辺に机をくっつけて、五人の社員の背中がくっつきそうなほど狭いマンションの、ツーフロアを借りている弊社だった。窓べに寄ると、非常用階段の踊り場でタバコを吸っている社員がローン返済について聞かれてい、かれが視界を半円形に動かすと車から頭を覗かせる広告代理店の弊社担当社員、コンビニの前から生える一本の木の幹と葉のかたまりがしたから迫ってくる。午前中の編集フロアには塩見とかれのほか誰もいなかった。いつの間にか、塩見が横に寄ってきていた。

「鶴元くん、合コンするかい？」

「しません」

「飲み会、二対二で。だれか連れてこられる？」

「よろこんで」

かれはハイパーロマンチストなので「合コン」と冠された場にはいかないが合コン風の飲み会だったらよろこんでいく。

かれの友人として呼んだ津森が予約しただらしない居酒屋で四人でのんでいた。周囲の騒がしさに声を張りつつ、まず「ふだんなにされてるんですか?」を聞く。

「わたしたちは、出版、わたしは編集で」

「ぼくは営業です」

「ぼくはコンサルやってます」

「わたしはバイトー」

「お、バイトいいなあ」

「おれも小説をつづけながらバイトをしている人生のほうがだいぶマシないまだったのでは……」

「バイトって、なんのバイトされてるんですか?」

「引越のパッキング。あとモノマネのショーパブで働いてんのよ」

「ショーパブ? すげえ。出るほう?」

「出るほう」

津森とかれは大袈裟におどろいた。すると「どうもこんばんは中森明菜です……」と、モノマネしてくれている。まったく声を張っていないのに、それは喧騒から浮きあがってかれの耳にとどいた。

「あは。最後のほう、聞こえないっす」

「どうも皆さんこんばんは中……」

津森とかれは中森明菜をあまりしらなかったが、「すげえ」「激似」と持て囃《はや》した。塩見はそんなに似ていないとおもっている。幾島のモノマネは有名人より間近で人間を観察したもののほうがクオリティは高く、モノマネ芸人のなかでも、有名人のTV用に誇張されたキャラクターの再現を得意とする者、あくまでも生の身体情報をよみとるのが得意な者とわかれるのだが、幾島は後者といえよう。

「モノマネとは批評なんだよ！」

と、幾島ではなく塩見がいった。幾島はただ人前であかるくするのが得意な気質ゆえ芸人になったものの、モノマネ芸に限界を感じ研究へのモチベーションも失せかけているという。

「さいきん、ひとりで練習していると、とてつもない虚無に飲み込まれそうになる。え、なにこれ？って。わたしなにをしている誰なの？って。ネタが閃いたときは、しあわせなんだけどね」

「なんか、コツとかきっかけみたいなのって、あるんすか？」

「わたしはTVでコンスタントに活躍しているひとみたいに天才じゃないから、コツコツ練習してようやくある日、これだ、このフレーズをこの声でこの角度でいえばいいんだ！って気づくときある。でもそういう気づきがこないと、えんえんダメだね。自分のなかで溜めてたなにかを捨てちゃう。まだモノマネですらないなにかね。そういうときめちゃめちゃ虚無」

「ただボンヤリとした不安すか？」

すでにペアのかたちに持ちこめているなと過信していたところ、津森と話していたはずの塩見がかれと幾島の会話に割り込んでき、「本人の、本人もしりえないこまかい身体情報を解析し、再構成するわけ。文芸作品批評とおなじよ、文章と文章、身体で身体の批評をやるんだよ。それは幾ちゃん、自分の身体になりかかった他人を捨ててるんだね。それはしんどいよ」とくだをまいた。

「え、すごい酔っぱらってる？」

「このひと校了中なんすよ……」

「もう、わたしそういう難しいこと考えてやってないし。好きな歌手のマネしてすごーいっていわれて満足してるだけ」

「だから幾島のモノマネは元カレが一番似てるの」

「ちょっと、やめてよー」

といいつつ、幾島は元カレモノマネシリーズをその場で立ち上げた。しらない人間のモノマネほど興味のもちづらい芸はない。かれはトイレにたちつつ、店員に水を要求した。「あそこのテーブルなんすけど、お水よっついただけます？　あ、氷なしで」。塩見はこのあと会社に戻るつもりだろう。

トイレから戻ると、幾島の元カレモノマネがまだつづいており、「は？　おめぶっこ、ぶっころっすぞ！」といっている。酒の勢いも借りてか、幾島の身体に宿る他者感がすごい。

「まじ殺、うっわ最悪ぶっころ、ぶっころだわ」

かれはぎょっとした。

「え、それ伊敬くんじゃね？」

瞬間、幾島はモノマネのままで「はあ？」と応えた。

「やっぱ。伊敬くん？」

「え、なんでしってんの？」

「伊敬武生くん」

かれはほどなくして幾島と交際をはじめた。幾島の元恋人であったという伊敬武生はかれの小学生のころの同級生だった。

「ひとそれぞれ、ピーンとくることばが違うんだよね」

かるい気もちでモノマネの指南をうけているときに、幾島はいった。

「視線は斜め下で伏し目がちキープ。口をできるだけ横長に長方形？　唇で歯を隠して横にうすーく、これだけでちょっと戸惑った顔になるでしょ？　表情としては時おり、上の歯のうらに下の歯をこすりつけるというか、めちゃくちゃ小さい範囲で歯を食いしばるんだけど上下で一本ずつの歯を、すさまじく弱い力で、マカロンを噛むくらいで、でも食いしばる」

「どうもこんばんは中森明菜です……」といい終わる前にかれは、「違う、顎はひいて」と指導された。

同棲をはじめて三ヶ月。引越のバイトを週三日、ショーパブの出番を週六日となかなかに多忙な日々をすごしていた幾島は、しかし専業主婦願望があるらしい。

「ま、本気じゃないけどね。あくまでも夢、夢のまた夢よ」

「ひとを笑わせるのがすき」という人間との共同生活は奇妙なる安心感と緊張感の交互に入れ換わるような出来事の連続だった。家事労働の機微で叱られたとき、たとえば「洗い物の放置時間が二十二分を突破しました」といわれたときにそれをギャグだと捉えて「いや細かいな！」と返したら一時間叱られたこと。

また、しんけんなトーンで「新ちゃんなんか忘れてることない？」と問われ、「先日の土日に取引先と競馬のあと飲みに行くといったあとでキャバクラにも行ったことがバレたのか？」「入念に削除していたエロ動画の履歴がなんらかのハッキングで再現されてしまったのか？」「ぶら下がり健康器への異常な物欲がテレパシーを起こしてしまったのか？」などと呻吟《しんぎん》した。

「あ、猫ちゃんチップ！」

と必死の形相で叫ぶと、「そう。いや、そんな真剣にいわなくていいんだけどー！」と笑われ、ホッとしたりした。幾島が飼っている猫の糞尿をキャッチするチップをネットで注文しておいてくれと頼まれ、忘れていたのだった。いまでは幾島の猫はかれの両肩に乗って、腹のふくらみを首のカーブに巻きつける。

生活の合間合間であたらしいモノマネのレパートリーを披露されると、かれは内心で四段階判定した。

「似ていておもしろい」

「似ているがおもしろくない」

「似ていないがおもしろい」

「似てないしおもしろくない」

上位三つにかんしては、真剣に感動しゲラゲラ笑うことで対応した。「似てないしおもしろくない」ときにだけ、「似てる」とつぶやいた。「似てないしおもしろくない」ネタがもっとも幾島の執着をかりたて、なかなか手放せないそれであることはわかっていた。そもそも、わかりやすいウケがないから悩んでいるのであって、幾島もプロなのだからウケなければ自発的にレパートリーを削る。伊敬くんのモノマネは「似ていておもしろい」に域するモノマネだとおもえたが、これはいわゆる「楽屋オチ」にすぎないものだろう。

伊敬武生はかれの小学一二年のときの同級生だった。当時から多動の気があり同級生に暴力をふるって先生に怒られることの多い子だった。しかし奇妙にあかるくて皆を笑わせもし、代表で怒られもする。テストも運動もできたが、それを鼻にかけるようなこともなく、どちらかというと同年代と比べても自我がまだ子どもらしい子どもだったと記憶している。

幾島にきくと「あいつはころされた」という。

「え、だれに？」

「しらん。もう別れてたし。ニュースでみただけ。なんか、暴力団？」

「え、伊敬くんが？　ころしたのが？」

「だからしらんて。あいつわたしにも暴力やってたんだから」

ようするに伊敬くんは過去のDV彼氏で、幾島は忘れたがっている。かれは伊敬くんの話題を避ける。お互い仕事ですれ違いなかなか顔を合わせる機会もすくないながら穏やかなペースで回っていた生活を、かき乱すような質問はすべきではない。休みが合ったときの日曜日には公園にいくことにしていた。緑のあるところに二十分以上いるのは自律神経によいことだと、メンタリストもいっていた。

花粉で頬を赤くしながら幾島は、「やっぱショーパブは今年一杯で止めたいな。仕事はすきだけど、わたし目立ちたいとか売れたいという気迫にとぼしいわ」といった。真平らな地面にシートをしき、家から淹れてきた珈琲をタンブラーに口をつけてのむ。平坦にみえていた土の表面の凹凸を尻に味わって、手でシートを撫で広げていく。靴のままの足を外になげだすと、踏まれた草が折れてふたりの足の周りを迂回するようにまとわりついた。角をわけあうように斜めに互いの肩甲骨あたりをくっつけて、気温がふたりの体温を混ぜていた。

「おれすきだけどな、幾ちゃんのモノマネ」

「新ちゃんが好きなのは、わたしのモノマネじゃなくて、元ネタのひとのほうでしょ」

「そんなことないよ」

「うん。ありがとう。テレビとかももう呼ばれてないし、これっていう新ネタが生まれなかったら、あきらめて就活するかも」

もうわかっていた。幾島のモノマネは元ネタのひとにしんけんな好意を抱いていないとおもしろくない。そして幾島は好きになるモノや人の範囲が狭く、常識的に他人の不謹慎を批判できる生まじめさをもっていたから、ほんとうに愛情を寄せることのできる有名人はすくないし、そういう対象は加齢にしたがってどんどんすくなくなっている。

またすぐれたモノマネ芸人は似ている似ていないに関わらず、見るひとが元ネタの有名人をしらない、または興味を抱いていない場合でも、その興味をつくりだせるようなワンダーを発揮して笑わせる。YouTubeで元ネタと比較され、交互に動画を往復し、モノマネする者とされる者、どちらの等身大もきわだつような芸がよい芸だ。有名人の、長所とされていたところはおしとやかにし、短所とされていたところを誇張すると、元ネタの有名人の愛嬌が際だっていき、愛嬌の範囲においてのみ交換がおきて、たとえ似ていないとしても芸の対象と繋がれる。

おもえば二十四歳までだれとも交際せず、社会的にはこなすべきとされる恋愛や性交の適齢期を悉くスルーしてきたかれが、友人の無神経なひとことがきっかけでひとに関心をもつようになり、やさしさの発露に労を惜しまなくなった、それも他人のモノマネにすぎない。努力の結果世界がよく見えるようになった、しかしそうしたモデルケースは果たして一概によいといえるものだろうか。既存の社会制度や規範への迎合にすぎずほんとうはただ真似しやすいだれかのやさしさのマネをして楽に生きているだけであり、いわば自分の欲を滅してだれかに成りきることを是とした結果にすぎず、かれは「自分の人生」に、つまり「おれ」に興味がなくなってきただけといえる。

それでかれはいいとおもっている。

幾島がみずからの芸で、だれかの長所や短所の価値基準をいちど無化してゼロから再構築する、そうした運動にかれはあこがれていた。芸術的だとおもえた。シートのうえで手を繋いで気分を交換していく、八ヶ月後には幾島が二十七歳に、半年後にはかれが二十五歳になる。

そして伊敬くんも生きていたら二十五歳になっていた。

「おれが二十五になったら、結婚しようか」

かれがそうつぶやくと、幾島は破顔した。

「いや、ちゃんという。おれと結婚してください」

「こちらこそ、わたしと結婚してください」

顔一杯が笑いになる。かれがすきな幾島の笑顔だ。

「なんも準備してなくて、ピクニックが気もちよくて、ついいっちゃって、ゴメン。でもすごい本気だから」

「いや、そのほうが新ちゃんでしょ。ぽいぽい」

「しあわせだ」

「わたしもしあわせだ」

「幾ちゃん」

「新ちゃん」

「あと……、ごめん、いいづらいんだけど」

「うん？」

「こんなときに、いいづらいんだけど一個だけ幾ちゃんにお願いがある」

「うん？　こわ。なに？」

「伊敬くんのモノマネをしてほしいんだ」

すべての記憶がよみがえったのは幾島のモノマネをみたときだった。かれは伊敬くんと入れ換わったことがあった。

それは、ほんの二、三秒のことだったとおもう。忘れていたわけではなく、小学校一二年のころの同級生であった伊敬くんのことをおぼえていて、おぼえていることをかれは忘れていたから幾島のモノマネがトリガーとなって記憶は身体じゅうにはじけるようだった。そうだった、「おれ」のなかに他人が入り込んだことがあったのだ。なにしろ、髪の毛一本から足の先まで、それに附随する体調や身体感覚までまるごと交換されていたのだから、そのときよみがえった記憶もかれのものなのか伊敬くんのものなのかげんみつにはわからなかった。かれと入れ換わった伊敬くんの記憶なのかもしれなかった。だからいまの「おれ」も充分に「おれ」なのか、それは断言できないものなのだ。

「それ、くさい？」

と聞かれた。前日に文房具屋でにおいのする鉛筆を親にかってもらっていて、それがくさいくさいと同級生のあいだで弄《いじ》られていた。当時は喘息の発作やアトピーの炎症と自我が一体化していて、まだそれほどそれらの疾患を気にするようではないのに「なんかちがうな……身体が……」というばくぜんとした感覚だけはあったかれは、返事にこまった。かしこくて暴れん坊で肌もきれいだった伊敬くんにとつぜん話しかけられたので、緊張していたのだ。

「くさいよ」

「げーっ」

伊敬くんは笑っていた。するといきなり教室がTVのセットみたいにぶわっと立ちあがってかれの五感に知覚され、机の足のゴムが床に擦れる音、ぶら下がった給食袋が身体にあたる空気玉のような感触、せんせいが入ってきたときの「あれ？」というこれじゃない感、窓がガタガタいって風が吹き抜けるときの冬のさびしさ、校庭の砂埃と湿度が同体して蒸しあがるような教室の夏、忘れものに気づいたときの身体が「いなくなりたい」ような感覚、そういうのがいっぺんに襲ってきて、おそらくあのときといまのかれの記憶、そのあいだの約十五年と、いままで生きた約二十五年と、これから生きる〇？年と、まだ生まれていず死んでいた生前と死後の数万年が、混ざったどこかへんな場所でかれは「かいでみ」といった。

なんだか身体がむずむずし、だれかのした暴力、かれが転ばせた同級生の肘の傷、伊敬くんがころされた胸部の致命傷を見慣れた医者、死にいたらない傷つき、躁鬱《そううつ》のすべてがこのかれの七歳ぐらいの身体で、ソワソワじくじく傷んだ。「くせえーっ」伊敬くんは鉛筆を教室の外まで放り投げた。

「すなーっ」

かれが走って追いかけると、伊敬くんも追いかけてきて、鉛筆を廊下に放り投げた。

「でやーっ」

「こら、おい、あーっ」

廊下をかける、鉛筆を投げる、廊下をかける、をふたりで繰り返していたら、先生に「なにしてんだ!」と叫ばれた。やばい、このいいかたは、本気のときのやつだ。伊敬くんもわかったようだった。伊敬くんは慣れていたかもしれないけれど、かれは先生の本気の怒ったこえが自分にむけられるのがはじめてだったから、すくなくとも大勢で怒られているときの自分、というのとまた違って怖くて、ふるえていた。全員で怒られているのと、全員じゃない一部で怒られているのとはぜんぜんちがう。全員の半分ぐらいだったらわりと平気だったが、五六人はきつい。七人いればまあ大丈夫という気がしていた、男子十七人、女子二十二人の二年二組だった。

先生はたぶん十五分ぐらい怒っていたのだが、いまのかれはその内容をまったくおぼえていない。教室の前のほう、教卓とドアのあいだでたたされ、授業のまえにふたりで怒られたので、皆の注目を浴びていた。伊敬くんとふたりで俯《うつむ》いていて、つらい、はやく終わってほしい、おれわるくないのに……という意識でひたすら目をつむり反省しているふりをしてつぎに目をあけたら横にかれがいた。

伊敬くんがいない。かれは頰をさわった。それは伊敬くんだった。ツヤツヤだった。髪をさわった。自分のよりだいぶ短かった。伊敬くんだった。腕をみた。腕の内側に五ミリくらいの大きなうすい黒子があった。伊敬くんだった。そして、となりにいるみすぼらしい男子が自分だった。うつむいている。

あれ？

「もういいじゃん。鶴元くんも反省してるって！」

気がついたらかれは伊敬くんじゃなかった。さっきまで自分だった、さっきまで「おれ」だった場所に伊敬くんがいて、「授業みじかくなっちゃうよ？」とぜんぜん反省していないような伊敬くんのあかるさ。は？とおもった。だって。だってあんなに反省してたじゃん。「またやってしまったおれは……鶴元まで巻き込んでつい、元気になっちゃうなあ……たのしく……いや、おかあさんにも『ほんとにやめてって、なんかい言ったらいいの？』って、テンションがあがりすぎてるとおこられるのにこうガーッと。うわーーーーー！　恥ずかしい。もう。おれなんて、ああ、でもまたこうやってふざけて怒られちゃうんだよなあ……」。

その反省をかれは「おれ」として一瞬うけとっていたし、かれ自身は反省していなかったからその落差はあきらかで戸惑った。意識の差がないと、自分がなにをおもっているのかもわからないから、伊敬くんだってかれがほんとうには反省していないことはわかって、先生への演技として、パフォーマンスでしおらしくしているだけだって気づいた。みんなが自分のように調子に乗ったり反省したりを激しく繰り返すわけじゃないって、誤魔化しているだけだってしった。それなのになんで、そんなまだあかるくふざけてられる？

「おれら反省してるって、許してください」

そんなだから先生に「鶴元くんはもういいです。伊敬くんは授業終わったら職員室にきて」といわれてしまった。伊敬くんはニヤニヤしている。

かれは自分の席に戻ろうとした、そのときに給食で食べたものを大量嘔吐した。伊敬くんの身体に比べてかれの身体はだいぶ重たくて、肌も炎症に引っ張られて突張り、肺も弱くて呼吸はあさく、ふだん使いなれているこの身体から離れて戻ってきたときに、まっさきに感じたのはその気もちわるさなのだった。伊敬くんの身体は気もちよかった。

机をガガとひいて避難し、みんながさーっとひいて騒然とするなか、しずかに「だいじょうぶ？」といって背中をさすってくれたのは伊敬くん。ふたりとも入れ換わったことをその後いっさい言わなかった。

背中を踏まれたり蹴られたりしているときは足裏のとくに踵《かかと》で重みと勢いを叩きつけられた部分などもちろん痛いが、それ以外にも床についている膝も辛く、また膝が重力を支えられなくなってきた場合に代わりに床につく手や肩や顔なども傷んでいき、また暴力が長時間にわたるばあい直接被弾部よりもそれらの間接的に痛い部位のほうが深刻になってくる。暴力に附随するちいさな予備暴力の痛みが経過時間とともにいや増すことで、メインの被害部位の麻痺とともに、被害が全体化していく。

「オラッ、てめぶっころ、こらぁ、ぶっ殺す、ぞ、そんなすんな！　なんで、こら……もう、フー……、フーッ、てめ、こらてめ」

幾島の声と息づかいとその他さまざまな要素の混じった音。足を振り上げて叩きおろす運動に必要なかけ声と罵声の合の子や、ふと冷静になりかけて暴力を止めるきっかけを探すような声と、現状への怒りやかなしみをおもいだすとともにまた復活するような声。その全てが伊敬くんにそっくりだった。最初のうちこそ、「できるわけないでしょ、暴力男のモノマネなんか」といっていた幾島が、「やめて」「二度といわないで」「いうなって」「しつっけえんだよ」「二度というなよ」「黙れっつってんだろ」「何度いったら！」と抵抗する、その声が段々伊敬くんに似ていった。かれは当初は暴力までは似せなくてよいとおもっていたが、いまでは暴力なしでは伊敬くんのモノマネは不完全なのだ、と判じじっと耐えている。かれじしんが聞いていたのは伊敬くん声変わり前の、高く子ども特有の声を空気に放ち叩きつけるような、論理や社会性を獲得するまえのそうしたおさない発声にすぎないのだが、幾島のモノマネがどんどん伊敬くんのいまに近づいてくるのがわかった。ごくわずかな時間の身体交換において、そうしたことがわかるのは人知外の感覚で、もう生きていない伊敬くんがこう生きえていたことを想像するみたいに、幾島の声が伊敬くんに成っていく過程がはっきりと知覚されるのだった。

張り手やボディブロー、蹴りや踏みつけの数々を浴び、加害側も被害側も精魂尽き果てると、「もうこんなことはやめたい」「やめたいよ、こんなんおかしいだろ」と、どちらかがいってどちらもが泣く。混交した同体感覚に満ちていてどちらがどちらの意識とも区別のつきづらい、共依存めいた意識のながれになったがかれのほうからわかりやすい暴力をふるうことはなかった。

伊敬くんのモノマネを執拗に乞うことをべつとするならば。

泣き崩れる幾島に「ゴメン、ゴメンね、ゴメンなさい」、かれは跪《ひざまず》いて謝る。あのとき、いっしょに怒られにいかなくてゴメン、伊敬くんだけが悪いように仕向けててゴメン、ありがとう、吐いちゃったのを介抱してくれてありがとう、すごいね、伊敬くんの身体、あんなに軽いなんて、やさしくて軽いね、一回、伊敬くんの身体で、スポーツしたり歌をうたったりしてみたかった、それなのに、そんな気もちいい身体で暴力にはしるなんてほんとにひどいことだよ？

「うるっせえんだよおめえはいちいちいちいちよ、うる、まじころ！　ころすぞ！　ゴラァァコロッ」

かれ自身は両親に十全に愛され、アトピーや喘息もしっかりとしたケアにより克服し肺活量なども標準に達したいまでは、会社労働に不自由のない健康な体力を保てている。しかしかれの母親は父親に、つまりかれが生まれたときにはもう亡くなっていたかれの祖父にひどい暴力をうけていたと、ある日叔母に聞いた。伊敬くんはどうだったろうか？

「伊敬くんはどうだったの？」

「ハァ？　しらっねえしマジ、は、うるせえんだよ、ころす！」

それでころされたの？　どこでどうやってころされたの。

「君は？　君はどうだった？」

「聞くならころす！　聞くならころす！　黙れくそが」

「覚えてねえし、ハァ、まじなんなんだよ……ぶっころ！　すっはあ……はあ……はあ」

「君、なんか頬に痣？　なんか赤黒だけどどうしたの？」

校了をあけリフレッシュした塩見に聞かれると、かれは「え、なんだろ？　ぶつけたのかな？」ととぼけていたが、実は強烈な張り手に昏倒した拍子に顔から床に倒れてついた痕で、かれの記憶にはない痕跡だった。記憶にはないこと。うしなった自分の二三秒間と、かれになった伊敬くんがうしなった二三秒のこと、そして、入れ換わったあとの世界の感想や知覚、それ以降の人体の経過と歴史はどうだったのだろう？　かれはしりたくて仕方ないのだ。あの強烈な自分の身体の気もちわるさ、身体に沁みついた加害責任のようなものを、伊敬くんはかんじなかった？　母親の父親は徴兵されてどこかの地で従軍していたというが、かれはくわしい話を聞くことはできなかった。きみはずっと平気そうな顔をしていたでも、でもほんとは謝りたかったんでしょ？　そうならそうといってほしかった。

月締め日の残業中に打ち上げに誘われ、幾島へのその報告が平均標準より五分ほどおくれてしまったある夜、かれがそっと帰宅するとつぎには床に倒れ込んでいて、すぐに殴られたとわかった頬より倒れこんだ右肩のあたりがつよく痛んだ。かれが電気をつけるよりまえに、暗闇に慣れた目をした幾島が暴力で出むかえた。

「おめえなめてんじゃねえぞ」

すいません、すいませんとかれがスーツのままで謝り鞄をおいてガードの態勢にはいると、踵でかれのふくらはぎを蹴るヴァレリーキックをくり出した幾島が「てめっ、何時なんだよ？　いま、は？　まじで何時なのか聞きたいの。ほんとっ、ぶっころっ、まじ、ぶっころ……」。

「ごめんなさい」

「ごめんなさい、ごめんなさい……」

しかしこの夜幾島はすぐ暴力を止めた。泣きながら謝って、「ごめん、もう似てないでしょ、ぜんぜん似てないの、わたし武生くんにぜんぜん似てないんだよ？」といった。わかっていた。もう幾島は伊敬くんのモノマネをする幾島ではなくなっていた。幾島になっていた。それは幾島に戻ったという感じなのだが、戻った先の幾島はかれと出あったころの幾島ですらなく、もっとまえの、もっともっとはるかまえの幾島だった。

うすうすとは気づいていたが、ここのところの暴力シーンを幾島はスマホに撮影させており、それを玄関に蹲《うずくま》ったままふたりでみた。たしかに、もうぜんぜん似ていない。かれも伊敬くんと身体を交換した実感がだいぶうすれていた。すべては自分の妄想だったのではないかとすらおもえた。かれは、「おれのほうこそゴメン。ずっと、イヤなことさせちゃってたね、ほんとにおれたちは……ダメなんだよ」といった。といってそれ以降も暴力がはたと止んだわけではなく、ときどき激昂した幾島はかれを殴ったが、もう伊敬くんの真似をするようではなく、「私」として殴るのはむずかしい。破壊力はじょじょに減っていった。かれの祖父のように「兵」として、幾島の親のように「父」や「夫」として、「あなたのおれ」として殴るのとは勝手が違い、ただの私としてはむずかしいものだなあ。そう、わるいのはあくまで「おれたち」なのだった。

その日のふたりは玄関の段差に腰かけて、幾島は「もう似てないから、アイツのモノマネしなくてもいい?」とかれにたずねた。

残業からの飲み会を経、DV被害を経、つかれきったかれ。ぐったりしていた。ひさしぶりに、被害者でも加害者でもなく、幾島と共有していた意識から剝がされてなにか個としての意思をたずねられている「おれ」になっている気がして、かれ自身の疲労はいや増した。おれだって、だれかを殴りたいよ。

「うん。ゴメンね。ずっとゴメン」

かれはこのごに及んで、なぜ自分が暴力をうけることになってまでして、幾島に伊敬くんのモノマネを要求していたのかわかっていなかった。しかし、身体の内奥からなにかつきあげる声があって。

「おまえがわるい」

「あなたがわるいんじゃない」

「おれがわるい」

「きみがわるいんじゃない」

「あなたがわるい」

「おれがわるいんじゃない」

というような混交が、肋骨の隙間のあたりからムズムズせりあがってきて。

「武生くんの真似がうまくいかなくなってきたころから、すこしずつおもいだしてた。わたしの父親もなにか気に入らないことがあるとよく、わたしを殴ってた」

「それはしつけ、とかいって？」

「そう。わたしがあんまりその、いい子じゃなかったから？　けど、そこからだれかの感情とか身体の癖とかを観察する習慣がついて、この職業やってるのかも。はじまりは怒られない、殴られないためだったのかも」

「幾ちゃんはいい子だよ」

「いや、すごい、もっと、いまとは違うのよ。ぜんぜん」

「そんなのどうでもいいことだ。皆いい子はいい子だよ。殴るほうがわるくて、殴られるほうはわるくない」

「そんなのわかってるけど」

「わかってない。きみはわかってないんだよ。自分たちはわるくなかったってことが。おれたちがわるかったことをほんとうにはわかっていないことが、ほんとうにどれほどわるいかも、わかってないんだ」

そこでふたりで漫然とDV映像スペシャルを眺めていた幾島のスマホのアラームがピピピ……と鳴った。

「なに?」

電話かな?とおもってかれが瞬間、茫洋としていると幾島が恥ずかしそうにリビングからなにかラッピングされたものを持って戻ってき、「新ちゃん、誕生日おめでとう」といった。猫もついてきた。かれは二十五歳になった。

# 家族写真

松井玲奈

松井玲奈（まつい・れな）
91年生まれ。俳優、作家。『カモフラージュ』。

慣れない教室と、馴染まないクラスメイト。進級したばかりの教室の空気はどこかよそよそしくて居心地が悪い。六年三組の教壇の前で話している先生は五年生の時とは違う。

林先生は、始業式だからか薄グリーンの上下スーツに身を包んでいた。あんまり似合ってないのに、なんでこの色を選んでいるんだろうと思う。膝丈のスカートから伸びた脚は濃いベージュのストッキングに包まれていて、足元のオレンジ色の健康サンダルがどうにもちぐはぐに見えてしょうがない。

「皆さんは今日から六年生です。学校の中では、一番お兄さん、お姉さんになります。周りの下級生に恥ずかしくないような行動を心がけ、一つ大人になる責任や自覚を持って日々の生活をしてください。この一年しっかり気を引き締めて、来年中学生になっても恥ずかしくない、そんな生徒を目指しましょう」

林先生は高らかに宣言をした。窓際の席でみんなと同じように「はい」と返事をしてみたけれど、わたしは前を向けずに机についた傷をじっと見つめていた。そうしているうちに、始業式の日の帰りの会は終わっていた。

外を眺めると校庭は淡いピンク色に染まっていた。風が吹くたびに揺れる木々を見ているだけで気持ちが深く沈んでいく。

肩を叩かれ振り返ると、幼なじみのエリサが満面の笑みを浮かべて立っていた。アイちゃん一緒にかーえろっ、と独特な節でわたしを誘う。彼女の二つにくくった髪が元気よく左右に揺れている。うんと肯《うなず》いてわたしはランドセルを背負った。新学年の教材がたっぷり詰まったランドセルは体にずしりと重くのしかかってくる。

「また同じクラスでラッキーだったね」

エリサは、はしゃぎながら白線の上を慎重に歩いていた。

わたしは無邪気さとユーモアをあわせ持つ彼女のことが好きだった。家が近所のわたし達はもの心ついた頃から友達で、一歩引いてしまうわたしの手を積極的なエリサがいつも引っぱってくれていた。今も彼女の明るい声色に随分と気分を引き上げてもらえている。でなければ背負った重たいランドセルと共にこのまま地面に沈んでいってしまいそうだった。

「エリサがいるだけで安心」

「私も同じ。アイちゃんもそうだけど、リサコも、マイちゃんも一緒でよかったよね。毎日楽しくなりそう」

彼女は白線から、縁石へヒョイッと飛び移った。わたしも真似するように縁石に乗ると、平均台の上にいるようでバランスを取るのが難しかった。少しでもバランスを崩したら、背中の重さに引っ張られて地面に足をついてしまいそうになる。

「エリサ、家で遊んでかない？　お母さん今日も遅いんだ」

くるりと振り返ったエリサは漫画みたいに顔の前で両手をパチンと合わせ、ごめんと言った。

「六年生になったから塾に通うことになって、お稽古の日が全部変わってね。今日はピアノのレッスンに行かないとなの」そう言って、目の前に手作りのトートバッグを掲げた。使い込んだバッグにはアイロンプリントで彼女の名前がひらがなでつけられている。どうしてピアノの日じゃないのにバッグを持っているのか、ようやく納得して、わたしは、残念と返した。

「今日もお母さん帰ってくるの遅いのかー」

「まあ毎日なんだけどね」

「一人で家にいて寂しくない？」

「全然。もう慣れちゃったよ」

と、わたしはエリサに嘘をつく。彼女は、ずっと前からだしそうだよねと、また縁石を慎重に歩き始めた。

縁石の終着点までくると、じゃあピアノのレッスンだからとエリサは川を渡った橋向こうの道に走っていってしまった。背中に手を振ると、風がびゅうっと吹いて髪を乱暴にかき乱した。あまりの勢いに目をつむると、顔に柔らかいものが張り付く感覚がして目を開き、それを顔から引き剥がす。まだら模様の薄ピンクの花びらが一枚、指先にだらしなく付いていた。一部が黒っぽくなり、虫食いされた場所は焦げた茶色。汚いものに触れてしまった気分になり、それを振り払うとあっけなく地面に落ちていった。足元には一面同じような桜の花びらが散り、川沿いの道をまだらに染めている。家はこの道のそばに立っているので、ここを通らなくてはどうしたって帰ることができない。だからわたしは今日も渋々と汚らしいピンク色のゴミが散乱した道を進む。

桜は地面に落ちてしまえば踏み荒らされてこんなにも無残な姿になるのに、どうしてみんなはそのことに気がつかないで綺麗だ綺麗だと騒ぐのだろうか。

歩けば歩くほど、靴底に花びらが張り付いてくる。時々立ち止まっては川原へ降りるための階段のへりで靴底に付いたものをガリガリとこそげ落とした。土と混ざり合った薄汚れた残骸を見て、わたしは更に気が滅入る。

三年生の頃にお父さんが単身赴任で福岡に行ってしまった。それからわたしはほとんどお母さんと二人暮らしの状態で、それでもそれなりに楽しく暮らしていたけれど、四年生になって今度はお母さんの仕事が評価され昇進することになると、わたしは一人で夜遅くまで留守番をするようになった。

「いい子だから、お家で待てるわよね」

「アイはしっかりしてるから」

「他の子よりずっと大人だから助かるわ」

時折お母さんがわたしに投げかける言葉は、そのままの意味ではなくて娘にそうあって欲しい願望なんだろうなと思っていた。いい子で待っててね、しっかりしてね、大人になってね。四年生だったわたしなりに頑張ってお母さんを困らせないようにしていたけれど、わたしがいい子にするほど、お母さんの帰ってくる時間は遅くなり、一人ぼっちの時間が増えていった。

時々、エリサの家で晩ご飯をご馳走になる時、自分がとてもかわいそうな子供に思える。エリサも、エリサの家族のことも大好きだけれど、甘いポプリの香りのする空間に大きなダイニングテーブルがあって、並べられたご飯は品数も多く、色鮮やかで、いつだって出来立てで温かかった。湯気の立ちのぼる食卓は、この家族の幸せの象徴のようで目の前が霞む。時間になると家族全員が集まり、それぞれ決まった席があって、食器も箸もグラスも、専用のものがある。うちはコンビニ弁当ばかりで箸は割り箸だし、飲み物はペットボトルから直接飲む。

別に忙しいお母さんに不満があるわけじゃない。お父さんもお母さんも働いてくれているから生活が守られていることも十分にわかっている。だけど、もっとわたしに向き合って欲しいと思っていた。お母さんに甘えることを、わたしはいつからかしなくなった。起きたら自分で朝ごはんを用意して、服を選んで学校に行く。それが当たり前になった。大人になるってこういうことなのかなと、わたしは自分に言い聞かせている。

アイちゃんは本当にしっかりしていい子ね、と食べ終わった食器を流しまで持っていくと、エリサのお母さんは褒めてくれた。エリサはお手伝いあんまりしないから、と。

彼女はお母さんがすべてやってくれるからいいのだ。わたしは自分がやらないとお母さんが困ってしまう。やらなくていいのであれば、わたしだって本当は食べたそばから床に寝っ転がったりしたい。

しっかりしている、大人びている。通知表にもそう書かれることが多くなった。その言葉に出会うたびに、気持ちが落ち窪んでやるせなくなる。

わたしは十一歳でまだ子供なのに。どうしてお母さんたちも先生も、大人になることを求めてくるのだろうか。

家は今日も静かだった。冷蔵庫や時計の無機質な音が響くと余計に一人ぼっちな気持ちになる。時計をチラチラ確認するたびに、たいして時間は進んでなくてため息が出る。普段この時間は学校の宿題をやってやり過ごしているのに、新学期が始まったばかりで時間を埋めるための宿題もない。

ランドセルの中から真新しい教科書を取り出す。表面はツルッとしていて、大きな文字で国語とか、算数とか書かれた横には丸で囲まれた六の文字。国語の教科書を開くと紙から新しい匂いがした。ぐっと折り目をつけ、読みやすいようにして一ページずつめくっていく。薄いレースカーテンから茜《あかね》色の光が漏れて部屋の中を染めていた。

いったいいつまでこうしてお母さんの帰りを待つことになるんだろう。中学生になったらこの一人ぼっちの時間も平気になるのかな。

教科書を閉じて自分の部屋の勉強机に一冊ずつ並べていく。汚れのない教科書が部屋の中で唯一ピカピカして眩しかった。

わたしは押し入れからアルバムを取り出した。「アイちゃん」と名前が書かれたアルバムには、赤ちゃんの頃からの写真がぎっしりと詰まっている。写真の横にはお母さんやお父さんの字で、一言メッセージが添えられている。

過ぎてしまった幸せな思い出に浸ることができるから、一人の時間にアルバムを見ることが好きだった。ページを開けばいつもそこに家族と愛されていた確かな証があって、ほつれた心の糸を一時的に正しい縫い目に戻してくれる。

赤ちゃんのわたしは今の面影がないくらい丸々としていて、いつもスライムみたいに変な表情をしている。お父さんもお母さんも今よりも若くて、顔にあるシワなんかがなくてハリのある顔をしている。二人とも今は疲れた印象しかない。

お父さんは定期的に帰ってくるからと指切りをしたのに、結局、仕事の都合で年に二回、お盆とお正月にしか帰ってこないし、ずいぶん太って立派なお腹を持て余している。お母さんはお化粧で隠しているけれど、スッピンになれば目の下に青黒いくまがずっと住み着いている。

一歳、二歳、三歳と、ページをめくるごとに時代が進み、わたしは大きくしっかりした顔つき、体つきになっていく。四年生からは極端に写真の数が減って、クラス写真や遠足の写真くらいしかなく、あっという間に現在まで辿りついてしまう。

リビングから電話の音がわたしを呼んでいる。慌ててアルバムを閉じ、滑り込むように電話の前に立つと、小さなモニターの中にお父さんと表示されている。受話器を取ると優しい声がした。太ってからお父さんの声は少し柔らかくなったように思う。

電話の横の置き時計を見るともうすぐ七時になるところだった。

進級おめでとう、という言葉に対して、わたしは気のない声でありがとうと返した。

「六年生か。あっという間だな」

「あっという間かな？」

電話の向こうでお父さんがくすりと笑う。

「大人になると時間があっという間になるから」

「わたしは一年も一ヶ月も一日もすごく長く感じるなあ」

お父さんがこの家に帰ってくる八月までの四ヶ月も、時計の針がかたつむりになったようで気が遠くなるほど先のことに感じる。いくつになったら本当のスピードで時間が動いてくれるのだろう。

今日はもうお仕事終わったの？　と聞くと、これから家に帰るところだよと言われた。福岡のお父さんの家に一度も行ったことがないから、お父さんがここではないどこかで寝起きをしていることがいまだに想像できないでいる。こんなに早くお仕事が終わるなら、どこでもドアを使ってこの家に帰ってきて欲しい。

「そっか。お母さんはね、まだまだ帰ってこないと思う。あ、ご飯ちゃんと食べてる？」

「食べてるよ。お母さんは毎日忙しいな。ごめんな、アイを一人にしちゃって」

「いいよ。お父さん電話してくれるし。あ、また牛丼とかばっかり食べちゃだめだからね。お父さんどんどん太っちゃうから心配」

お父さんの変わらない豪快な笑い声が心地よかった。

「アイは本当にしっかりしてるな。いや、しっかりさせちゃってるのかな。次帰る時までに、お父さんもダイエット頑張るから。今日からちゃんと野菜も食べてバランスよくご飯食べるよ」

わたしは人差し指を入れていた電話のコードのくるくるをさらにネジった。目頭がジンと熱くなったけれど、今ここで自分の感情を出してしまうとお父さんを困らせてしまう気がして、時計の秒針に視線を送り、目で追った。

「……お仕事頑張ってね。わたしも勉強頑張るから」

ありがとう、と言ってお父さんの電話は切れた。すぐそばにいるくらい近くにあった声が聞こえなくなって、一人しかいない部屋に受話器を下ろすカシャンという音が大きく響く。

わがままを言ったら困らせてしまうから、ちゃんとしたいい子でいなきゃ。そんな思いが湧き上がってきて、いつものように本当の気持ちを包んで隠してしまった。もうひと押し、素直に気持ちを伝えられたら楽になっただろうか。そんなことを考えながら、冷蔵庫から炭酸ジュースのペットボトルを取り出した。キャップを開けて炭酸の泡が弾けては消えていくのを、ただぼうっと見つめた。

十時になる頃にお母さんは帰ってきた。手にコンビニの袋を提げて、今日も遅くなってごめんねと。

「学校は、どうだった？」

「新しい先生は、林先生って女の先生。エリサは今年も一緒だったよ。後は、マイちゃんと、リサコ」

「仲良しがたくさんでよかったね」

わたしは肯いて、コンビニの袋からパスタを出してレンジに入れた。お母さんはカップサラダを食べる準備をしている。

二人でリビングのローテーブルに座り、プラスチックのフォークを手に、いただきますと手を合わせた。ミートソースのスパゲッティは蓋を開けるとモワッと湯気が上がって、人工的な匂いが顔中にかかり、自然と眉間にシワがよる。サラダを食べているお母さんは、学校のことや今日はどうすごしていたのかを聞いて、たまにわたしのスパゲッティを摘《つま》んでいる。

この間言い争ったことはなかったかのように会話をして、こころにシコリを残しているのはわたしだけで、やっぱり子供みたいだと思う。

数日前にお母さんとぶつかってしまったことが、わたしの気持ちを暗くしている。ことの発端は桜の枝だった。

いつも仕事で忙しくしているお母さんが珍しく早く帰ってきたと思ったら、桜の切り枝を抱えていたのだ。どうしたのと聞くと、お家でお花見できるかなと思ってと、めったに出すことのない大きな花瓶に枝を挿し入れて言った。

「わたし桜って嫌い」

「昔は好きだったじゃない。お花が咲いたら綺麗でしょ?」

「散ったら汚いだけでしょ」

「せっかく買ってきてアイと楽しもうと思ったのに、なんでそんなこと言うの?」

「お母さん忙しいから、散った花びらを片付けるのはわたしでしょ? 別に買ってきてなんて頼んでないし!」

トゲを纏《まと》わせた言葉のボールをお母さんに投げつけると、どうしてそんな子供みたいなことを言うのと、かんに障る言葉が返ってきた。

「もう六年生になるんだから、どういう言葉が人を傷つけるかわかるでしょ」

「まだ子供だからわかんない! 教えてもらってないし!」

翌朝、家の外に出されたゴミ袋の中に真っ二つに折られた桜の枝が入っていた。かわいそうだとは思わなかった。自分の方がもっと惨めでかわいそうだと思った。

お母さんは家でもパソコンに向かっている。食品会社の広報の偉い人になってからはいつもこうだ。帰ってきてからもずっと仕事をしている。

おやすみなさいと言うと、お母さんは両手を広げた。腕の中に吸い込まれるように入っていくと強く抱きしめ、おやすみと言ってくれる。この時が日常で一番お母さんに子供として見てもらえている気がしてわたしは嬉しかった。

次の日は、学級委員やいろいろな委員、掃除当番の順を決めることに午前中が使われ、わたしは早く授業が始まって宿題が出ればいいのにと思っていた。

それを休み時間にエリサに話すと、アイは勉強が好きだねぇと茶化された。家でやることが一つできるからと言うと、アイは一人で何してるのと聞かれた。

「宿題したり、テレビ見たりしてるくらいかな」

「わたしはゲームしてばっかりでいっつもお母さんに怒られてるよ」

わたしもゲームがあればこの埋まりきらない寂しさをどうにかできるだろうか。

「あとは自分のアルバムを見返してる」

アルバム？　と聞き返してきたエリサにわたしは何度も肯いた。

「小さい頃からの写真を見返して、懐かしいなーって思ってる」

「親って写真撮るの好きだよね。ねえ、うちの玄関に写真飾ってあるの覚えてる？」

エリサの家の玄関にはたくさんの写真立てが置かれている。確かにエリサのお母さんは写真を撮るのが好きで、私たちが遊んだり宿題をしている姿も記念にと言ってカメラを構えていた。それを思い出しながらわたしは肯いた。

「その中に家族写真もあるんだけどさ、毎年お兄ちゃんも、わたしもうんざりしてる」

「だってきちんと服着て写真屋さんに連れてかれて、無理やり笑ってーなんて言われるから、どの写真も顔が引きつってるの。こーんな感じで」

エリサは表情を硬直させて戯《おど》けてみせた。口は横に広げ、目は細く糸のようにしている。あまりの変な顔にわたしはお腹を抱えて笑った。

「あんな顔が写真として残るなんて最悪だよ」

「今度遊びに行った時に見てみるよ」

絶対やめてーと、エリサがわたしに後ろから覆いかぶさり脇腹をくすぐるから、今度は涙が出るくらい笑った。

「うちもね、お父さんが単身赴任するまでは毎年撮ってたの。家の前の桜の下で。でもお父さんもいないし、お母さんも忙しくてもう撮らなくなっちゃったんだ」

ひとしきり笑いおわって指先で滲んだ涙を拭いながらそう言うと、思い出と共に寂しさがこみ上げてきて最後の方は少し湿っぽくなってしまった。

アルバムの中には毎年一枚ずつ家族写真があった。最後に撮った桜の下のわたしはぐずってとんでもなくブサイクな顔をしていた。それは三年生の春、確かお父さんが単身赴任で家を出ていく日に撮ったものだった。寂しくて寂しくてわたしはずっと泣いていた。

「そっかー」

「また同じように撮れたらいいんだけど、難しいかな」

自分の底から湧き上がってくる感情に無理やり蓋をするようにヘラッと笑ってみると、おでこにパチンと弾けるような痛みが走った。イタッと手で覆うと、目の前のエリサが口をへの字にしてこちらを見ていた。

「アイはそうやってすぐ我慢するところあるよね」

ヘッと間のぬけた声を出すと、今度は両頬をぱしんと挟まれた。唇が自然と前に突き出して、今わたしはすごくブサイクな顔をしている気がする。

「忙しいって言っても、写真を一緒に撮れないほど忙しいわけじゃないでしょ？　今なんてスマートフォンでパシャッで終わるじゃん。一緒に写真撮ってもらったら？」

「でもお父さんは福岡だし。お母さん帰ってくるの遅いし、休みも不定期だからみんなで写真なんて無理だよ」

「もー！　もっとわがまま言えばいいじゃん。いつも我慢してばっかりだから写真撮ってくらいのお願い聞いてもらわなきゃ。三人じゃなくて、二人でだって立派な思い出だよ」

でしょ？　と首を傾げるエリサの眼差しは真剣で、わたしはゆっくりとひとつ肯いた。

帰り道、エリサと別れた後にいつもの桜並木を歩いた。恒例行事だった家族写真がなくなってから、わたしはこの道を歩いて桜を見ると、苦い気持ちにならずにはいられなかった。

たっぷりとした花達が木々に咲き始めると、楽しくて満たされた、あの頃の自分の姿をどこかに探してしまう。けれど今は歩く度に靴底に花びらがまとわりつくのを煩わしいと思ってしまう。

あの頃は可愛いピンク色が好きで、小さな花びらが五つ寄り集まってできた一つのお花が風にさらわれて舞う姿は、紙吹雪みたいだと思った。枝の間から木漏れ日がスポットライトになり、スカートをはいて立っているだけで特別な女の子になった気分がした。手を繋《つな》いだ両親は笑っていて、もっとわたしを笑わせるために、お父さんはセルフタイマーのシャッターを押してこちらに向かって走ってくる時、わざと変な顔をしていた。だから二年生までのわたしは、この道でいつも大きな口を開けて豪快に笑っていたはずなのに。

その日の夜、お腹の空いたわたしは棚の中にあったカップ麺を食べて先に食事を済ませた。ローテーブルの上にアルバムを置いてお母さんの帰りをじっと待った。

十時を過ぎてもお母さんは帰ってこず、待ちきれず携帯に電話をかけるともう少しだからと言われた。眠たくてまぶたが落ちていきそうになりながらも、思っていることを今日伝えなければ、またわたしは気持ちに蓋をしたままになる気がして、頭がカクンと落ちそうになると思いっきり手の甲をつねった。痛みが走ると少しだけ目が冴えた。

お母さんが帰ってきたのは結局十一時を過ぎた頃だった。今日はコンビニの袋は持っていなくて、帰ってくる途中でおにぎりを食べたとくたくたに疲れた様子で言った。

「アイが先にご飯食べてくれてて助かった」

そう言ってリビングの床に足を投げ、仰向けに寝転がったお母さんのそばに近寄り、少し話があるのと重たい頭をどうにか支えて告げた。なあに？　と視線がこちらに向くと頭の中で何度も繰り返していた言葉が胃のあたりで詰まってしまい、無言でアルバムを差し出した。

懐かしいね、と言って手にとったお母さんはゴロンとうつ伏せに姿勢を変えて、ページをめくっていく。

「どうして急に出してきたの？」

「わたしね、留守番してる時にこのアルバムをよく見てるの」

肯きながらページはパラパラとめくられていく。写真の中の満面の笑みの自分と目があった。

「お母さんともっと写真が撮りたい」

勢いに任せてそう言うと、わたしの決意の一言とは裏腹にお母さんはキョトンとした顔をしながら、瞳は疲れからかとろんとしていた。

「昔は桜の下で家族写真を撮ってたでしょ。でもお父さんと離れて暮らすようになってから、それがなくなっちゃって。お母さんも忙しくなって、写真を撮る機会も減っちゃったから」

お母さんの手元からアルバムを取り、一番最後の写真を見せた。それは五年生のクラス写真だけのページだ。

「去年の写真はこれだけ。お母さんがわたしのこと蔑《ないがし》ろにしてるとは思わないけど、携帯でもいいから一緒に写真を撮って欲しい。昔みたいに今の家族をちゃんと思い出として残したいの」

わたしの手からそっとアルバムを抜き取ると、お母さんはしっとりとした声でごめんねと言った。

「お母さん忙しくて気付いてあげられなくて」

「お父さんもお母さんも忙しいのわかってる。だけど写真一枚撮るくらいのわがままなら許してもらえるでしょ?」

「ぜんぜんわがままじゃないよ。いつも我慢させてごめんね」

おいでと言われて、わたしは横になったお母さんの腕の中に滑り込んだ。こんなふうに一緒に横になったのもいつぶりだろう。毎日おやすみなさいのハグをしているけれど、それよりももっと近く、強くお母さんを感じた。ゆっくりと髪を撫でられると、それだけで全身の力がふーっと抜けて本当はまだ子供でいたいと、ようやく分かった。赤ちゃんの時に戻ったようなやすらぎが全身を満たしていく。

「毎日寂しい？」

わたしは正直に肯いた。じんわりと涙が滲んで、それを悟られないようにしたけれど、ポロポロと溢れ出してきた滴はお母さんのシャツの胸の部分に吸い込まれるように染み込んでいく。

「ごめんね。アイはまだ十一歳だもんね」

首を横に振ると、我慢しなくていいのよ、とわたしの気持ちが伝わったかのように、優しい声が降ってきた。

「写真、撮ろうね。約束する」

お母さんはゆっくりゆっくりと髪の毛を撫でてくれる。こんなに髪の毛伸びてたか、と言いながら、ゆっくりゆっくりと、そうされていると髪の毛の先から眠気が全身を包んで、お母さんの腕の中でまぶたを閉じてしまった。耳元では昔歌ってくれていた童謡がうすぼんやりと聞こえた。

翌朝、目が覚めると、わたしはベッドの中にいた。いつものようにリビングに向かうと、お母さんはもう起きてコーヒーを飲んでいる。おはよう。早いね、と言うとコーヒーカップから顔をあげた。

「学校に行く前に写真を撮ろうか」

まだ寝ぼけているのだろうかと立ち尽くしていると、急いで準備して、と急かされた。わたしより先にお母さんが起きていること自体が珍しくて、それだけでも驚きなのに、ちゃんと昨日の約束を覚えていてくれたことが嬉しかった。

歯を磨きながら洗面台の鏡に映った自分の顔が緩んでいて、口の端から溢れた泡がこぼれ落ち、慌てて顔を引き締めた。急ぎながらもいつもより丁寧に髪をとかして、洋服も一番お気に入りのものを選んだ。お正月にお父さんとお母さんに買ってもらった膝丈の薄いピンク色のスカート。上は白いスウェットを合わせた。

コーヒーを飲むお母さんはまだ眠たそうだったけど、わたしのためにあったかい牛乳を用意してくれて、それを飲みながらスナックパンを頬張った。

二人で家を出る時、心臓が高鳴っているのがわかった。どくどくと心臓の音がして、全身を血液が巡っている感覚。お母さんと繋いだ手のひらがじんわりと湿り気を帯びていく。

まるで一年生の入学式みたいだと思いながら、家のすぐそばの川原に立った。

「毎日通ってるけど、二人でくるのは久しぶりだね」

この辺だったかな、と今まで撮っていた場所を探すお母さんの手を引いて、ここだよと教えた。写真の中で何度も見ていた景色が目の前に広がって、かえって現実感がない。

二人で顔を寄せて、桜が入るようにうまく動きながらお母さんの携帯で写真を撮る。画面に映るわたし達の顔を見たら、なんだか泣きそうになったけれど、ぐっと堪《こら》えて目がなくなるくらい思いっきり笑った。

「お父さんが撮ってくれたみたいに全身が入るように撮れるかな」

そう提案をすると、お母さんは川原の歩道に立てられた円柱の上に携帯を置いて、画面を確認した。いくよーっという掛け声とともにお母さんがこちらに向かって走ってくる。その姿が昔見たお父さんの姿と重なった。お母さんの背後には満開の桜が風に吹かれ、わたしに向かって大きく手を振っているみたいだった。枝の間から漏れた朝日がわたし達に降り注ぎ、柔らかい光に照らされて透けた白桃色の花びらが、くるくるとダンスするように舞っていった。みんなが思わず顔をあげて、綺麗だねと言いたくなる気持ちが今は素直にわかる。わたしも昔はそうだったのに、卑屈になって俯《うつむ》いてばかりいたから、この景色に気がつけなかったのか。

隣に走り込んできたお母さんは息があがっていて、おもわず笑ってしまうと、やめてよーと言われて更に笑った。それとほぼ同時に携帯からシャッターの音が鳴る。二人で顔を見合わせて、えっ、と固まる。携帯の中に写っていた私たちは、満開の桜を背に向かい合って笑っていた。

「お父さんに送ったら喜んでくれるかな」

「これ、ポストカードにしてお手紙送ろうか」

川原沿いをランドセルを背負った子供たちがちらほらと歩き始めている。もうそろそろ学校にいかなければいけない時間だ。

「じゃあ、学校いってくるね」

「いってらっしゃい」

「いってきます」

かけ出すと地面に落ちた桜の花びらが風に巻かれてふわりと舞った。わたしの薄いピンクのスカートも、丁寧にとかした髪の毛も、さらりと風が撫でていく。

# 魚の記憶

三浦しをん

三浦しをん（みうら・しをん）
76年生まれ。作家。『舟を編む』『政と源』『あの家に暮らす四人の女』『ののはな通信』『愛なき世界』。

O市に住む甥から鯛が一尾送られてきた。甥や私に祝いごとがあったわけではない。添えられていたメモには「ひさびさに大漁」とにじんだ文字で書いてある。しかし甥は漁師ではない。日中は山仕事をし、夜は海辺の護岸ブロックに腰かけて趣味のイカ釣りをする。休日には、地元の何人かの友だちと共有する中古の小さな釣り船で海に出て、日がな糸を垂れる。ただの釣り好きの中年男だ。

妹のはじめての子である甥が生まれたときから、私はずっとかわいがってきた。ふだんは遠く離れて暮らしているが、甥が子どものころはよくO市に遊びにいったし、甥も学校の休暇中に私の家に遊びにきた。最後に会ったのは二年まえの夏、妹の葬式でO市に行ったときで、以降は私も年齢のせいか遠出が億劫になったが、甥は一人で暮らす私を案じてしょっちゅう電話をくれたり、こうして釣った魚を送ってきてくれたりする。

私には甥だけでなく、姪もいる。甥も姪も家庭を築き、子どもがいる。けれど親族のなかで、私が一番親しみを感じ、気が合うのは甥だ。なぜなのかはわからない。山で働き海で遊ぶ、夏休みの子どもがそのままおじさんになったような甥に憧れを覚えるからかもしれない。

電話で礼を述べ、

「それにしても、あなたはいくつになっても遊ぶことには熱心ねえ。おかげで立派な鯛にありつけるけれど」

と言ったら、

「うたこばだって似たようなもんやろ」

と甥に笑われた。歌子おばさん、縮めて「うたこば」で、舌がうまくまわらなかった幼い日の呼びかたを、いまも使っているのは甥だけだ。

たしかに私も、東京に出て独り身のまま好きな仕事をして暮らし、いつのまにか年だけ取った自覚はある。

「そういえばそうだ。所帯を持ったぶん、あなたのほうがまっとうだわ」

「まっとう、ちゅうことはない。持ちたいから持ったまででの。女のひとが一人で生きていくのは、特にうたこばの世代じゃあ、ようけ苦労がいったはずや。それでも踏ん張り抜いたうたこばのほうが、まっとうじゃ」

旧弊なところがなく、だれに対してもまっさらな姿勢と視線で向きあうこの甥を、私はやはり好ましく思う。互いの体をいたわりあう言葉で電話を終え、さて、と発泡スチロールの箱に入った鯛を眺めた。

立派な、と言ったのはやや誇張で、甥が釣った鯛は頭から尻尾のさきまでで三十センチ強といったところだ。けれど一人で食べるには十二分な量だし、まぶされた氷から覗く目はまだ黒々と澄んでいる。焼き魚にしようにも、このサイズがまるまる入るグリルはうちにはなく、なによりも私は魚を焼くのが下手だ。鮭の切り身もアジの干物も炭化寸前にしてしまうのが常だった。たぶん、海の気配などかけらもない山奥の村で育ったからだろう。魚はよく焼かないと不安でならないし、いまでも刺身はそれほど好きではない。

氷をかきわけて確認したところ、甥はちゃんと鯛のウロコもワタも取ってくれていた。よく焼かないと不安云々というのは言い訳で、私はそもそも料理自体が下手なのだ。それを知っているから、甥はいつも下処理を完璧に済ませた魚を送ってくる。

「おばあさん」と言われても反論できない年齢と外見になってみて、つくづく思う。どうも世の中には、老齢の女性は料理上手にちがいない、そうであってしかるべき、なぜなら長年にわたって家事をしてきたはずなのだから、という期待があるのではないか。「おばあの知恵袋」のような言いまわしが、老齢女性全般への期待をますます高めている。おじいには知恵袋は備わっていないのかと言いたいし、私を「丸山さんのおばあさん」と呼ぶ隣家の小学生女子にも、「私は孫がいないのでおばあさんではありません」と言いたい。もちろん言えないので、鯛の調理法を懸命に考える。

その結果、鯛めしを作ろうと思いついた。鯛めしならば炊飯器がなんとかしてくれるし、余ったぶんをラップで包んで冷凍保存できる。骨を取るのが面倒だが、仕事を引退してから時間ならばいくらでもあるのだ。寿命までの余裕はそうないかもしれないのに、鯛の骨を取ることに時間を費やそうと考えるのが我ながら不思議だけれど。

でも、自分に与えられた時間がどれほどだろうと、やはり私は下手なりに料理をしたり、部屋をちょこちょこと掃除したり、買い物ついでにちょっと遠まわりして散歩したりで日々を過ごすはずだ。ほかにすべきことなどなにもない気がする。働くことを通して、もう充分にひととまじわってきた。そしてわかったのは、家族がいようといまいと、金があろうとなかろうと、だれしもそれぞれ固有の苦しみや喜びがあり、しかし生きているかぎりご飯を食べて寝て起きて生活はつづくのだという、あたりまえのことだった。私はもう、さして親しく交流したいひともなし、できるだけ静かに穏やかに毎日を暮らしたい。心にさざなみが立つのは、小学生の女の子に「おばあさん」とにこにこ呼びかけられるときぐらいにしておきたい。

鯛めしは穏当だ。手間がかからないうえに、料理をした、きちんと生活している、という充足感を得られる。しかも、当面は冷凍した鯛めしでしのげるので、料理を少々サボることまでできる。私はさっそく昆布をハサミで切って、浅く水を張った鍋に入れた。米を研ぐあいだでは出汁は出ないだろうけれど、ついやってしまうおまじないのようなものだ。米は二合か三合か迷ったすえに三合にした。どれだけ食べるつもりなのかと一人で笑ってしまった。

炊飯器の内釜に米と醤油と酒とみりんを入れ、昆布ごと水を注ぐ。以前に店で食べた鯛めしに生姜《しょうが》は入っていなかった気もするが、親指の頭ほどの生姜の欠片《かけら》を細かく刻み、それも入れる。魚は生臭い、という身に染みついた観念を鎮めるための、これまたおまじないのようなものだ。

米に水分を吸わせるあいだに、フライパンに薄くゴマ油を引き、鯛を焼く。頭と尻尾がはみでてしまい、こんなことならブツ切りにでもなんでもして、グリルで焼き魚にしてもよかったのではと思うも、まあ焦げ目がついて香ばしさが出れば鯛めしの鯛としては合格だろうと、フライ返しを使って鯛をずらしたりひっくり返したりする。薄い皮がフライパンに貼りついて苦心した。どうせ炊きあがったら身をほぐして骨を取るのだから、多少崩れてもかまうまい。

猫がいたら足もとに擦り寄ってきそうな、いい香りが台所に漂う。残念なことにサバ太は三年まえ、十七歳で大往生を遂げていた。サバ太が死んだとき、私は両親や妹の死に接したときよりもよっぽど悲嘆に暮れ、亡骸《なきがら》を膝に抱いて涙したものだった。以来、猫を飼う気にはなれない。いまから飼っても猫よりもさきに私が死んでしまうだろうし、サバ太ほど賢く優しい猫に出会えるとも思えない。サバ太とはつかず離れずのいい相棒だった。サバ太もきっと、私のことをそう思ってくれていただろう。いま、この狭い借家にいる生き物は、私のほかには茶の間の鉢植えだけだ。名前は知らないが、春にオレンジ色の小さな花をつける。たまに初冬にも花が咲く。暖房を入れると春になったと勘違いするらしく、なにやら粗忽者《そこつもの》の気配がするところが気に入っている。室内ではしばしばクモやコバエも見かけるけれど、勝手に侵入してきたのであるから、同居する生命体には数えていない。

焦げ目がつきすぎてしまったきらいはあるが、鯛を内釜に移す。頭と尻尾が収まりきらないので、身を湾曲させて無理やり入れる。こんなことならブツ切りにでもして焼き魚に、とまた思う。内釜を炊飯器にセットし、あとは炊けるのを待つだけだ。

私が魚に少々身がまえてしまうのには、子どものころの釣りが影響しているだろう。まだ小学校にも上がらないころ、家から歩いて一分の川に父と妹と行った。故郷の村は山がちで、遊び場といえば田んぼのあぜ道か清流だけだったが、就学まえの子どものみで川遊びをするのは禁じられていたため、その日は妹も私もおおはしゃぎだった。父は村の郵便局に勤めていて、休日はごろごろと昼寝したり寄り合いに出たりで、川につれていってくれるのはめずらしかった。

川に入るには水温が低い、たしか五月ぐらいのことだった。父は幼い子どもを飽きさせぬよう、ぬかりなく釣り竿を持参しており、釣り竿といってもそれは細い竹に糸をくくりつけただけのお手製だった。妹と私、それぞれの背丈に合わせた釣り竿を手渡した父は、ピースの空き缶を橋のたもとの地面に置いた。なかには、庭を掘り返してつかまえたミミズがうねうね入っていた。

父はミミズをひきちぎり、自分の釣り鉤に刺した。それでもまだ動くミミズの体に私はひるんだが、妹はむんずと缶のなかのミミズをつかみ、父を真似ようとする。けれど、子どもの力ではミミズをうまくひきちぎれない。結局、父が妹と私の釣り鉤にミミズをつけた。妹は不満そうだったが、私は心底からホッとした。

私たち三人は並んで橋に立ち、川面に糸を垂らした。糸を引っぱられたら竿を上げろ、と父は言ったが、水の流れはときに魚に擬態して、くいくいと糸を引っぱる。てっきり食いついたとばかり思って私は竿を上げるのだが、鉤についたミミズに変化はない。歌子はせっかちだなと笑う父の隣で、妹は眼光鋭く川面をにらんでいた。

思えば、甥の釣り好きは妹譲りなのかもしれない。

妹は短い釣り竿を自在に操り、三十分ほどで五匹も魚を釣りあげた。父は三匹、私は一匹で、いずれも大人の中指ほどの細長い魚だ。なんという名の魚だったのか、たいがいの村のひとは、川に棲むフナ、鮎、メダカ、ウナギ以外は、すべておおざっぱに「魚」

としか呼ばれなかった。父もご多分に漏れず、ようけ魚が釣れたのう、と言った。特に舞子は漁師になれるで、と褒められて妹はうれしそうだった。

その経験があって、海沿いのO市に住む男性との結婚を決めたのかもしれない、などとばかなことを考えつつ、卓袱台《ちゃぶだい》に向かって緑茶を飲む。炊飯器が不穏に振動しはじめた。そろそろ買い替えどきだろうか。けれど炊飯器よりさきに私の寿命が来るかもしれず、こうしてなにかしようかと思うつど、どちらが長生きするかを考慮しなければいけないのが厄介だ。

父は、糸のついた竿とミミズは橋から川に放りこみ、鉤は再利用のためピース缶に収めた。子どものまえで不法投棄する父親など、いまはいないだろう。そういえば父は釣りのあいだも新生をふかし、吸い殻はむろん地面にポイ捨てしていた。ピース缶はだれかにもらってちまちまと吸った名残で、ふだんは新生だった。たまに、父の吸っていた甘苦いような新生の香りが、記憶の底から鼻さきをかすめることがある。

九匹の小魚が入ったバケツは父がぶらさげ、妹と私はそのあとについて、家に戻った。母と祖父母が釣果《ちょうか》を喜び、夕飯のおかずにするため、母と祖母はさっそく台所に立って、小魚に天ぷらの衣をつけた。

私は衝撃を受けた。釣った魚を食べるとは思っていなかったのだ。包丁の腹で頭を叩かれ、気絶だか絶命だかした魚は、おとなしく衣をまぶされ、熱した油に投じられてあっというまに天ぷらになった。祖父母と父に二尾ずつ、母と妹と私が一尾ずつ。小皿に載って座卓へと登場した魚をまえに、食べたくないと私はべそをかいた。

「ふだんも魚の天ぷらを食べとるやろ。あれと同じや」

「おいしいよって食べなさい。はよせんと冷めるで」

両親が口々に言い、

「あれあれ、歌ちゃんは魚を飼うつもりやったんかな。かわいそうなことしたな」

と、私をかわいがっていた祖母が慰めてくれた。そのあいだに妹は天ぷらを頭からばりばりたいらげており、私はいっそう悲しくなった。最終的には祖父の、

「釣った魚を、食いもせんでほかしたらバチが当たる。かわいそうでもありがたく食うのが、せめてもの供養ちゅうもんや」

という一言で、私は目をつぶって天ぷらを食べた。清流で育った小さな魚は、驚くほどおいしかった。細長いのに身はふくふくとして、ほんのりと甘かった。おじいちゃんたちはもう一匹食べられていいなと、あのとき私はたしかに思い、そんなふうに思う自分がうしろめたく、なんだかおかしくもあった。

いまなら、「現金な」という形容がふさわしいとわかる。泣き笑いして食べた小魚ほどおいしい天ぷらには、その後もついぞ出会わず、私はなんとなく魚をまえにすると腰が引けるというか身が引き締まる気持ちになる。見開いたまんまるな目が、「かわいそ

う」と思ったくせにおいしく食べた私を見透かしている気がするからかもしれない。おまえも俺も、ほかのすべての生き物も、食ったり食われたりして生きて死ぬ。それだけのことだ、と言われている気もして、「なるほどたしかに」などと一人うなずくうちに、だいたいいつも切り身を焼きすぎる。いや、理由の大半は私の料理の腕前にあるが、豚肉や牛肉が相手だとまだまだ想像が至らぬためか加減よく焼けるのもたしかで、魚と問答をはじめてしまうのがいけないと半ば本気で思ってもいる。

炊飯器が振動をやめ、かわりに猛然と蒸気を噴きあげはじめた。炊飯器とはこんな火山めいた事象を生ぜしむるものだったろうかと毎度首をかしげてしまうのだが、米がマグマのようにとろけることも岩石のように硬くなることもなく、まずまず常識的な範《はん》疇《ちゅう》で炊きあがるので、買い替えについてはやはりいつまでも検討中のままだ。蒸気に混じり、醤油と鯛の香りが茶の間じゅうに充満する。

幼少の身で魚を釣りまくり、天ぷらを瞬時にたいらげた妹は、ほがらかで生命力も生活力も私よりよほどあったと思うのだが、さきに死んでしまった。妹は結婚後も、O市からけっこうな時間をかけて車でちょくちょく生まれ故郷の村へ行き、年老いた両親の様子を見てくれたし、両親亡きあとは、祖父母をはじめとする代々の先祖が眠る墓の手入れをし、法事の差配も折節《おりふし》してくれた。私はといえば妹に言われるがまま、たまに墓参りをしたり法事に参加したりするのみだった。

そんな私を妹が心の底でどう思っていたのかはわからないが、「仕事が忙しいやろけど、無理をしてはあかんで」と顔を合わせるたび心配してくれはすれど、不満を訴えられたことは一度もない。村の墓と生家は、いまは甥が管理している。妹はO市の墓に入っているし、私自身は特にこだわりもないので、死んだらそのへんの海か川に骨をまいてほしいと甥には言ってある。

「散骨するにも、なんかしら手続きがいるんとちゃうか」

と甥は笑う。「うたこばがいやでなければ、村のお墓に入ったらええ。俺がちゃあんと参ったるで」

もう半世紀以上まえに出た村より、O市の海のほうがまだしも身近に感じられる。

「そんなこと言わず、あなたの船からちゃちゃっとまいちゃってよ」

不法投棄をする父の娘は、甥に不法投棄を頼みこむ老人になった。甥がどう判断するかは知らないが、どうせ骨になったあとのこと、好きにしてくれればいい。

妹の葬儀の翌日、甥は私を船に乗せて海に出た。甥の奥さんも、姪も、こんなときにとあきれていたけれど、私は以前から乗ってみたいと思っていたのでうれしかった。釣りの才能があったと思《おぼ》しき妹の供養にもなるだろう。

ところが甥に聞いたら、妹は息子の船には乗りたがらなかったらしい。

「川はええけど、海はこわいちゅうての」

と甥は言い、エンジンを作動させた。薄曇りの早朝の空気にオイルのにおいを振りまきながら、船はゆるゆると発進し、波止めブロックの外へ出た。

前日の雨のせいか、海は濁り、けっこう波があった。私は船縁にしがみつき、風を顔に受けていた。なんの気なしに口の端を舐《な》めてみたら海の味がした。甥はO湾の真ん中あたりで船を停めた。停まるとますます波に翻弄され船は揺れた。

「だめだわ、酔った」

と私が言うと、甥はアルミホイルにくるんだおにぎりを差しだしてきた。

「ほい、朝飯」

「聞いてた？　いま食べたら絶対吐いちゃう」

「食べたほうが船酔いせん」

「嘘でしょ」

と言っても、なおも無言でおにぎりを突きつけるので、しかたなく受け取って食べた。明けていく空を眺めながら海上で味わう塩むすびは格別で、胃にものが入ると甥の言ったとおり、不思議に吐き気も治まった。

湾と外海との狭間、私から見てちょうど正面に、こんもりとした緑の小島があった。無人島なのだそうだ。

「なんだか、仰向けになったムーミンを横から見たみたいな形ねえ」

「うん。ムーミン島て、みんな呼んどる」

「嘘でしょ」

「さっきからなんでそう疑うんや」

「みんなって、漁師のおじいさんも？」

「うん」

と揺られながら話すうちに、一艘の漁船が近づいてきて、乗っていたおじいさんが、

「おーい」

と隣につけた。「今日はダメや。あんたとこのお母さんを偲んで、慎む日やの」

「昨日は来てくれてありがとな。湾の外に行ってもあかんかいの」

「あかんあかん、ムーミン島と言っている。ムーミン島の裏あたりまで行っても、さっぱりじゃった」

本当にムーミン島と言っている。思わず噴きだしそうになった私は必死にこらえ、ふむふむとわかったふうにうなずいてみせた。おじいさんは船縁にいる私に気づいて会釈すると、港へ向けて再び船を走らせはじめた。

「な？」

と得意そうに言った甥は、「虹や」とおじいさんの船が去っていったほうを指した。

海からそそり立つ崖に細い滝があり、そこに小さな虹がかかっていた。

「あんなところに滝があるのね」

「雨のあとしか現れん滝や。海からしか見えんよって、船に乗るもん以外はO市に住んどっても知らんやろ」

では妹は、何十年もO市にいたのに、あの滝の存在を知らなかったかもしれない。甥から話は聞いていたとしても、実際に目にすることはないまま死んだ。

海に達するまえに霧散する真っ白な流れを、私はしばし黙って眺めた。私や甥や、甥の子どもたちが死んでも、人間がすべて死に絶え地上から姿を消しても、雨のあとに滝は現れ、また消えてを淡々と繰り返すのだろう。

途方もない気持ちになって、船縁越しに海を覗きこんでみる。薄緑に濁った海中には、細かい塵のようなものが静かに逆巻くばかりで、魚の影はどこにも見当たらなかった。

「竿も準備してきたけど、またにしよか」

と甥は言った。

「そうね、また今度ね」

と私はうなずき、外海のほうへと視線を戻す。朝日のなか遠ざかっていくムーミン島に心のなかでさよならの挨拶をした。たぶん今度はないとわかっていた。

炊飯器がピーと高く鳴る。うまく炊けていたらいいのだが。蓋を開けるべく、膝に手をついて立ちあがる。

私の生涯の釣果は一匹の小さな魚ということになるだろう。

# 太陽

森絵都

森絵都（もり・えと）

68年生まれ。作家。『カラフル』『DIVE!!』『永遠の出口』『風に舞いあがるビニールシート』『出会いなおし』『クラスメイツ』『みかづき』『カザアナ』『できない相談』。

すべてのものは失われる。すでに失われたものは失われつづけて、まだ失われていないものはいずれ失われる。なにものも喪失をまぬがれない。自分自身すらも。だから嘆いちゃいけない。私は自分に言いきかせる。過去に執着しないこと。変化を肯《うべな》うこと。細胞の新陳代謝を阻害しないこと。この不確かな世界と折りあっていくための柔軟性を確保すること。

＊

「予約は必要ありません」

予約依頼の電話をした私に、風間歯科医院の受付嬢は告げた。

「月水金の診察時間内でしたら、いつでも、お好きなときにいらしてください」

助かった——と安堵した直後、その倍の不安が私を襲った。

予約が要らない歯医者。それは、人気がない歯医者と同義なのではないか。そして、人気がない歯医者とは、技術がない歯医者と同義なのではないか。あるいは、気性が荒い歯医者、高圧的な歯医者、心の冷たい歯医者、うっかり者の歯医者、手先の不器用な歯医者、やたらインプラントを勧める歯医者、等々と。

疑心をうずまかせながらも、その午後、私がすごすごとその歯科医院へ出向いたのにはそれなりの事情がある。

奥歯に釘をねじこまれるような痛みに襲われたのは、前日の夜——よりによって日本初の緊急事態宣言が発出されたその日のことだった。ステイホームどころではない激痛に、あわてて近場の歯医者を探すも、ある医院は診療時間を短縮中で三週間先まで予約がうまり、ある医院はスタッフ不足のため新規患者を受けつけておらず、ある医院は五月六日まで休業中、とことごとく空ぶりに終わっていた。

徒歩圏内にある最後の砦が風間歯科医院だったのだ。

今どきウェブサイトがなかったり、口コミが一件も見つからなかったり、予約が要らない以外にも不安要素の多い歯医者ではあった。が、首都の完全封鎖もありえる未来を思えば、やはり場所は近いにこしたことはない。

とりあえず行くだけ行ってみよう。まずはこの痛みを止めてもらうだけでもいい。大きな期待はせずに家を出た。

謎多きその歯医者は私が住んでいる賃貸マンションから徒歩十五分、大通りの喧騒から外れた住宅街の一角にあった。外観は淡いグレーの鉄筋二階建て。同じ色味で統一された院内の待合室には深い洞窟を思わせる静けさが立ちこめていた。順番を待つ患者の影はない。壁をにぎやかすポスターもなければ、雑誌を並べた棚もない。カウンター越しに会釈をよこした受付嬢の口を覆う水玉模様のマスクだけが、その無機質な空間にほのかな艶を加えていた。

初診の手続きののち、私はすぐ診察室へ通された。

「初めまして。院長の風間です」

現れたのは院長にしては若い小柄な歯科医だった。私と同じ三十代の半ばか、もう少し下か。丸い黒目の柔らかさと、天然パーマのくりくりした頭が、「長」を冠する人間らしからぬ愛嬌をかもしだしている。

「では、さっそく診せていただきます。マスクを外して口を開けてください」

そう言われ、マスクをしたままでいたことに気がついた。同時に、久しぶりに人前で口元をさらすことに気づき、私は妙な気恥ずかしさをおぼえた。

「あー」

私の奥歯をのぞきこむなり、風間先生は気になる吐息をもらした。

「かわいそうに。これ、虫歯じゃありませんね」

「はい？」

「一応、検査しておきましょうか」

かわいそう？　謎のつぶやきを頭で反芻《はんすう》しながら受けた検査の結果は衝撃的だった。

「加原《かはら》さん、どうか冷静に聞いてください。これは、ときどきあることです。とくに僕のもとへ来られる患者さんにはままあることです。ですから特殊な症例と思わないでほしいのですが、検査の結果、加原さんの奥歯には何の問題も見つかりませんでした。歯茎も至って健康です。物理的には痛む理由がありません」

診療椅子に体を横たえたまま、私は風間先生のつぶらな瞳にまじまじと見入った。

「でも、痛いんです」

「わかります。理由がないと言われても、痛いものは痛い。その痛みに嘘はないでしょう。ご本人にとっては切実な実体を伴った痛みであるはずです。僕はそれを、代替ペイン、と呼んでいます」

代替ペイン、と風間先生は新曲のタイトルでも発表するように言った。指ではじく弦楽器のようによく通るその声は、漆喰《しっくい》の壁に反響し、たまゆら宙を浮遊した。

「つまり、こういうことです。加原さんの中で実際に痛んでいるのは、歯ではなくて別の部分です。歯はその身代わりとして痛みを引きうけているにすぎません」

「別の部分？」

「端的に申しあげれば、心です」

　間髪を入れずに風間先生は「わかります」と続けた。

「皆さん、そういう顔をされます。でも、くりかえしますが、これは特殊な症例ではありません。世の中には心因的な胃痛に苦しむ人もいれば、心因的な頭痛に苦しむ人もいる。加原さんの場合は心の痛みが歯に出た。それだけのことです」

　心因的な歯痛。それは本当に「それだけのこと」なのだろうか。

　頭の混乱が収まらないまま、とりあえず私は聞くべきことを聞いた。

「仮にこれが心因的な痛みだとして、それは、どうすれば治るんですか」

「まずは真なる痛みの正体を見極め、直視することです。何かがあなたの心を痛ませている。あなたはそれに気づいていない。あるいは、気づいていながら目をそむけている。このままではあなたの歯が心に代わって痛みを背負いつづけることになります」

　こんなインフォームドコンセントがあるだろうか。突飛な宣告を訝《いぶか》りながらも、私は声を出せずにいた。何の前触れもなく始まった歯痛。適量の倍近く飲んでも効かない市販の鎮痛剤。うっすらとした予感はあった。この痛みはどこか普通ではないと。

「いいですか、加原さん。どうかご自身の心をよく見つめてください。あなたを悲しませているもの、苦しめているもの……目をそらさずに、じっくり探してください。よろしければ僕もお手伝いします。二人三脚でがんばりましょう」

ただでさえ人間を無力化する診療椅子の上で、どこまでも穏やかな声にぼんやり聞き入っていた私は、最後の最後、ようやくハッと我に返って言った。

「でも……でも、これが心因的な痛みだっていう証拠はあるんですか」

精一杯の抵抗。しかし、風間先生は表情を変えずにレントゲン写真を指さした。

「この奥歯には、残念ながら、もう神経がまったく通っていないんです」

そういえば、十年以上前に虫歯をこじらせ、神経を取った歯があった。すっかり忘れていたけれど、どうやら、それが右上のこれだったらしい。ということは、つまり、私は痛覚がない歯の幻の痛みに悶《もだ》えていたことになる。

「お好きなときに服用してください」

頭の整理がつかないまま会計を済ませた私に、受付嬢はなぜだか効かないはずの内服薬を差しだした。

「ほんの気持ちです。風間先生からの」

悪戯《いたずら》っぽい笑みの意味を知ったのは、表へ出てからだ。

内服薬の袋をのぞくと、そこには、小さくて茶色くて四角い影が三つ。

キャラメルだ。

一気に緊張がとけて体が弛緩した。早速、マスクの下から一粒を差しこむ。昔懐かしい甘味が口いっぱいに広がっていく。

空を仰げば、一面の青がまぶしい快晴の昼さがりだった。往路よりもゆっくりと歩いた通り沿いでは、ハナミズキやアカシア、木蓮などの庭木が花を咲かせていた。若い緑が太陽光を濾過《ろか》し、無数の清き光点を地に注いでいる。

文句なしの陽気だった。虫も踊りだしそうな春だった。マスクにふさがれた顔半分だけが、しかし、不快に湿っている。

キャラメル三粒を食べつくして帰宅した私は、洗面所で念入りに手を洗いながら、依然熱を持って疼《うず》いている奥歯とようやくまっすぐ向きあった。

さて、この代替ペインとやらをどうしてくれようか。


この数ヶ月間、現実感を失うほどの勢いで悲劇が拡大し、人々の生活にあまたの影響がおよんでいく中で、自分はまだ恵まれているほうだと思っていた。

某食品製造会社の経理部に雇われて十一年。利益の激減に苦しむ企業が少なくない今も、保存食需要のおかげでうちの会社はむしろ売り上げを伸ばしている。三月末から在宅ワークに入っている私自身の作業効率も上がった。不要不急の雑事を押しつけてくる上司がいないためだ。

独居＋在宅ワークの完全一人生活にも徐々に慣れてきた。人恋しさはあるけれど、一方で人に煩わされない気楽さもあり、失われた残業代の代わりに自由がある。こうなったからには弾力的に生きていくしかないと居直ってもいた。

無論、日々の小さなストレスはある。外出の自粛。混雑するスーパー。町から消えたトイレットペーパー。日に日に「休業中」が増えていく飲食店。誰かの咳《せき》に過剰に反応する視線。不安をあおるネット記事。

でも、それらはいまや全人類共通のストレスだ。自分だけではないと思えば、人間、大方のことには順応していける。

代替ペインの犯人は、だから、この大禍とは無関係の何かだと私は本能的に感じていた。全人類を呑みこむカタストロフィーの圏外にあるもの。もっと個人的な。

思いあたる節はあった。

「私、最近、ある男性と別れたんです」

風間先生に電話でそれを打ちあけたのは、風間歯科医院を訪ねた翌日だった。「二人三脚でがんばりましょう」の一語に甘えてのことだが、もしも私が思っている相手が代替ペインの犯人であるならば、一刻も早く退治してしまいたいとの焦りもあった。奥歯の痛みは依然耐えがたく、おかゆやスープ以外は口にできないほどで、夜もまともに眠れずにいた。心から生じた痛みがめぐりめぐって再び精神を消耗させている。

「すみません。こんなプライベートな話を歯医者さんにするなんて、どうかしてますよね」

「いえいえ、歯にしても心にしても、痛みとは総じてプライベートなものですよ」

風間先生は慣れた様子だった。

「よろしければ聞かせてください。その男性との別れに関して、加原さんの中には消化できていない部分があるのでしょうか」

「消化……できてないですね。あまりに突然でしたし、それに……」

そう、私にとってそれはクラッシュ事故のようなものだった。安全運転を心がけていたつもりが、突如、横から突っこんできた車に当てられ、こっぱみじんにされた。

「その彼とはずっと安定した関係だったんです。友達の紹介で二年前に知りあって、とくに波乱もなく続いてきました。最近は私も将来のことを考えはじめてましたし、外出の自粛が始まったころ、この際だから一緒に暮らさないかって彼に持ちかけてみたんです」

「ああ。そういうカップル、わりといるみたいですね」

「はい、彼にも言われました。みんな同じことを考えるんだな、って。私、彼も同棲を考えていたんだなって、ホッとしたんです。でも、違いました。彼は私と二股をかけていた女性からも同棲を持ちかけられて、その子と暮らすほうを選んだんです」

「え」

一瞬、言葉につまりながらも、風間先生は白衣の人間らしい冷静さを失わなかった。

「それは……大変なときに、大変な目に遭われましたね。消化できなくて当然です。つまり、加原さんの中には悲しみだとか、怒りだとか、さまざまな感情が今も残っているわけですね」

「はい、ひととおり残っています。広く浅く」

「広く浅く？」

「その……じつは、その彼とは本当に落ちついた関係で、淡々と、波乱がない代わりにもりあがりもないっていうか、苦しくないけど楽しくもないっていうか、とにかくずっと安定した低空飛行みたいな関係が続いていたんです。今から思えば、私、その安定感に依存していたのかもしれません。なので、裏切られたのはショックでも、それほど彼自体への未練はないっていうか……」

「なるほど」

「むしろ本性がわかってよかったです。二股をかけたあげくに平気で人を切りすてるような人ですし、あのまま一緒にいたらもっと大事故に至っていた可能性もありますし」

「ええ、ええ、大いにありえますね」

「ですから、もしも代替ペインの犯人が彼だとしたら、正直、なんかものたりない気がするんです。こんなに痛いのに、その原因があんな男なのかと……」

負け惜しみではなく、それは心からの声だった。失って初めて大事なものに気づく、とよく人は言うけれど、失って初めて気づく大事じゃないものもある。愛情ではなく安定のために自分をごまかしつづけたツケは自分にまわってくる。彼は私にそれを教えてくれた人だ。

が、しかし、もしもこの代替ペインがその「気づき」を根底から覆し、私をさらなる悟りへ導くための試練であるならば――そこまで考えて、私は挫折した。そんなややこしいことを考えつづけるには歯が痛すぎる。

「おっしゃることはわかります。元彼は犯人に値しない、というわけですね」

短い黙考のあと、風間先生は言った。

「ともあれ、まずは確かめてみましょう。加原さん、今日一日、集中してその彼のことを考えてみてください。怒りでも悲しみでも悔しさでもいい、彼に対するご自身の感情と、とことん対峙してください。もしも犯人が彼であるならば、明日には歯痛が弱まっているはずです」

私はそれを約束して電話を切った。

そして、一日、彼との記憶に浸った。もはやさっさと忘れるしかないと思っていた男を脳内ゴミ箱から引っぱりだし、自分の感情をつぶさに精査した。裏切りによる傷。くじかれたプライド。敗北感。徒労感。よりによってこんな時期に、という若干の逆恨み。消滅したほのぼの系未来像への心残り。ややもすれば一人になった自分の将来に対する漠然とした不安に傾きがちな思考を修正し、むりやり彼のことを考えつづけた。

ほぼ眠れずに迎えた翌朝、寝返りも打てない奥歯の痛みは微塵《みじん》もやわらいでいなかった。

「やっぱり」

彼は犯人の器じゃなかったのだ。私は「よし」とうなずいた。

が、しかし――では、真犯人は何なのか。

幻の歯痛にとりつかれて一週間、じわじわ減っていた体重がついにマイナス二キロに達した。平時であれば万々歳だが、今、免疫力を落とすのはまずい。

切羽つまった私は必死で真犯人を探した。何が私を痛めつけているのか。朝も晩も、自分の心を丹念に触診するように、かたいしこりや生傷を追いつづけた。

時期が時期なだけに、容疑者はつぎつぎ浮上した。

週二で通っていた飲み屋が休業し、店長や常連たちとバカ話ができなくなったこと。一人の晩酌が過ぎた夜、四年前に別れた彼につい打ってしまったラインを既読スルー

このところ三日に一度は「ああああーっ！」と隣人の叫声《きょうせい》が聞こえてくること。

エクセルのできない上司から毎日SOSの電話がかかってくること。

女友達とのZoom飲み会で上司のグチをこぼしたら、「在宅できるだけマシ！」と激昂され、以降、気まずくなってしまったこと。

盛岡在住の母から「とにがぐ今はそっちでけっぱりなさい」と、帰省牽制の電話がしょっちゅうかかってくること。

老いて病んでいる実家の犬にいつ会えるかわからないこと。

会えないといえば、別の女と暮らしている元彼の飼い猫にももう永遠に会えないこと。

芋づる式にずるずると浮かぶ。

私にかぎらず、この非常事態の下で暮らしていれば、誰しもそれなりの鬱屈を抱えているだろう。それらのすべてが積みかさなり、総体として私を追いつめている可能性もある。

「全員が犯人ってことはありませんか」

私は風間先生に再び電話をして尋ねた。

「アガサ・クリスティの小説にもありましたよね。登場人物の全員が共犯者なんです」

「確かにそのようなケースもありますが、加原さんは違います」

風間先生は断言した。

「なぜわかるんですか」

「勘です」

「は？」

「ええ、歯です。僕、歯を見ればわかるんです」

ときどき彼の言うことがわからない私に、風間先生は根気強く説いた。

「どうかもう一度、じっくりと考えてみてください。どんな些細なことでも結構です。あなたが取るにたらないと思いこもうとしていることが、実際はそうでなかったりする。それが代替ペインです」

流し台の片隅にチラつく黄色に視線を据えたのは、全員犯人説を否定されたその夜のことだ。

その黄色はもう何日も前からそこにチラついていた。はるか以前からキッチンの構成要素の一部であったかのようにステンレスの台に溶けこんでいた。意識せずに放っていたものの、視界の端には常にあった。が、この日にかぎってその黄色が妙に生々しく感じられ、私はそろりと歩みよった。

真っ二つに割れたかけらを手に取る。

右手と左手に一つずつ。

かすかな、しかし確かな痛みが、瞬間、胸骨の奥を駆けぬけた。

まさか——。

暗がりの中、息を殺して、私はその鋭利なかけらにまじまじと見入りつづけた。


「まめざら？」

風間歯科医院の患者はこの日も私だけだった。「一応、形だけでも」と通された診察室で、とりあえず椅子に体をあずけた私に、二メートルのソーシャルディスタンスを置いた先から風間先生は困惑のまなざしを向けた。

「それは、豆の一種ですか」

「いいえ、お皿の一種です」

これくらいの、と私は両手の指でタマネギ大の円を象《かたど》った。

「小さなお皿です。お醤油入れにしたり、取り皿にしたり、いろいろ使えて便利なんです。場所も取らないし、値段も安いし、なにより見た目がかわいいので、私、集めているんです。食事のたびに豆皿を変えるだけで、なんとなく気分も上がるっていうか」

「なるほど」と、風間先生は表情をゆるめた。「日々の彩りですね」

「はい。上京して一人暮らしを始めた大学時代からこつこつ集めはじめて、今、百枚ちよっとかな。ながめているだけでも気持ちがなごむんです」

陶器、磁器、漆。円形、多角形、扇形。花や野菜、動物の形を模したもの。素材も形もバラエティ豊かで、個々それぞれの味がある。豆皿の世界は奥深い。

診療椅子の上で語ることではないと思いつつ、私は豆皿について熱く語った。

「とりわけ気に入っている何枚かは、すぐ取りだせる食器棚の最前列に重ねています。センターポジションです」

「お皿にも序列があるわけですね」

「はい。中でも不動のナンバーワンは、黄色い豆皿でした」

私は声を落とした。

「淡い、優しい黄色です。ホットケーキの上でとろけるバターみたいな。形はシンプルな円形ですけど、よく見ると、縁に沿ってぐるりとリーフ模様が彫りこまれているんです」

その豆皿と出会ったのは常滑《とこなめ》の街だった。旅先での常として、新たな豆皿を探してそぞろ歩いていた私は、北欧風のカラフルな常滑焼きを扱う店の前で足を止めた。その狭い店内を映やす色彩の渦の中、たしかに一枚だけぴかりと光っていたあの黄色を認めたときには、瞬時に買おうと決めていた。

電撃的なひとめぼれ。自分だけの太陽を見つけたようなときめき。手に触れた瞬間、心にぽっと陽が差した。

その光はその後も絶えることなく、私の地味な食卓を明るく照らしつづけてくれた。全体的に茶色くパッとしない料理も、黄色い豆皿を横に添えれば、一気にぐんと華やいだ。冷めた料理も湯気を立てる気がした。

直径十センチの小さな太陽。いつも私を温めてくれた。

だからこそ、私はその豆皿を多用しすぎないようにと自分を律していた。

「黄色い豆皿は本当に、本当に特別だったんです。いやなことがあった日とか、気持ちがふさいでいるときとか、あの明るさを本当に自分が必要としているときだけ使っていいお皿」

ふうっと息をつき、私は言った。

「十年間、大事にしてきたその豆皿を割ってしまいました」

風間先生の凪《な》いだ瞳に変化はなかった。話の展開を読んでいたのかもしれない。

「ぼうっとしていて、お皿を洗っているとき、うっかり割ってしまったんです。ショックで、へたりこんで、しばらく動けませんでした。割れたお皿も捨てられなくて、今も流しに置いたきりです」

でも、と私はマスクの下のくちびるを噛んだ。

「でも、なるべくそれを見ないようにもしていたんです。こんなことを引きずっちゃいけない、落ちこんじゃいけない、って。こんなときに……世界中がとんでもないことになっているときに、豆皿一枚でくよくよしているなんて、なんかおめでたいっていうか、不謹慎？　とにかく、おとなげないじゃないですか。だから、豆皿のことはなるべく考えないようにしていたんですけど……」

尻すぼみに声がとぎれた。続く言葉をなかなか言えずにいると、代わって風間先生が口にしてくれた。

「あなたは豆皿を失った痛みから目をそむけてきた。行き場を失った痛みは代替ペインとなって歯を襲った。そうお考えなのですね」

私は頬を熱くした。

「まさかとは思ったんです。だって、豆皿ですよ。物ですよ。でも昨日、夜遅くまで豆皿のことを考えていたら、今朝、心なしか奥歯の痛みがやわらいでいたんです」

風間先生の目が微笑んだ。

「ついに真犯人を突きとめましたね」

私は微笑みかえせなかった。

「でも、こんなことってあるんでしょうか。交際相手を失うより、豆皿を失うほうがダメージが大きいなんて」

「僕も加原さんのお話を聞いて、元彼よりも、割れた豆皿を惜しく思いましたよ」

「でも……でも、しょせん豆皿は豆皿ですよ。しつこいようですけど、世界は今ひどい状況で、前代未聞の危機に瀕していて……」

目を閉じ、私は思い起こす。日々刻々とふくれあがっていく各国の死者数。医療現場の逼迫《ひっぱく》。観光業や外食産業の悲鳴。「マスクない」の大合唱。

「こんなときに、豆皿一枚で、私は……」

「こんなときだからじゃないですか」

風間先生らしからぬ力強い声に、はたと目を開いた。

無影灯の下には万物の陰を吸いこむような笑顔があった。

「こんなときだからこそ、あなたはいつも以上にその豆皿を必要としていたはずです。そんな折に太陽を失った。それは宇宙規模の喪失です。それだけあなたがそのお皿を大切にしていたってことです。僕は素敵だと思います。素敵な犯人です」

素敵な犯人。すべてを肯定してくれるその一語に、肩からふっと力が抜けた。私を縛っていた何かがほつれる。滞っていた感情が流れだす。

「風間先生。私、豆皿のことで悲しんでもいいんですか」

「もちろんです。悲しんでください。思う存分、どっぷりと。その代替ペインが消えるまで、心の痛みを痛みつくしてください」

「十分に悲しめば、痛みは消えますか」

「消えます。もうすでに消えはじめているはずです」

「あ……」

言われてみれば、今朝よりもさらに痛みが薄らいでいる。今晩はまともにものが食べられるかもしれない。早くも食欲さえ復活しはじめている自分の現金さに驚く。

「わかりました。やってみます。見苦しい未練のかぎりを尽くして、ジタバタ悲しみぬきます」

私は風間先生に約束した。

「痛みが完全に消えたら、またご報告します」

「ええ、待っています」

まさに二人三脚だったなと、胸中、私はしみじみとした感慨にふけっていた。ちょっと普通じゃない風間先生がいればこそ、ちょっと普通じゃない歯痛と私は対決することができた。もしもまともな歯科医にかかっていたらどうなっていたことか。

運命の妙に思いを馳せながら診療椅子を降り、待合室へ足を進めたところで、「あ、加原さん」と風間先生が追ってきた。

「今日は、お代は結構です」

「そうはいきません」

私はあわてて言い返した。

「ちゃんと払わせてください」

「でも僕、とくに何もしてませんし」

「話を聞いていただいて、おかげで痛みがやわらぎました。立派な治療です。それに、こんなことタダでしていたら、先生だって経営が……」

風間歯科医院の懐具合を危ぶむ思いが声に滲んだのか、風間先生は丸い目をたらして頭を掻いた。

「いや、その点は大丈夫です。じつは僕、ここを開いている日以外は、大学病院の歯科を手伝ってるんです」

「え。そうなんですか」

「はい。そっちでも大した治療はしてませんけど、勘がいいってだけで、なんとなく重用してもらって」

「勘」

「前にも言いましたけど、僕、歯を見るとわかるんです。っていうか、読めるんです。その歯の求めていることが」

「歯の求めていること？」

「変な歯医者ですよね、ハハ。先輩たちからも、君は歯医者ってよりは歯読《はよみ》だ、なんて言われてます」

風間先生がくりくりの髪を再び掻いた直後、背後からカランと音がした。

「ごめんください」

ふりむくと、玄関のガラス戸から四十くらいの男性がきょとんと顔をのぞかせている。誰だろう。五秒くらい考えて、あ、患者か、と思った。その患者も自分以外の患者と遭遇した驚きを隠せず、しばし玄関に立ちつくしていた。

沈黙を破ったのは風間先生だ。

「しばらくですね、新井さん」

その一声を皮切りに、再び時間が流れだす。

「ごぶさたです、先生。今ってお時間、大丈夫ですか」

「ええ、大丈夫ですよ。診察ですか、雑談ですか」

「雑談です。あ、でも、せっかくだから歯石も取ってもらっちゃおうかな」

ゆるいやりとりに笑いをこらえながら、私は新井さんと入れちがいに風間歯科医院を後にした。

結局、お代は受けとってもらえなかった。

「こちらは先生の気持ちです」

受付嬢からもらった内服薬の袋にはクッピーラムネが入っていた。

25の短編小説《たんぺんしょうせつ》
朝日文庫

2020年9月30日　第1刷発行

著　者　小説《しょうせつ》トリッパー編集部《へんしゅうぶ》

発行者　三宮博信
発行所　朝日新聞出版
〒104-8011　東京都中央区築地5-3-2
電話　03-5541-8832(編集)
03-5540-7793(販売)
印刷製本　大日本印刷株式会社



ISBN978-4-02-264966-9

# 朝日文庫

小説トリッパー編集部編
## 20の短編小説
人気作家二〇人が「二〇」をテーマに短編を競作。現代小説の最前線にいる作家たちのエッセンスが一冊で味わえる、最強のアンソロジー。

警察小説アンソロジー
## 葛藤する刑事たち
村上　貴史編
黎明／発展／覚醒の三部構成で、松本清張、藤原審爾、結城昌治、大沢在昌、逢坂剛、今野敏、横山秀夫、月村了衛、誉田哲也計九人の傑作を収録。

## 京都迷宮小路
浅田次郎／綾辻行人／有栖川有栖／岡崎琢磨／門井慶喜／北森鴻／連城三紀彦／関根亨編
祇園、八坂神社、嵯峨野など、人気作家七人が京都の名所を舞台に、古都の風情やグルメを織り込み描いたミステリーを収録。文庫オリジナル短編集。

傑作ミステリーアンソロジー
## 名探偵の饗宴
山口雅也／麻耶雄嵩／篠田真由美／二階堂黎人／法月綸太郎／若竹七海／今邑彩／松尾由美
凶器不明の殺人、異国での不思議な出会い、少年の謎めいた言葉の真相……人気作家八人による、個性派名探偵が活躍するミステリーアンソロジー。

## 情に泣く
細谷正充・編／宇江佐真理／北原亞以子／杉本苑子／半村良／平岩弓枝／山本一力／山本周五郎
朝日文庫時代小説アンソロジー　人情・市井編
失踪した若君を探すため物乞いに堕ちた老藩士、家族に虐げられ娼家で金を毟られる旗本の四男坊など、名手たちによる珠玉の短編を集める。

## おやこ
細谷正充・編／池波正太郎／梶よう子／杉本苑子／竹田真砂子／畠中　恵／山本一力／山本周五郎・著
朝日文庫時代小説アンソロジー
養生所に入った浪人と息子の嘘「二輪草」、歌舞伎の名優を育てた養母の葛藤「仲蔵とその母」など、時代小説の名手が描く感涙の傑作短編集。